옥탑방 로망스

옥탑방 로망스

—살벌발랄 옥탑방 생존투쟁기

초판 1쇄 펴낸 날 2009년 7월 10일

지은이 • 박봄이 | 펴낸이 • 임형욱 | 편집주간 • 김경실 | 편집장 • 정성민 | 편집 • 양정진
디자인 • 조현자 | 영업 • 이다윗 | 표지 일러스트 • 진찬 | 본문 일러스트 • 유준형, 이루현
펴낸곳 • 행복한책읽기 | 주소 • 서울시 중구 필동3가 15 문화빌딩 403호
전화 • 02-2277-9216,7 | 팩스 • 02-2277-8283 | E-mail • happysf@naver.com
필름출력 • 버전업 | 인쇄 제본 • 동양인쇄주식회사 | 배본처 • 뱅크북
등록 • 2001년 2월 5일 제2-3258호 | ISBN 978-89-89571-58-2 03810 값 • 10,000원

살벌발랄 옥탑방 생존 투쟁기

옥탑방

로망스

박봄이 지음

행복한책읽기

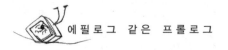

질풍노도의 시절을 살고 있을
여린 동생들에게

이 글은 내가 아는 누군가에게 보내는 편지이다. 아직 서른이 되지 않은 서투른 나의 동생에게 보내는 글. 그리고 이 글은 또 다른 동생들에게 보내는 편지이기도 하다. 지금도 쉼 없이 힘들어 하고 쉼 없이 아파하고 있을 동생들을 위한 편지. 지침서가 아닌 위안이자 위로. 유난히 실수와 실패가 많았던 사고쟁이 언니가 동생들에게 보내는 편지이다.

괜찮다, 모두 괜찮더라.

누구와 비교해 더디다고, 누구와 비교해 행복하지 않다고 좌절할 필요는 없더라. 살아보니 더디게 가더라도 언젠가는 같은 점에서 만나게 되어 있고, 지금 행복하지 않더라도 쉼 없는 고통 속에서도 한 번은 방

긋 웃을 날이 오더라.

지금 우리에게 가장 절대적인 고민.

사랑을 잃고 싶지 않아, 이 지긋지긋한 가난에서 벗어나고 싶어, 좋은 직장엘 다닐 수만 있다면, 나의 외모는, 나의 가족은, 나의 ….

당장은 숨통이 조이고 내일이 올 것 같지 않아도 그 짧은 찰나의 시간만 지나면 당시의 고민은 2순위로 밀려나게 되더라. 그리고 또 다른 고민들로 머릿속이 가득 차게 되지. 절대적인 건 없다는 것. 비록 사라지진 않더라도 가장 큰 고민이 내게 주는 데미지는 조금씩 약해지더라는 것.

어차피 인간이 사는 동안 고통 없이, 고민 없이 살아가기는 불가능하단다. 그저 지금의 고민을 어서 넘겨버리고 새로운 고민을 만들려 애쓰는 것이 현명할밖에.

자책은 하지 마라.

그 모든 문제들이 네 탓은 아니니까. 설령 너의 어떤 실수로, 어떠한 판단착오로 인해 벌어진 일이라 해도 그건 네 탓이 아니란다. 조금 서툴렀을 뿐. 누구나 서툰 경험으로 일을 망치거나 타인에게 피해를 준 기억은 있지. 그건 잘못이 아니라 경험이라 말해야 하지 않을까? 한 번의 경험은 두 번의 지혜를 낳는단다. 우리가 충분히 지혜로워질 수 있

5

도록, 충분히 현명한 사람이 될 수 있도록 경험하는 과정의 하나일 뿐.

자책감에 고개를 숙이거나 뒤돌아 울지도 말렴. 자신에게 실망하거나 노여워하거나 자신을 경멸하지도 말고.

오랜 시간을 산 선배에게 물으면 아마 어깨를 다독이며 "다 그런 거야"라는 위로를 받을 테니까. 나 또한 20대의 모든 게 서툴렀던 시절, 나의 실수로 인해 주변 사람들이 피해를 입기도 하고 내가 상처 입기도 했단다. 어찌 이리 바보스러울 수가 있을까…, 어쩜 이렇게 생각이 짧을까…, 자책하던 수많은 날들이 있었지. 그때 그런 나를 지켜보던 이가 이렇게 말하더구나.

괜찮다고. 모두 괜찮아질 거라고. 다 그런 거라고….

그녀는 부드러운 손길로 나의 등을 쓰다듬으며 모두 그런 것이라, 모두 겪는 일이라 다독이더군. 난 아직도 여전히 실수하고 실패하고 좌절하고 자책한단다. 그러나 그럴 때마다 그녀의 따스한 목소리가 귓가에 맴돌며 나를 일으켜 세워주더라.

내 탓도, 남의 탓도 아니고 그저 조금 서툴렀을 뿐이라 생각하며 모자란 나로 인해 벌어진 많은 일들을 이제 다시는 반복하지 않겠다고 다짐하는 것. 그거면 된다. 아무것도 네 탓은 아니란다.

현실이 진창이라도 진창 속에서 고개를 드는 한 그루 나무가 되길.

3일이면 지고 마는 아름다운 꽃보다는, 누군가에게 의존하며 살아가는 잎사귀보다는, 단단하고 든든한 한 그루의 나무로 살아가길. 척박한 진창이나 황량한 사막의 한가운데에서도 오롯이 고개 든 채 세상과 마주 보며 지치고 힘든 이들에게 너의 그늘을 제공하는 그런 나무. 비록 누군가 너에게 상처를 내더라도 그마저도 경험이라, 삶이라 보아 넘길 수 있는 품이 넓은 그런 나무가 되길….

치열하게 고민하며 부서질듯 부딪치고 미련 없이 사랑할 수 있는 푸르른 청춘의 고뇌 또한 만끽할 수 있길, 그런 삶의 유희 또한 놓치지 않길.

당신의 눈동자에 건배를.

| 차례 |

세렝게티 옥탑에 서식하는 생명체들

복날 꼬냥이

세렝게티 옥탑 먹이사슬의 최하위에 위치하고 있는 톰슨가젤 같은 존재. 그러나 본인은 '나에게도 숨겨진 발톱이 있다' 며 꿋꿋하게 세렝게티 야생의 봄날 꼬냥이라고 우긴다. 그러나 배추도사 앞에만 서면 복날 개시장으로 잡혀간 꼬냥이마냥 정신적 공황상태에 빠진다. 직업은 일할 때는 글쟁이, 일감 떨어지면 동네 노는 언니. 좋게 말하면 명랑하고 낙천적인 성격, 있는 그대로 말하자면 좀 멍— 하다. 집주인인 포식자 배추도사와는 상극 관계. 때때로 배추도사의 심기를 건드려 집 놔두고 게임방으로 잠수를 타지만 게임방에서 밤새우는 게 체질이라 그마저도 즐겁다.

배추도사

세렝게티 옥탑의 집주인. 대머리 치타, 배추도사, 북북 노인, 빌어잡술 영감탱이 등 여러 가지 별명이 있지만 본인은 모른다. 직업군인 출신으로 칼 같은 돈 계산을 자랑하고 밤만 되면 동네를 배회하며 박스를 모으는 게 취미다. 월세 날이면 아침 5시부터 돈 달라 노래를 부르고 개똥을 수거하여 버리는 기이한 행동을 저지르고 다닌다. 〈은비까비의 옛날이야기〉라는 애

니메이션에 등장하는 배추도사와 흡사한 외모로 마른풀도 안 날 야생 세렝 게티에 뿌리를 내린 소금에 절인 지독한 배추다. 거주자들에겐 공포와 원 성의 대상이다.

복삼 브라더스

꼬냥이가 사육하는 유기견 출신의 개 녀석들. 펑퍼짐한 엉덩이를 도통 땅에서 떼지 않으며 오로지 먹을 것과 먹을 것, 그리고 먹을 것만을 생각하 는 5살 복댕과, 샤방한 미모와 달리 "애정 좀! 애정 좀!"을 외치는 애정 결 핍 집착견 9살 삼식. 꼬냥이에게 악의 무리가 달려들면 용감히 뒤로 숨는 나태함과 소심함이 매력이다.

부끄러운 임팔라군

세렝게티 1층에 서식하는 꽃보다 아름다운 임팔라군. 늘씬한 팔다리와 소지섭 안면부를 3단 콤보 날릴 정도의 미모는 흡사 세렝게티 초원을 노니 는 임팔라의 실루엣을 연상시킨다. 마트 세일을 가장 좋아하고 드라마를 보며 주인공과 영혼의 교류까지 하는, 알고 보면 무척 섬세한 남자. 그러나 그는 항상 어쩐지 부끄럽다.

면봉이

꼬냥이 방에 빌붙어 사는 귀신. 얼굴에 붕대를 칭칭 감고 있어 흡사 면봉 을 보는 것 같은 밋밋한 얼굴이다. 취미는 목매달기. 심심하거나 우울하면 취미 삼아 목을 매단다. 꼬냥이가 껄떡이 괴한 귀신에게 봉변을 당할 뻔했을 때 구해준 덕에 쫓겨나지 않고 빌붙어 산다.

포스할매

꼬냥이의 친할머니. 무한락스와 박하스만 있으면 세계정복도 가능한 양반. 멸균세상을 외치며 집안 곳곳에 한 톨의 먼지도 용납지 않으신다. 언제나 강력한 포스로 꼬냥이 주변을 어슬렁대는 하이에나를 경계해 왔으며 꼬냥이를 위협하는 배추도사와 한판 결전을 치른다. 젊은 시절 한가락 하셨던 덕에 풍류도 즐길 줄 아는 이 시대의 여장부.

조폭 삼총사

꼬냥이 대림동 반지하 시절 옆집에 은거하던 이들. 온갖 잡쓰레기를 몰고 다니며 무식이 하늘을 찌르는 탓에 꼬냥이와 일대 전쟁을 펼치기도 했다. 앞판, 뒤판에 입체 벽화를 그려 넣어 보는 사람들로 하여금 겁을 집어먹게도 하지만, 알고 보면 순진한 노총각들.

한성희, 나영준 기자님

「오마이뉴스」로 맺어진 꼬냥이의 음주가무 패밀리. 꼬냥이와 복삼 브라더스의 일용할 양식과 주류 등을 제공하시는 은혜로운 분들이다.

조류나방, 육식바퀴님

세상천지에 둘도 없는 꼬냥이의 천적. 여름만 되면 옥탑으로 침입하여 평화를 깨는 악마의 자식들.

Chapter 1

세렝게티 옥탑의
야생 다큐, 그 시작

> 월세 16만 원짜리 산동네에서 살 때는 술 취한 젊은 녀석에게 쫓겨 헐레벌떡 뛰어 내려오다 내리막길에서 구르기도 했었고, 대림동 반지하 방에서는 귀신놀음에 죽어나갈 뻔한 적도 있다. 그뿐이랴, 새벽 댓바람부터 물난리를 겪어 날이 새도록 물을 퍼내기도 했다. 물론 수재의연금으로 꽤 괜찮은 금액이 들어와 '오호, 요거 할 만하네' 하는 철딱서니 없는 생각을 했었지만.

타향살이 10년,
'옥탑방 꼬냥이' 되다

집 떠난 지 10년, 얼핏 들으면 타향살이에 지친 중년의 이야기 같지만 이제 스물여덟이 된 내 이야기이다. 말로 하자면 구구절절 궁상이니 생략하고, 이렇게 타향살이 10년에 접어들면서 아직도 가장 고민스럽고 힘든 것이 바로 거처 문제다.

집 문제. 그동안 일 년에 한 번, 이 년에 한 번 꼴로 얼마나 많은 집들을 거쳐왔던가. 천둥벌거숭이처럼 아무것도 모르는 나이에 한 가정의 가장이 되어 (부양식구라고 해봤자 네발 달린 녀석들뿐이지만) 살 곳을 마련하기란 정말 쉬운 일이 아니었다.

내 맘대로 했대는 이사, 가는 집마다 하자 발생!

월세 16만 원짜리 산동네에서 살 때는 술 취한 젊은 녀석에게 쫓겨 헐레벌떡 뛰어 내려오다 내리막길에서 구르기도 했었고, 대림동 반지하 방에서는 귀신놀음에 죽어나갈 뻔한 적도 있다. 그뿐이랴, 새벽 댓

바람부터 물난리를 겪어 날이 새도록 물을 퍼내기도 했다. 물론 수재의 연금으로 꽤 괜찮은 금액이 들어와 '오호, 요거 할 만하네' 하는 철딱 서니 없는 생각을 했었지만.

옆집 조폭이 문 두드리며 물 좀 달라는 말에 "댁의 집 수돗물 퍼먹 어!" 소리를 지른다거나 한여름 쓰레기도 치우지 않는 그 조폭들을 상 대로 겁대가리 없이 바락바락 대들며 싸운 적도 있다. 우유배달원을 사 칭한 도둑에게 잠결에 문을 열어줄 뻔했다가 놀란 가슴을 쓸어내린 적 도 있고, 빌딩 옥탑방에 살 때는 외부에 설치된 욕실을 한겨울에 오가 며 차가운 입김을 "호오호오" 불어대기도 했다.

마지막으로 머물렀던 곳이 가락동의 빌딩 4층 집. 다행히 차곡차곡 모은 돈으로 혼자 살기엔 크고 깨끗한 집을 얻었다. 그나마 다니던 직 장 그만두고 1년여 동안 '글질' 하느라 다 까먹어버렸지만 말이다. 그 래도 옥상에서 2년, 4층에서 1년여를 살아서 정이 든 동네였는데 얼마 전 목동으로 이사를 했다. 별다른 이유는 없다. 정착할 이유 없는 '독거 소녀'가 살던 곳이 질린다거나 좀 다른 바람을 넣고 싶다거나 한다면 그곳이 어디든 또 내 둥지가 되는 것이니 말이다.

할아버지들은 나의 힘, 손녀인 척 앙탈 부리기

손에 쥔 돈에 맞는 집을 찾자니 쉬운 일은 아니었다. 흘러흘러 지하 철 노선도 따라가다보니 목동이 나왔고 무작정 부동산에 들어가서 외 쳤다.

"집을 내놓으시오!"

요구르트 빨아 잡수시다 흠칫 놀란 대머리 부동산 할아버지가 내놓은 집은 '보증금 500만 원에 월세 35만 원짜리' 옥탑방. 그러나 내가 가진 돈은 그의 절반밖에 되지 않았다. 이렇게 물러설 순 없는 법.

"돈이 없으니 조절을 하시오!"

생떼였다. 이것도 민폐라면 민폐라지만, 일단은 대머리 할아버지가 인상이 참 좋아서 손녀뻘 되는 내가 우기면 들어주실 것 같았다. 외할아버지가 부동산을 오래 하셔서 알 수 없는 친근감까지 더해졌는지도 모르겠다. 잠시 동안의 고민, 결국 집주인과 '샤바샤바' 통화를 하시더니 대뜸 '200에 22'로 깎아주시겠단다. 이 정도면 횡재 아니겠어?

잠시 후, 부동산 할아버지와 비슷한 머리숱을 가진 주인 할아버지가 들어오셨다. 이 양반은 군인 출신으로 서글서글한 성격에 목소리도 엄청 크셨고 돈도 대충 되는 날 정해서 약속만 지켜주면 된다 하시니 그저 고마울밖에. 이사 문제로 거의 한 달 동안 신경을 썼던 탓에 이 날의 쾌거는 '30년 자랑거리'가 될 만한 것이었다.

주인 할아버지의 뒤를 쫄래쫄래 따라가 처음 들어선 옥탑방. 아담한 평상과 옹기종기 모여 있는 장독대, 널찍하게 걸린 빨랫줄. 혼자 살기에 충분한 방, 깨끗한 주방과 욕실.

뭐 어른들이 보면 옥탑이 거기서 거기지, 궁상 떤다 하겠지만 또 젊은 사람들에게 옥탑방은 나름대로의 '로망'이 아니던가. 어차피 그전 집에서의 보증금도 다 까먹은 판국에 이만한 집이 어디 있냐 싶어서 냉큼 계약을 했다.

다시 시작, 즐거운 이사 놀이~ ♪

이사 당일, 어이없는 가스 요금 연체료 70만 원을 냈더니 이사 비용에 펑크가 나서 급조를 하고(도통 계산이 어떻게 되기에 4개월에 70만 원이 나오나!) 이삿짐 옮기느라 방충망 뗐다고 5만 원 뜯기고, 원래 깨져 있던 유리창을 내가 살면서 깼다고 또 5만 원 뜯기고, 작은 냉장고와 행어 하나 버린다고 10만 원 홀라당 뜯기고(그나마 냉장고는 내놓자마자 누가 가져가더라)….

가진 자여, 그대 이름은 집주인이라지만, 해도해도 너무한 집주인 아저씨의 안면몰수에 기도 막혔지만, 어차피 다시는 오지 않을 집, 싸워 봤자 이사 가는 날 기분만 잡치지 싶어 다 줘버렸다.

우여곡절 끝에 덜덜거리는 1톤 트럭은 가락동을 떠나 목동으로 향했고 그래도 헛살진 않았는지 혼자 꼴랑거리며 이삿짐을 싸놓고 나니 도와주겠다고 나선 친구, 동생 녀석들까지 7명의 인부들이 모여들었다.

이 녀석들이라고 뭐 크게 이사에 대해서 알랴. 하지만 뭉치면 산다고 공구 챙겨온 녀석부터 걸레 들고 사방팔방 닦아내는 녀석, 남는 건 힘밖에 없다며 그 무거운 가구들을 번쩍번쩍 들어 옮기는 녀석. 이사를 끝내놓고 나니 집들이 하자고 부산, 강원도에서까지 달려와 준 녀석들.

대충 짐을 옮기고 정리를 해놓으니 다들 지칠 대로 지친 모습이 고맙고 미안해서 그 마음을 술로 되돌려주었다. (우린 돈으로 받아도 술로 돌려주고 이런다.) 그래, 어차피 돈 받으러 온 아이들도 아니고 밥 한 끼, 술 한 사발 함께 하자고 온 아이들 아닌가. 봄의 끝자락 살랑거리는 바람 속에 옥상 평상에 모두 걸터앉아 밤이 새도록 부어라 마셔라, 노래 부르고 이야기하며 옥탑방 꼬냥이의 첫날을 기념했다.

그렇게 나의 타향살이 10년 중 또 한 번의 이사가 잘 마무리되었다. 뭐, 며칠 살다보니 주인 할아버지도 만만치 않게 깐깐하신 분이고 주인 할머니 잔소리도 우리 할매 버금가지만 그래도 이 집에 정이 가는 건, 나 혼자 쓸쓸하게 짐 싸들고 들어온 곳이 아닌 친구들의 도움과 힘으로 하나하나 자리를 잡은 집이기 때문일 것이다.

볕 좋은 날 빨랫줄에 빨래를 널어놓고 옥상을 사방팔방 검둥개처럼 뛰어다니는 복댕이, 삼식이를 바라보며 창밖으로 시원하게 불어오는 바람을 맞는 것, 가끔씩 술 댓병 사들고 찾아와주는 사람들과 평상마루에 앉아 술 한잔 기울일 수 있는 것, 아직은 이 정도면 된다. 아직은 이 정도의 낭만으로 숨 쉴 수 있는 것이 젊음 아닌가.

이렇게 28살, 옥탑방 꼬냥이의 새로운 역사가 다시 쓰이기 시작했다.

옥탑방에서는 집주인이 '법', 참고 따르라

세렝게티 옥탑에는 무서운 맹수가 산다. 지구상에서 멸종된 공룡이 다시 살아 세렝게티 옥탑으로 온다 해도 이 맹수에 맞설 수는 없을 것이다. 왜냐, 이 맹수는 세상에서 가장 무섭다는, 그리고 절대권력을 휘두르며 수많은 이들 위에 군림하는, 바로 '집주인'이기 때문이다. 누가 말했던가, 집주인 유세가 아들 가진 유세에 버금간다고. 집주인도 아닌 세입자, 그리고 아들내미도 아닌 딸내미인 꼬냥이는 그야말로 이 세렝게티 옥탑방에서 유세 떨 거라곤 개뿔 없는 초식동물, 가련한 톰슨가젤과 마찬가지다.

단순히 「벼룩시장」을 보고 다른 동네에 비해 집값이 싼 편이고 동네도 깨끗하다는 평을 듣고 무작정 찾아들어 간 목동의 부동산에는 무도사처럼 인자하고 순박한 인상의 할배가 있었고, 난 무작정 들이대며 집을 내놓으라 생떼를 썼다.

"할배요, 할배요, 집을 내놓으시오. 넓고 넓은 서울 땅에 나는 할배를 만나기 위하여 목동까지 기어들어 왔소."

"처자, 처자, 보시오, 가진 건 개뿔 없는 젊은 처자가 왜 그리 당당하시오. 보증금도 벌써 반이나 깎았지 않소. 요즘에 그 돈으로 무슨 방을 얻는단 말이오."

그렇다. 난 이미 무도사 할배가 제시한 기본 최하 보증금을 반이나 깎은 상태에서 '반지하는 싫다', '집주인 집에 방 하나 딸린 그런 구조도 싫다', '개도 두 마리나 있다, 집은 깨끗해야 한다'를 외치며 '집을 찾아보라!'고 거의 협박 수준으로 무도사 할배에게 보채고 있었던 것이다.

장장 한 시간 가량의 협상이 난항을 거듭하고 기력이 쇠하여 거의 녹다운이 된 무도사 할배는 요구르트 엉덩이를 쪽쪽 빨고 있는 스물여덟의 막무가내 처자에게 완전히 지친 듯 어딘가로 전화를 하셨다.

"여보게, 배추도사, 자네 집 옥탑 사람 들어갔는가, 여기 젊은 처자 하나가 집을 내놓지 않으면 구워서 먹겠다 하이. 자네 돈도 많은데 보증금 좀 깎아보시게."

바꿔, 안 돼, 버려, 막혀!!! 전쟁은 시작되었다

처음 배추도사를 만났을 땐 맹수의 야성이 숨겨진 것을 몰랐다. 보증금도 깎아줘, 아침마다 마당 청소 해줘, 뭐든 고장 나면 말만 하라 친절하셔서… 이건 뭐 지상낙원인 줄 알았던 게지. 난 당당히 세렝게티 옥탑방에 입성하여 마치 선구자인 양 행복에 겨워했다.

그러나 짐도 다 풀고 빼도 박도 못하게 자리를 잡은, 약 일주일 후 아침 6시.

22

"새댁!!!!!!!!!!!!!!!!!!!!!"

새벽 4시까지 일을 하고 막 잠이 든 꼬냥이를 깨운 건 군대 기상나팔 소리처럼 우렁찬 배추도사의 고함. 반쯤 감긴 눈으로 운동복만 걸친 채 머리는 뒷동산 광년이처럼 산발을 한 모습으로 뛰어나갔다.

"에…? 왜 그러세요?"

"밤새 개가 쌌잖여. 아침부터 일어나서 바로바로 치워."

"제가 자느라고 밤새 싼 건 못 치웠어요."

"자는 게 문제여! 시간시간마다 치우란 말이여."

개가 시간 정해놓고 싸는 것도 아니고, 어련히 치우려고.

"개털 날리믄 옥상 하수구 막혀. 하수구 막히면 돈 수십 들어. 개털 깎아줘."

"개똥은 변기에 버리면 병균 옮아. 쓰레기통 여기 뒀으니께, 모아서 버려."

"옥상 문은 위에만 잠가, 내가 계속 왔다 갔다 하는데 아래는 열쇠가 없어."

"밤에 불 켜놓지 마. 전기료 많이 나와." (그럼 낮에 켜리?)

"집세는 어떻게 된 겨, 오늘 집세 날이잖여. 밀리지 마." (아침 6시거든요!!)

"개도 두 마리 키우니께, 수도료는 2인분으로 내. 내가 개 한 마리 분은 깎아준 거여."

참고로 배추도사가 계속 언급하는 하수도는 옥상의 하수도를 말하는 것으로, 사방에 4개가 설치되어 있으며 그 크기가 가히 사람 머리 하나

들어가고도 남음 직한 크기이다. 복댕이, 삼식이가 조금 풍만하고 건장
하긴 하지만 거기서 털이 빠진대도 얼마나 빠진다는 것인가. 그러나 내
말하지 않았는가, 나는 힘없는 톰슨가젤 꼬냥이라고. 그날 바로 복댕
이, 삼식이의 털을 박박 밀어버리고 말았다.

배추도사 은혜는 하늘 같아서…

가련한 세입자 꼬냥이의 법칙! 집주인이 하라는 건 일단 다 하고본
다. 열 가지의 항목을 원하면 어렵지 않은 여덟은 다 하고, 큰 무리수
가 따르는 두 가지는 앞의 여덟 가지를 내세워 버텨본다. 협상의 법칙
이다.

어르신들 가운데는 동물을 싫어하시는 분들이 많은지라 우리 배추도
사의 말에 대부분 따르기로 했다. 처음부터 이럴 줄 알았으면 안 들어
왔을 거라고!!! 난 당당히 외칠 수… 없다. 이사가 절박했으므로.

그래, 로마에 가면 로마법을 따르고 세렝게티 옥탑에선 또 그 법을 따
라야 하지 않겠는가. 좋게좋게 깔끔하고 원칙주의자인 배추도사에게 맞
춰주기로 마음을 굳게 먹은 꼬냥이. 뭐 생각해보면 다 나쁜 건 아니다.

하루에 몇 번씩이나 올라와서 있지도 않은 먼지를 물청소하는 덕에
옥상 바닥을 맨발로 뛰어도 먼지 한 점 안 묻는 집이 이 서울 시내에 어
디 흔한가.

집세 하루라도 밀리면 한 시간에 한 번씩 전화하고 올라와서 닦달해
주니 보증금 까먹을 일 없지 않은가. 이 또한 어린 꼬냥이의 미래를 생
각해주시는 배추도사의 은공이라면 은공이지.

25

아침 6시만 되면 올라와서 부스럭거리는 통에 꼬냥이 또한 아침 6시만 되면 기상을 하게 되니 남들 그 어렵다는 아침형 인간이 자연스레 실천되는 것이 아닌가.

배추도사 심장이 안 좋아 옥상에서 걸어 다니면 깜짝깜짝 놀라신다는 덕에 조신한 발걸음으로 생활하게 된 것도 꼬냥이의 여성스러움에 보탬이 되는 것이니 아니 고마울쏘냐. ('뭐, 옥상에서 마루 체조를 하는 것도 아닌데 배추도사 심장은 깃털로 만들어졌나' 하는 불손한 생각을 안 해본 것은 아니다.)

아, 생각해보니 배추도사의 은혜가 낳아주신 부모님 다음으로 큰 은혜라, 말 잘 들어야겠다는 다짐을 다시 한번 불끈! 하게 된다.

중간중간 이해 안 되는 부분들이 있긴 하지만 뭐 어떤가. 세상사 이런 집 하나 못 얻어 길거리에 나앉는 사람들도 많다는데, 살던 집이 하루아침에 헐려 온 식구가 죽네 사네 하는 세상인데, 이 정도 번거로운 일쯤이야 감수하고 살아야지.

옛말에 어른들 말씀 틀린 거 하나 없다는데 배추도사도 집도 깨끗해지고 꼬냥이도 잘되라는 의미로 저러는 것이라고 '일단' 생각은 해보고 싶다.

어디까지나 생.각.만.

밤마다 목매다는 옥탑의
총각 귀신

누군가 잠든 내 곁에 있는 것이 느껴졌다. 뭔가 찜찜하고 불쾌한 이 기분. 그 존재는 그다지 나에게 해를 끼치려 하는 것 같지는 않았지만, 일단 내가 사는 집에 누군가 침입했다는 사실이 잠을 자면서도 못내 불쾌했다.

난 서서히 눈을 떴다. 평소와 다름없는 방 안, 곁에서 새근새근 잠든 복댕과 삼식, 그리고….

Bee Gees의 holiday 사이로 들려오는 남자의 처절한 비명

세렝게티 옥탑방에 이사를 한 첫날, 이사를 도와준 친구들은 세상에 이런 천국이 어디 있느냐며 꼬냥이의 새로운 전투기지 입성에 삼겹살 축제를 벌였다. 취미생활로 인터넷 음악 방송국에서 CJ(Cyber Jockey)를 하는 꼬냥이는 그날 'CJ 꼬냥이 무사 안착' 특별 방송을 시작했고, 청취자들은 입을 모아 "세렝게티여, 영원하라!"를 외쳤다.

옥상 마당에서 삼겹살 구우랴, 방송 멘트 하랴, '얼쑤, 만선일세~' 널뛰는 복댕, 삼식 단속하랴, 정신없는 가운데 시간은 새벽 2시를 향해 내달리고 있었고, PC에선 선곡해둔 곡 중 Bee Gees의 holiday가 흘러 나오고 있었다.

'Oh, you're a holiday such a holiday Oh You're a holiday such a holiday~'

전화벨이 울렸다.

"언니! 지금 방송에서 소리 지른 거 누구야?"

"무슨 소리야? 마이크 꺼뒀는데…?"

음악 방송에서 음악이 나갈 때는 마이크가 자동으로 OFF 상태가 돼 음악 외에 다른 소리는 섞여 나가지 않는다. 분명 마이크는 꺼뒀는데 음악 사이로 남자의 비명 소리가 들렸다는 것. 이미 음악 방송 채팅방 안은 이게 무슨 소리냐며 경악하는 이들로 소란이었다.

문득 이삿짐을 나를 때 신발장에 고이 모셔져 있던 남자 구두 한 켤레가 스쳤다.

혹시…?

넌 어디가 얼굴이냐

감긴 눈을 억지로 떴다. 사방엔 조용한 기운이 내려앉아 있었고 들리는 건 복댕, 삼식의 코 고는 소리뿐. 그런데 몸을 일으킬 수가 없었다. 대체 뭐지…?

그 순간 침대 옆에 걸터앉은 누군가의 실루엣이 드러났다.

28

"누구냐, 넌…?"

그는 나를 바라보지 않았다. 옆으로 앉은 채 상념에 가득 찬 듯 고개를 떨어뜨리고 있을 뿐이었다. 그런데 그는 얼굴이 없었다. 아니, 분명 얼굴은 있었지만 목부터 머리까지 붕대를 감고 있었다.

풉! 마치 귀를 파는 커다란 면봉과 같은 모습이었다. 난 왜 이런 와중에도 진지해지지 못하는 걸까, 흑….

"귀신이냐…?"

질문을 하니 면봉이가 고개를 돌렸다. 미안했다. 얼굴을 붕대로 싸고 있는 애한테 질문을 하다니….

"잡아다 귀를 파기 전에 어서 물러가랏!"

면봉이는 벌떡 일어섰다. 화가 난 듯 부엌 쪽으로 가더니 냉장고 위에 있던 피자 상자를 휙 집어던지는 것이 아닌가. 자슥, 성깔 있네…. 꿈인지 생시인지 몸이 풀렸고, 난 다시 잠이 들었다.

그리고 아침, 실제로 부엌 바닥에 내동댕이쳐 있는 피자 상자를 보고 그 자리에 주저앉고 말았다.

"이 쉑! 한 조각 남았는데…."

혼자 노는 귀신, 면봉이

하루도 빠짐없이 면봉이는 날 찾았다. 날 찾은 건지 내가 그의 집에 침입한 꼴인지는 알 수 없지만 아무리 반가운 친구라도 매일 찾아오면 귀찮을 텐데, 이건 말도 못 하는 막대사탕 같은 놈이 매일 찾아오니 겁이 난다기보다 무척 성가셨다.

어떤 날은 내 앞에서 천장에 줄을 달아 목을 매기도 했다. 난 반쯤 눈을 뜨고 중얼거렸다.

"쇼를 한다, 쇼를 해."

또 어떤 날의 꿈에는 치근덕대는 껄떡이 괴한이 출연한 적이 있었는데 도통 뭐라고 말을 하는지 알아들을 수가 없었다.

"워우워우우우웡…."

"얘 뭐래니? 이것들이 하나같이 말뽄새 하고는…."

그런데 이 껄떡이는 면봉이와는 다르게 기분이 나빴다. 뭐랄까, 위험하다는 본능적인 불안함과 사악한 기운이 느껴진다고 해야 할까. 그때 갑자기 어디선가 면봉이가 불쑥 달려들더니 껄떡이의 목에 줄을 칭칭 감아 질질 끌고 나가는 것이 아닌가.

"저거는 살아생전에 로데오를 했나…."

면봉이는 분명 나에게 원한이 있거나 나를 괴롭히려는 놈은 아닌 것 같았다. 오히려 도와주고 싶거나 외로워서 찾는 것일지도….

녀석은 장장 한 달 반 동안 거의 하루도 거르지 않고 나타났다. 지 혼자 구석에 앉아 있거나 심심하면 목을 매달고 대부분 나를 신경 쓰지 않는 듯 혼자 놀기에 심취한 것처럼 보였다. 난 그럼 또 면봉이를 구박했다.

"저런, 왕따 새끼…."

그마저도 재미가 없는지 어떤 날은 그 붕대 감은 얼굴로 가만히 나를 들여다보고 있기도 했다.

"어디가 얼굴이냐, 면봉 치워라."

그러면 또 목을 맨다. 저거 병이다, 병.

너는 너의 길이 있고 나는 나의 삶이 있다

실제로 이 시기에 난 몸무게가 7kg 정도 쫙 빠졌다. 겨울 내내 둥글둥글 미쉐X 타이어처럼 살이 불어 있던 터라 나름 고마운 일이기는 했지만, 이게 정상적으로 빠지는 것이 아닌 까닭에 온몸에 기운이 없고 피곤하기만 했다. 아무리 나에게 해를 끼치는 놈은 아니라지만 오래 있으면 나에게도 그에게도 좋은 일이 아닐 듯싶었다.

"주인 영감한테 물어는 봤니?"

"물어본다고 얘기하겠어?"

나이를 뛰어넘는 우정으로 인생의 크나큰 기둥이 되어주는 음주가무 패밀리의 한성희 기자님과 나영준, 최육상 기자님이 집들이 겸 들렀다가 내 이야기를 듣고 기겁을 하셨다. 그리곤 곧 집안 구석구석을 마치 『퇴마록』의 박신부와 현암처럼 예리하게 살펴보며 어딘가 숨어 있을 면봉이의 존재를 좇기 시작했다.

"태극기 떼! 미쳤어, 미쳤어! 저 태극기의 기가 얼마나 센 줄 알아? 너 혼자 사는 집에서 저런 센 기운을 감당할 수 있을 것 같아?"

그랬다. 군대는 아니 갔지만 내 대한민국의 여아로서 애국심을 잃지 않고자 벽에 대형 태극기를 달아놓았었다. 그러나 나처럼 예민한 종자들에겐 좋을 게 없다는 것.

물론 믿지 않는 이들에겐 말도 안 된다는 소리를 듣겠지만, 또 세상엔 사람들이 알지 못하는 기운과 또 그 기운을 유난히 잘 느끼는 이들이 있지 않은가. 꼬냥이가 그런 종자이니 삶이 퐉퐉할 수밖에….

그날, 시장에 들러 막걸리 몇 병과 팥시루떡, 북어를 샀다. 이사를 오면 터주 신에게 고사를 지내야 한다는 것. 살면서 한번도 그런 절차를 밟은 적이 없었는데, 세렝게티처럼 기가 센 곳에는 한 번 정도 입주신고를 해주는 것이 좋을 것 같다는 의견에 일치가 된 것이다.

옥상 사방에 떡과 막걸리를 놓고 터주 할배에게 인사를 드리고 면봉이에게도 안녕의 시를 읊어주었다.

"이밤사 복댕이도 지새우는 삼경인데 얇은 사(紗) 하이얀 면봉은 고이 말아서 나빌레라…."

고사를 지내고 들이켠 막걸리 맛이 어찌나 달짝지근하던지 내가 마시는 것이 술이 아닌 것처럼 느껴졌다. 그리고 거짓말처럼 면봉이는 내 앞에 다신 나타나지 않았고, 그동안 밤마다 느껴졌던 알 수 없는 불안감도 사라지게 되었다.

배추도사에게 물어보고 싶었지만 또 우리 퐉퐉한 배추도사가 사실대로 털어놓을 리도 없고, 또한 무슨 일이 있었다고 해도 이미 면봉이는 세렝게티를 떠난 것 같으니 뭐, 묻어두어도 될 기억 아니겠는가.

다만, 바람이 있다면 면봉이가 이제 더는 구석에 머리를 박아대고 목을 매다는 등 궁상맞은 혼자 놀기는 그만했으면 하는 것.

같이 죽자고 달려들고 광년이 널뛰듯 사람 괴롭히는 귀신들에 비해 우리 면봉이는 착하디 착한 순딩이 귀신이니까, 이 정도는 빌어줘도 되겠지?

한여름, 옥탑에서
'인간수육' 될 뻔하다

난 날씨에 무척 둔감한 편이다.

더운 여름날 "더워, 더워"를 남발하지도 않고, 추운 겨울이라고 해서 "추워서 죽겠어"라며 징징대지도 않는다. 그저 땀이 나면 '여름이니 덥구나', 소름이 돋으면 '겨울이니 춥구나' 하며 컴퓨터 앞에 앉아 묵묵히 내 할 일을 하곤 한다.

물론 옆에서 지켜보는 사람들은 '곰도, 곰도, 저런 곰은 없을 것'이라며 혀를 차지만, 덥다고 운다 하여 여름이 내 눈치를 볼 것도 아닌데 에너지를 쏟아가며 화를 낼 필요가 있을까?

그저 더운 날엔 방 안에서 병아리 숨을 쉬며 냉커피나 묵묵히 마시는 게 최고라는 나름의 방식을 가지고 살아가고 있다. 그러나 이런 나의 곰다운 성격도 가끔은 한계에 다다를 때가 있다.

너무 더워서 울어본 적이 있는가?

자취를 하다보니 집을 구할 때 가장 중요시하는 것은 집세다. 금액이 어느 정도 맞고 구조도 그럭저럭 살 만하다면 큰 망설임 없이 계약을 하고 이사를 한다. 물론 나이가 들어감에 따라 동네도 따지게 되긴 하더라만.

아무튼 가격이 맞고 구조까지 마음에 든다면 최상이지만 어디 사람 사는 게 내 맘대로 떡 주무르듯 되느냐 말이다. 보통, 가격이 맞으면 집의 구조나 위치 등과 관련해서는 반은 포기하고 들어가게 된다.

그리하여 처음 살아봤던 반지하. 반지하 생활을 해본 사람은 알겠지만 이 반지하라는 동양권에서만 볼 수 있는 특이한 주택구조에 살다보면 우리나라의 사계절 중에서도 여름이라는 계절이 얼마나 살인적인지 몸소 체험하게 된다. 이름하여 '체험, 찜통 현장.'

'반지하' 는 대부분 다세대 주택이고 주택가 밀집 지역에 있는 탓에 환기도 안 될 뿐만 아니라 바람도 잘 들어오지 않는다. 몇 해 전, 옆집에는 조폭, 밤에는 귀신, 여름에는 수해, 이 환상의 3박자를 고루 갖춘 서울 영등포구 대림동 반지하방에 살던 시절이 있었다.

밤에는 옆집 조폭들의 계속되는 싸움질로 방문을 열어놓고 살 수가 없었다. 설상가상으로 어떻게 아리따운 여인 혼자 산다는 건 알았는지 (우호호~) 새벽마다 파리 떼를 가장한 도둑들이 "잠깐만 문 열어봐요" 라며 데이트 아닌 데이트를 신청하는 일들이 벌어져, 안 그래도 더운 여름에 짜증이 복받쳐 오르곤 했었다. 창문만이라도 열 수 있었으면 좋았으련만, 창문도 건물 안의 복도로 나 있어 그럴 수도 없는 막막한 상황.

마치 겨울잠을 자는 곰처럼 방 안에서 꿈쩍도 하지 않은 채 숨만 할딱할딱 쉬어가며 눅눅한 바람을 머금은 선풍기만 돌려댔다. 샤워, 하루에 최소 5번. 그러나 아무 소용없었다. 샤워를 하고 몸을 닦을라치면 다시 흐르는 땀. 더워서 울어본 자가 있던가. 난 그때 처음으로 더워서 울어봤다. 낮에는 잠깐잠깐 문을 열어뒀으나 더운 여름날, 들어오는 건 지나가던 길 잃은 파리뿐이고 다닥다닥 붙은 다세대 반지하 내 방까지 들어올 바람은 애당초 있지도 않았다.

급기야 탈진. 아이스커피를 타기 위해 부엌에 서 있던 나는 갑자기 몸을 가눌 수 없는 현기증과 구토가 밀려와 쓰러질 수밖에 없었다. 눈앞이 까맣게 된다는 것이 어떤 것인지 그때 알았다.

그리고 결심했다. '어디든 좋다, 반지하만 아니면 된다!'

안 살아봤으면 말을 하지 마시라

그리하여 옮기게 된 곳이 서울 가락동의 빌딩 옥탑. 탁 트인 넓은 옥상, 가끔 주인아저씨가 청소하러 올라오는 것 외에는 방문하는 사람도 없었고 빌딩 옥상이라 듬직한 철문만 잠가버리면 도둑 걱정도 없었다. 그것뿐이랴, 이젠 가족으로 '강세이(강아지)' 녀석들도 입양해서 옥상에 풀어놓으며 살 수 있는 그야말로 환상의 섬, 나만의 파라다이스였던 것이다. 물론 이건 집 계약을 할 때의 생각이었다.

막상 이사를 하고 살아보니 옥탑방, 이곳도 만만치 않은 곳이었다. 무슨 놈의 벌레는 각양각색 종류별로 기어 들어와주시는지 손바닥만한 나방이 마치 참새처럼 푸드덕 날아 들어올 때나 거짓말 조금 보태서 어른 주먹만한 바퀴벌레가 천장에서 저벅저벅 산책하는 것을 발견했을 때는 이곳이 나의 집인지, 그들의 서식처에 내가 세들어 사는 것인지 구분이 가지 않았다.

그뿐이랴, 옥탑이 '덥다'는 이야기는 들었지만 막상 살아보니, 한여름 대낮의 옥탑은 마치 태양열을 저장하는 저장고처럼 햇빛의 엑기스만 뽑아 담는 곳이었다. 반지하에서는 빛이라곤 안 들어오더니 옥탑은 눈이 부실 정도로 햇빛이 쨍쨍했다. 옥상에 나가 앉아 있으면 '아…, 이렇게 한 시간만 앉아 있으면 내가 수육이 되겠구나'라고 느낄 정도였다. 덥다는 표현보다 뜨겁다는 표현이 더 어울릴 지경.

옥상 위에 설치된 에어컨 실외기에서 뿜어대는 더운 바람은 주변을 더더욱 달궈놓았으며 엎친 데 덮친 격으로 찾아온 열대야는 급기야 나를 방에서 끌어내 옥상 바닥에서 자게 만들어버렸다. 그러나 모기장도 준비되지 않은 채 실행한 한여름의 옥상 수면은 온몸에 수십 군데의 모기바늘 자국만을 남겨놓았을 뿐이었다.

그래도 참 다행이었던 것은 반지하에는 없는 그것, 바로 바람이 있다는 점이었다. 방 안은 '오부지게' 더웠지만 창문과 방문을 열어놓으면 가끔 불어오는 시원한 바람이 오아시스의 물처럼 달콤하게 느껴졌다.

그렇게 지옥 같은 여름이 지나고 겨울. 물론 이 겨울이라는 계절도 옥탑방에서는 버티기 힘든 계절이다. 칼바람은 그대로 창문 사이사이로 저미고 들어오고 바람이 세지면 창문을 우당탕 두드려댔다. 그런 바람의 공격에 나는 자다가 깜짝깜짝 놀라 '덜덜덜' 떠는 것이 일상처럼 되어버렸다.

다시 옥탑방에서 살 수 있냐고 묻는다면

이후 나는 '내 다시는 반지하와 옥탑에서는 살지 않으리' 라고 다짐하고 4층 집에서 2년여 간을 살았지만, 인간이 망각의 동물이기 때문인지 아니면 고생을 덜 했던 탓인지 난 다시 옥탑으로 이사를 했고, 여전히 옥탑방은 덥다.

바람 한 점 없는 한낮이면 선풍기도 '쿨럭' 대며 더운 바람만을 내뿜어놓고 미안한 듯 고개를 돌리고 만다. 또 우리집 식구들인 복댕, 삼식은 바닥에 널브러져 '나 좀 살려주소' 포즈로 '헥헥' 거리느라 혀가 바닥에 닿을 지경이다.

하지만 옥탑방에서 지낸 시간이 길어지면서 이곳에 대한 감정도 조금씩 변해갔다. 만약 다시 이사를 갈 때 '예쁜 옥탑방 있는데 한번 보실라우?' 묻는다면 난 거절하지 않을 것 같다.

물론 여름과 겨울에 또 이 전쟁을 치러야 하겠지만 개 두 마리와 처마 밑에 앉아 여름비를 바라본다거나, 옥상 청소를 하며 치는 물장난, 그리고 이 여름이 지나가고 찾아오는 가을 즈음의 시원함과 높은 하늘 등을 잊을 수 없기 때문이다.

나이가 들어 뼈마디가 시리고 더위에 혈압이 올라 쓰러질 정도가 아니라면 젊었을 때 이 정도 더위는 경험해봐도 된다고 생각하는 경지에 다다랐달까?

더위에 약하신 분, 추위에 약하신 분, 옥탑방에서 한번 살아보시라. 1년만 살아보면 그 어떤 계절도 여유 있게 버텨낼 수 있는 '인간 곰탱이' 가 될 테니 말이다.

옥탑의 여름 손님,
조류나방 습격 사건

옥탑의 여름은 항상 손님들로 붐빈다. 평상에서 삼겹살이나 먹자며 술 사들고 오시는 분들이나 꼬냥이의 일용할 양식을 위해 곳간을 채워주시는 분들은 가득가득 넘쳐나면 좋지만, 지금 말하고자 하는 분들, 이분들은 꼬냥이와 복삼 브라더스의 건강을 해치고 호시탐탐 옥탑에 잠입하여 우리를 몰아낼 궁리를 하시는 절대 고맙지 않은 분들이다.

그렇다, 그분들은 바로 조류나방님과 육식바퀴님이시다. 그중에서도 어디로 튈지 모르는 엽기상콤개발랄한 날개짓을 소유한 조류나방님들의 이야기를 해볼까 한다.

나방님들, 그중에서도 거대한 몸집으로 날개를 펼치실 때마다 푸드득푸드득 조류비행 사운드 효과를 내시는 조류나방님들. 이분들은 뭐 거의 다른 동급 벌레님들에 비해 타의 추종을 불허할 공포감을 안겨주신다. 거기다 단 한 번의 날개짓만으로도 알밤 위의 날치알 같은 비듬가루를 소복이 뿌려주시니 공포감도 공포감이지만 시각상 거부감이 팍 팍 들 수밖에.

올해에는 좀 서로 모른 척하고 살 수 있길 바랐지만 이 양반들 인간애가 또 살뜰하시니 여름이 되기도 전에 그간의 안부 인사차 납셔주셨다.

꼬냥이 스물아홉에 벼락같이 발병한 백내장 수술 직전, 그야말로 눈앞에 뵈는 게 없던 그 시기. 그래도 먹고살아보겠다고 '김밥지옥'의 김밥 한 줄을 달랑 사서 룰루랄라~ 들어와 심봉사처럼 더듬더듬 냉커피 한 잔을 타서 책상 앞에 앉았다. 그런데 이 본능적으로 느껴지는 등 뒤의 살기는 뭐라지? 누군가 등 뒤에서 날 노려보는 듯한…, 한여름 얼음이 녹아 미적지근해진 커피를 마시는 듯한 이 기분.

휙 고개를 돌리자 나와 눈이 딱 마주친 그분!!! 그분은 내 손바닥만한 몸집에 그로테스크한 문양을 휘두른 조류나방님이셨다.

"우어어어어!!!!!"

어찌나 몸집이 장대하신지 말로만 듣던 모스맨이 있다면 바로 저런 모습이 아닐까 생각이 들 정도. 순간 머릿속이 백지가 되면서 쥐가 난 듯 지릿해져 옴을 느꼈다.

김밥을 내동댕이치고 반사적으로 몸을 피하기 위해 숨어든 곳은 하필이면 욕실. 문을 닫고 쭈그리고 앉자마자 몰려드는 급후회.

'부엌으로 갈 걸. 왜 하필이면 욕실로 기어들어왔다지, 할 수 있는 게 없잖아.'

그렇다. 난 조류나방님에게 어떤 해를 끼칠 배짱도 없었던지라 그저 몸을 피해 숨을 곳을 찾았을 뿐이었다. 그분이 방을 원하시면 방을 내드리고 나는 자리를 피해드리는 것이 인간된 도리… 라고 생각했다면,

이런 배알도 없는 것! 그러니 아무것도 없는 욕실보다는 먹을 것도 있고 밖으로 나갈 수도 있는 부엌이 더 낫지 않은가. 또 내가 부엌에 나와 있으면 조류나방님을 가둔 셈이지만, 욕실에 있으면 왠지 내가 갇힌 것 같아 모양새가 빠지지 않는가 이 말이다.

혹시나 그분의 참선에 방해될까 두려워 살포시 비굴하게 욕실 문을 약 2센티 정도만 열고 동태를 살폈다. 조류나방님, 앞으로 진정한 조류로 거듭나기 위한 수행에 들어가신 듯 한 치의 미동도 없이 하필이면 머리 꼭대기 천정에 붙어 계신다. 그런 와중에도 복삼 브라더스, 혼자 왜 호들갑이냐는 얼굴로 바닥에 누워 댕굴댕굴, 현 사태에 대한 아무런 대책이 없는 표정이다. 부러워, 부러워, 부러워!!!

10분, 20분, 30분….

다리도 저리고 배도 고프고… 이대로 있을 수는 없었다. 스스로 나가 주시면 좋지만 조류나방님이 먼저 우리 집이 흡족하시어 택하셨으니 나가실 리 없었다. 그렇다면 내가 나가야 하는데 그러려면 욕실에서 벗어나야 한다.

비리비리비리― 머릿속에 탈옥범 석모 씨 몸의 문신처럼 옥탑의 구조가 그려지기 시작했다. (뭐 그려놓고 보니 별것 없네.)

일단 욕실 문 앞에 쌓여 있던 빨래 더미로 손을 뻗어 거울용 파카와 모자를 잽싸게 들어올리고 쾅! 문을 닫았다. 다시 2센티의 비굴한 문틈을 열고 동태를 살폈다. 별 반응이 없으신 조류나방님. 다시 한번 용기를 내 빨래 더미 속에 얌전히 잠자고 있는 커튼 두루마리를 끌어당겼다. 그때! 뭔가 움직임이 느껴지셨는지 다시 푸드득 날아올라 용틀임을

41

하시는 조류나방님!!!! 제발, 제발, 자제요!!

　문을 닫고 나는 교도소 탈출의 탈옥이 아닌 옥탑에서의 탈출인 그 탈옥을 위한 준비에 들어갔다. 내가 조류나방님이나 곁다리로 출근하시는 괴력의 육식바퀴님을 두려워하는 까닭은 전혀 나의 존재를 개의치 않으시고 용무를 보시는 그 당당함 때문이다. 그러니 난 그분들이 오시면 방을 비워드리고 게임방으로 도망가야 하는데, 옷과 지갑을 챙기는 사이 나에게 달려들기라도 하면 그 자리에서 스물아홉, 덜 폈다 하면 독자 우롱이지만 그래도 아직 끝물은 아닌 내 덜된 삶을 심장마비로 끝낼 수도 있다는 것.

살아야 한다, 살아야 하느니…!!!

　욕실 거울 앞에 우뚝 서 모자를 깊게 눌러썼다. 거울에 비친 내 모습에 비장함이 감돌았다. 그리고 어디선가 환청인 듯 Bee Gees의 Holiday가 들려왔다. (얼쑤!)

　—Ooh you're a holiday, such a holiday, Ooh you're a holiday, such a holiday … ♪

　겨울용 파카를 입었다. 이미 내 몸은 땀으로 범벅이 되었지만 그건 개의치 않았다. 자유를 향한 갈망, 벗.어.나.야.한.다.

　바닥에 쓰러져 울부짖는 커튼 씨를 끌어올렸다. 너는 얼마나 많은 세월을 창가에 결박된 채 원치 않는 햇살과의 전쟁을 치러왔느냐. 이제야 지친 몸 세탁기에 맡긴 채 쉬려 하였으나 그마저도 조류나방의 침범으로 좌절되어 다시 전쟁터로 나가게 되었구나. 커튼 씨에게 씁쓸한 위로의 말을 전하고 내 허리에 둘둘 감았다. 당시 나의 복장이 반바지였으므로 적군이 하강하여 다리를 공격해온다면 그 또한 급소를 찔리는 셈이기에 커튼 씨를 방패막이 삼을 수밖에 없었다.

그리고 마지막, 욕실에 있던 수건으로 얼굴을 가렸다. 얼굴로 먹고사는 미모의 소유자는 아니나 군인들도 위장 크림을 바르던데 나도 뭐 좀 그냥 부가옵션으로 얼굴에 하나 하고 싶었다. 그렇다고 치약을 바를 수는 없잖소.

모든 준비가 끝났다. 이제 바로 돌격하여 선반 위 열쇠, 화장대 위 지갑, 방바닥 핸드폰, 옷장 속 청바지를 신속하게 습득하고 부엌으로 튀면 된다. 허둥대지 말자, 당황하지 말자, 혹 적군이 나에게 촉수를 들이밀더라도 절대 눈을 감지 말자!

카운트, 5-4-3-2-1!! 돌격 앞으로!

"우워워워워!!!"

욕실 문을 열고 마음속에 정해둔 동선대로 잽싸게 몸을 움직였다. 마치 게임 속의 미션을 깨는 캐릭터가 된 기분. 그러나 행색은 텔레토비.

[미션 1] 조류나방의 공격을 피해 선반 위 열쇠를 습득하세요, 정해진 시간은 5초입니다. 시간초과 시 조류나방의 비듬 투하를 받습니다.

뒤뚱뒤뚱, 이 무슨 쇼질이신지. 신속한 움직임으로 열쇠를 습득할 수 있었다. 다음 뭐더라, 뭐였지, 허둥지둥 긴장한 나머지 다음 동선을 잊은 채로 방 안을 뒤집고 다녔다. 파카에 커튼 둘둘 말고 뒤뚱대는 텔레

토비에 조류나방님도 놀라셨는지 갑자기 그 큰 날개를 휘적대시며 날아오르기 시작하신다.

"우워워워!! 살려줘, 살려줘!!'

에라, 모르겠다. 열쇠랑 지갑만 챙겨 뒤도 돌아보지 않고 두 팔을 허우적대며 부엌으로 뛰어나왔다. 문을 닫으려니 방 안에서 뒹굴대시는 복삼 브라더스.

'놔두고 문 닫아버릴까, 열어놓고 나갈까, 그래, 열어놓고 나가면 조류나방님도 때 돼서 나가시겠지.'

그 짧은 찰나에 과감히 복삼 브라더스를 조류나방님과 동침시키기로 결정하고 냅다 튀어버리는 꼬냥이.

"우워, 우워, 우워!!'

허둥지둥, 뒤뚱뒤뚱, 바둥바둥 옥상으로 뛰어나오니 또 옥상에서 뭔가 청소나 기타 잡일을 하며 배회 중이신 배추도사.

"할, 할아… 아저씨, 할아버지!!'

"으따!!!! 뭐여!!'

꼬냥이의 반똘끼 패션을 보고 기겁하신다. 생각해보라, 얼굴에 수건을 두른 채 모자 쓰고 파카 껴입고 커튼까지 질질 끈 인간의 형상.

"나방, 나방, 방에 나방!!'

잘 올려지지도 않는 팔을 들어 방 안을 가리켰다. 어찌나 절규를 했던지 우리 배추도사님, 후다닥 방 안으로 들어가주신다.

"뭐여, 저거 말이여?'

"우워워워!!!!! 나방, 나방!!'

배추도사, 꼬냥이를 이래~~~~~ 한번 보시더니 휴지 딱 2칸을 말아 벽에 붙어 계신 조류나방님을 스윽 '닦으신다.'

"이게 무서워서 그 꼴을 한거?"

"우워!! 대단해요!! 우워!!"

"아, 그 곰 같은 것 좀 벗고 말혀!"

"크죠? 크죠? 진짜 크죠?"

"강원도 군부대에는 더 큰 것도 나와."

"우워!!!!"

샤르르르르…. 그동안의 배추도사에 대한 비호감이 눈 녹듯 사라졌다. 멋지다! 급호감으로 주가 올라가신 배추도사 '어르신', 그분의 대범함에 존경 가득한 눈길을 보냈다. 그리고 휴지 2장 속에 고요히 잠드신 조류나방님.

조류나방님, 이제 세렝게티 옥탑으로 수행 오시는 건 자제해주세요, 세렝게티에는 든든한 살충전문가가 있거든요. 우쭐, 우쭐~♪

갈수록 못났다…. 흑.

Tip chapter 1

자취에 필요한 살림살이

혼자 살면서 가장 먼저 익혀야 할 스킬은 바로 대체 아이템 사용 스킬. 찐만두가 먹고 싶은 날, 찜통이 없다고 훌쩍댈 것이 아니라 넓은 냄비에 물을 받아 작은 냄비 뚜껑 뒤집어 찜통 대용으로 사용하는 센스! 그러나 혹 타인의 눈에 지지리 궁상으로 보이는 것이 신경 쓰인다면 자신의 생활 스타일에 따른 적절한 아이템 정도는 구비해두도록 하자.

■ 반드시 갖추어두면 후회는 없을 아이템

• 세탁기

한겨울에 손으로 이불을 빨아본 경험이 있다면 세탁기의 소중함을 알 것이다. 일반 세탁기도 좋고 드럼 세탁기도 좋다. 중고나 소형이라도 그게 어디냐. 세탁기는 일단 웬만하면 갖추어야 할 아이템. 빨래방을 이용하면 되지, 안일하게 생각했다가는 밀린 빨래의 늪에 서서히 가라앉아가는 자신을 발견하게 될 것이다. 빨래방까지 빨래 더미를 짊어지고 가는 것도 귀찮은 일. 아무리 혼자 살아도 옷은 깨끗하게 입고 다니자.

• 냉장고

미니 냉장고랍시고 냉동실이 없는 냉장고를 사용하는 경우가 있다. 그러나 작아도 냉동실이 붙어있는 게 낫다. 아니, 기왕이면 냉동실이 큰 냉장고가 좋다. 얼리기 신공을 발휘한다면 혼자서도 피자 한 판 시키는 일이 크게 두렵지 않게 된다. 남은 피자는 일단 얼렸다가 프라이팬에서 뚜껑 덮고 가열하면… 당연히 원래 상태로는 안 돌아오지만 그럭저럭 인간이 먹을 수 있을 정도는 된다.

• 전기밥솥

웬만하면 밥은 해 먹어라. 밖에서 사 먹는 것보다 생활비를 훨씬 아낄 수 있다. 매끼 밥을 새로 짓는 일은 상상을 초월하는 귀찮음을 유발하기 때문에 전기밥솥은 마련하는 편이 좋다. 그리고 기왕이면 돈이 좀 들더라도 압력밥솥을 추천한다. 일반밥솥의 경우 밥이 하루만 지나도 황달 걸린 얼굴처럼 누렇게 뜨기 때문이다. 압력밥솥이라면 뽀송뽀송한 상태로 3~4일은 유지 가능하다.

• 가스레인지 또는 전자레인지

주로 음식을 해 먹는 부류라면 가스레인지, 대부분 사 먹는 밥이라면 전자레인지. 기왕이면 둘 다 추천. 전자레인지는 어디까지나 보조 조리기구라는 것만 알면 된다. 지어놓은 밥을 냉동실에 얼렸다가 데운다거나, 라면 한 끼 조리 가능한 정도면 된다.

• 각종 식기

많이는 필요 없다. 많아봐야 설거지 거리만 쌓일 뿐. 자주 놀러 올 친구들의 수만큼만 밥그릇, 국그릇, 수저를 준비하면 된다. 식기는 사실상 얼마든지 융통성을 발휘할 수 있는 분야! 예를 들어, 밥그릇이 없다면 접시에 밥을 담아라. 마인드 콘트롤만 잘하면 나름 서양식 밥상으로 보일 수도 있다. 다만 컵만큼은 많을수록 설거지 횟수를 줄일 수 있어 편리하다.

• 대용량 식기

혼자 산다고 해서 꼭 1~2인분 크기의 식기만 갖출 필요는 없다. 냄비, 양푼, 주전자 하나씩 정도는 대용량으로 사두는 게 요긴하게 쓰인다. 내 말 맞다니까능! 살아보라니까네!

• 냄비

내부가 코팅된 냄비는 절대 금물. 코팅이 벗겨지기 시작하는 동시에

발암물질도 잠에서 깨어난다. 반드시 스테인리스나 내열 유리로 만들어진 냄비를 선택하라. 특히 스테인리스 냄비는 반영구적으로 사용할 수 있다. 초기 투자비용이 좀 들더라도 막상 사용해보면 마치 무한동력을 발명해 낸 듯한 뿌듯함을 느낄 수 있을 것이다. 설거지할 때 철수세미로 박박 문질러 닦을 수 있다는 것도 매력.

주의점: 스테인리스 제품을 구입할 때 군이 고가형 제품을 선택할 필요도 없지만 지나치게 저가형 제품을 골라서도 안 된다. 특히 천원샵 등에서 판매하는 중국산 초저가형 제품은 이름과 달리 녹이 슬기 쉬울뿐더러 망간 함유량이 높아 식기로 사용하기에는 적합하지 않다.

• 프라이팬

프라이팬 역시 코팅 제품보다는 스테인리스 제품이 건강에 좋다. 그러나 스테인리스 프라이팬은 사용법을 익혀야 한다는 애로사항이 있으므로, 만사가 귀찮다면 그냥 코팅 프라이팬을 쓰도록 하자. 단, 코팅이 조금이라도 벗겨진 프라이팬은 미련 없이 버리고 새로 살 것! 코팅 프라이팬은 고가의 제품이든 저가의 제품이든 아무리 관리를 잘해줘도 언젠가는 반드시 코팅이 벗겨지기 마련이다.

■ 있으면 의외로 유용한 아이템

• 전기 포트

주전자로 대체 가능하지만 써보면 유용한 걸 안다. 전기의 힘으로 콸콸콸 미친 듯이 끓어오르는 경이로운 세계를 경험해보자. 주전자를 2개 이상 태워먹은 경험이 있다면 필수 아이템.

• 믹서

살다보면 죽도 먹고 싶고 웰빙이니 뭐니 과일도 갈아 먹고 싶고 좀 더 진화하면 자연식 조미료도 만들어보고 싶고 그렇다. 꼭 크기가 크

지 않더라도 2~3만 원대의 작은 믹서도 얼마든지 있다.

■ 꼭 필요하지는 않은 아이템

• 침대

안 그래도 좁은 자취방, 자리를 많이 차지하는 침대가 꼭 필요할까? 없는 살림에 장만한 허접한 매트리스는 허리 부실의 주범이 될 수도 있다. 게다가 이사할 때도 짐. 차라리 요와 이불을 택하자. 낮에 반드시 개어놓아야 한다는 강박관념만 버리면 침대 못지않게 편안해질 수 있다. 경험자의 조언을 조금 더 보태자면, 요즘 많이들 사용하는 접이식 소파침대, 폭신폭신하고 편리해 보여 사용하다가 3개월 만에 허리에 병이 났다. 소파침대는 소파를 메인으로, 침대는 가끔 TV 보다 잠드는 정도 외엔 의지하지 말자.

• 다리미

구깃구깃한 옷만 입고 다니면서 자신이 자취생임을 만천하에 자랑하고 싶지 않다면 다리미 장만을 심각하게 생각하고 있을 터. 그러나 빨래 건조 노하우만 잘 익히면 다리미 필요할 일이 크게 많지 않다. 빨래를 세탁기에서 꺼낸 후 잘 접어 차곡차곡 쌓아 1~2시간 놓아두었다가 건조대에 걸어 보라. 빨랫감들이 서로의 무게에 짓눌려 알아서 주름을 펴댄다. 다리미 따위, 어차피 사나도 석 달에 한 번도 안 쓸 거란 걸 나는 이미 알고 있다.

• TV

정녕 하루 온종일 방바닥을 긁으며 TV 시청에 영혼을 쏟아붓고 싶단 말인가? 정 그렇다면 PC나 노트북에 TV 카드를 장착할 것. 꼭 실시간 방송이 필요치 않다면 여러 가지 빛과 어둠의 경로를 통해 원하는 프로그램만 골라서 보는 게 더 낫다.

이삿짐 꾸리는 법

이삿짐을 싸기 전 버릴 물건을 '반드시' 정리해두어야 한다. 특히 원룸 이사의 경우 '짐도 별로 없어 보이고 며칠 전에 대충 해버려야지'라고 생각하다간 큰코 다치기 십상이다. 의외로 사용하지 않고 자리만 차지하는 잡동사니들이 어느 집마다 차고 넘치므로 '가져갈' 물건만 놔두고 일찌감치 버릴 물건은 버려두는 게 좋다. 곧 떠날 동네이므로 남은 쓰레기봉투가 없다면 낱개로 판매하는 50리터나 100리터 쓰레기봉투에 한 번에 버리는 것이 좋고 덩치가 큰 가전제품, 가구는 동사무소에 신고한 후 스티커를 부착하여 이사하는 날 집 앞에 내놓으면 된다.

그러나 시간적 여유가 조금 있다면 인터넷 중고 사이트나 자취생들의 벼룩시장에 싼 가격에 내놓아도 이사비용을 조금이나마 벌 수 있다. 오래되어 판매할 수 없는 물건이라면 무료로 내놓아도 좋다. 옷가지의 경우 동네마다 비치되어 있는 헌옷 수거함에 넣어 평생에 한 번쯤 나름의 '기부'를 해보도록 하자. 이사 가서 버리는 건 여러 모로 절대 '비추'다.

또 사용하지 않는 물건은 미리미리 싸놓아야 편하다. 당장 필요하지 않은 계절옷, 책, 창고 물건 등은 미리 정리해서 챙겨두도록 하자. 책은 박스 포장보다는 끈으로 엮어 묶는 게 운반하기 수월하다.

포장 이사가 아닌 경우 이사 박스를 직접 구해야 하는데, 근처 대형 마트나 슈퍼에서 얻을 수도 있지만 자칫 모자랄 경우 인터넷 쇼핑몰의 기본 박스를 구매해도 된다. 크기와 재질에 따라 다르지만 일반적으로 40개 기준으로 2~3만 원 안팎에 구매할 수 있다. 새 박스이므로 재활용도 가능하고 남아도 두고두고 쓸 수 있다는 장점이 있다.

　본격적으로 이삿짐을 꾸릴 때는 방, 부엌, 욕실, 거실 등 대분류를 정해놓고 섞이지 않도록 따로 정리해야 이삿짐을 풀 때 편리하다.

　박스는 테이프로 봉하고 매직으로 물품명을 기입한 후 깨지기 쉬운 물건엔 눈에 띄기 쉽도록 '취급주의'를 적어두도록 하자. 흐르기 쉬운 음식물이나 욕실 제품은 투명 비닐에 각각 포장하면 안전하다. 안테나와 각종 케이블은 전부 모아서 따로 한 박스에 넣는 것이 분실 우려도 적고 편리하다. 귀중품은 이사 당일 들고 갈 본인 가방에 넣어야 안전하다. 큰 분류로 이삿짐을 싸더라도 잡동사니는 항상 나오는 법, 버릴 물건은 과감히 버리자.

Chapter 2

반지하의 곰팡내는 향긋 했네…?

"처음엔 무늬가 요란한 티셔츠라도 입었나 싶었다. 그런데 둘째 홀아비의 몸은 말 그대로 동물농장, 그것도 조잡한 농장이 아니라 '지대' 쥐라기 공원이었다. "옆집 아가씨, 왜요? 아, 이 시간이면 우리 다 자야 되는데…." "어버… 버… 쓰레기가…." 순간 말문이 턱 막히고 다리에 힘이 좍 빠지는 것이 실로 오랜만에 전문가를 마주쳤을 때 느끼는 살 떨림이었다. "무슨 일입니까, 형님?"

옆집 조폭에게 전쟁을 선포하다!

 날도 풀리고 햇살도 달달한 것이 오랜만에 평상에 나와 분위기 잡으며 커피나 한잔 땡기려 했다. 물론 또 배추도사가 빗자루 들고 올라와 낭만은 남태평양 너머로 사라져버렸지만….

 '저 영감은 전생에 넝마주이 짐보따리였나, 뭐가 떨어져 있는 꼴을 못 봐.'

 속으로 구시렁거리다 결국 물청소까지 하게 된 꼬냥이. 호스를 들고 먼지도 없는 옥상에 물을 뿌리고 있으려니, 참 내 모습이 어찌나 가련한지, 1년에 한 번 불쑥 고개를 드는 자기연민에 새삼 사색에 잠겼다.

 지금은 배추도사에게 쥐여살며 하루하루 무사히 지나감에 감사하는 세렝게티의 톰슨가젤 꼬냥이지만, 나도 과거에는 조폭을 쥐락펴락하던 시절이 있었다. 훗, 또 무슨 사기를 치려나 하는 눈빛, 부담되니까 거둬주시라. (넣어둬, 넣어둬.)

54

홀아비 조폭 3종 세트의 출몰!

때는 꼬냥이 파릇파릇하던 스물셋 시절, 집에서 팡팡 용돈 받아 쓰고 게임만 하며 도낏자루 썩히고 있을 때였다. 부산 사는 할매 쌈짓돈 보내줘, 아버지 생활비 보내줘, 꼬질하지만 자잘한 글 써서 원고료 타, 출퇴근 일 안 하고도 한 달 수입이 백 단위는 넘었으니 참 좋아, 좋아. 그리워, 그리워.

그러니 게임하고 싶으면 밤새도록 게임해, 쇼핑하고 싶으면 맘대로 긁어, 여행하고 싶으면 훌쩍 떠나버려…. 이건 뭐 세상에 두려울 게 없었다는 말이지, 내 말은.

하루는 며칠 머리 좀 식히련다~ 하며 혼자 섬에 들어갔다가 4일 만인가 집엘 들어오는데 내 집 문 앞에 짐들이 산더미처럼 쌓여 있는 것이 아닌가. 옆집에 이사를 온 것이다. 아니, 이사는 이사고 남의 집 현관 앞에 짐을 쌓아놓으면 사람이 어떻게 들어가라고…. 날은 더운데 성질이 솟구쳐서 발로 짐을 툭툭 치며 말했다.

"아저씨, 이거 치워요. 사람 들어가는데…."

그때 짐을 나르고 있던 남자들은 대략 3명. 40대부터 20대까지 다양한 연령층이라 홀아비 3대로 봤다. 어이없다는 듯 바라보는 홀아비 3대. 허리춤에 손을 떠억 올리고 발로 짐을 툭툭 차는 꼬냥이. 지나고 생각하니 그땐 참 뇌를 어디 태평양 바닷물에 담가놨던 것 같다. 어려서 철이 없었다고 봐주시면 감사, 감사.

"아니, 아가씨, 옆집 아가씬가 본데 그래도 짐을 발로 차면 안되지."

"들어가야 된다고요! 피곤해 죽겠구만."

누가 들으면 철야근무라도 하고 들어온 줄 알겠네. 지가 좋아서 여행 다녀와서 왜 그리 까탈을 떨었던지. 홀아비들은 뭔가 울컥하다가 참는 듯 짐을 턱턱 옆으로 옮겼다.

"들어가쇼."

"쳇."

고맙단 인사도 안 하고 쾅! 문을 닫고 들어가는 꼬냥이. 아… 내가 왜 그랬을까. 정말 그 나이 때 꼬냥이를 지금의 내가 봤다면 거꾸로 매달았을 것 같다. (사약을 내리라!!) 그땐 몰랐지만 나중에 그들이 조폭이라는 사실을 알고 다리에 힘이 풀리면서 덜덜덜 떨렸다.

조폭들에게 전쟁을 선포하다!

홀아비 조폭들이 이사를 오면서 밤이고 낮이고 시끄러워 살 수가 없었다. 그윽한 커피를 음미하며 음악을 켜놓고 사뿐사뿐 리!니!지!를 즐기는 엘레강스한 꼬냥이의 취미&일상이 깨져버린 것이다. 젠장!

밤만 되면 어디서 언니들을 그렇게 끌고 기어들어가는지 왜 또 그 언니들은 술만 마시면 울고불고 웃는지 무슨 버라이어티쇼를 찍는 것도 아니고 도저히 고매한 꼬냥이로서는 용납할 수 없는 불건전한 모습이었다. 그들이 웃으면 너도 웃으라, 그들이 울면 너도 울라. 그렇다, 그들이 술에 취해 소리를 지르면 꼬냥이도 볼륨을 최대한 올렸다.

물론 다른 앞집 뒷집 사람들은 죄도 없이 희생양이 된 꼴. 밤새도록 그 작은 주택에 술 취한 사람들의 부산 갈매기~ 노랫소리와 게임 속 몬스터들의 처절한 비명이 울려 퍼졌다. (부산~ 꾸웨엑! 갈~매기! 크엉!

켕켕켕!)

집들이 때문인지 그렇게 연달아 3일을 사람들이 바글거리고 난 후, 좀 한산해진 어느 날 밤이었다. 새벽 3시, 밖에서 누군가 문을 두드렸다.

"누구쇼?"

"나 옆집 사람이에요."

홀아비 3대 중에 막내 홀아비였다.

"왜요?"

아니, 이 새벽에 무슨 일? 혹시 지난 3일 동안의 일로 행패라도 부리려는 걸까? 순간 겁이 아주 조금, 아주아주 조금 나긴 했다. 홍!

"아, 옆집인데 통성명이나 하자고요."

"새벽에 무슨 통성명이요, 됐거든요."

"그러지 말고 물 한잔 줘요."

"그 집에는 수돗물 안 나와요?"

"안 나오네? 커피 한잔 합시다."

"웃기시네!"

방으로 냉큼 들어가 문을 걸어 잠갔다. 누굴 칠득이로 아나. 부글부글 끓어오르는 화를 삭이고 다시 엘레강스한 취미 생활에 몰입했다.

엇, 그런데 갑자기 게임이 멈춰버리는 것이다. 이상하네? 이상하네? 약 끊긴 중독자처럼 바들바들 떨며 인터넷으로 들어가보니 인터넷도 연결이 안 됐다. 아, 렙업이 눈앞인데…, 죽었으면 어쩌지, 아이템이라도 떨궜으면 어쩌지, 하는 수 없이 그 새벽에 게임방으로 달려갔다. '하나의 길' 통신사를 원망하면서.

게임 캐릭터의 무사를 확인하고 아침까지 게임을 즐기다 들어와 하나의 길에 전화를 해 기사 아저씨를 불렀다.

"아저씨! 내가 하나의 길을 몇 년을 사용했는데 왜 이래요, 아 정말!!"

죄 없는 하나의 길 아저씨, 묵묵히 죄송하다며 인터넷 선을 이리저리 둘러보았다.

"이상하네요."

"뭐가요!"

"선에 손댔어요?"

"아뇨!!!!! 아무 짓도 안 했거든요!"

"어? 그럼 왜 인터넷 케이블이 TV 유선 케이블에 연결돼 있지?"

"뭐요?"

"옆집 TV 유선 줄이 연결돼 있네요, 옆집에서 그랬나봐요."

아오!!! 저 홀아비들!! 하나의 길 아저씨도 어이가 없다는 듯 작업을 다시 했고, 옆집 문을 두드렸으나 자는지 없는지 인기척이 없었다. 하나의 길 아저씨는 다시 한번 무단연결 시 손해배상 청구한다는 내용의 쪽지를 적어주셨다.

호냐! 웃기시네~!!

그날 밤, 대문을 활짝 열고 그들이 들어오기만을 기다렸다. 내 너희를 응징하리라!! 새벽 2시쯤, 터덜터덜 들어오는 홀아비들. 꼬냥이는 냅다 쪽지를 들고 뛰어나가 홀아비들 앞에 던졌다.

"이거 TV 선 아니거든요! 컴퓨터 인터넷 선이거든요! 아저씨들 때문

58

에 밤새도록 아무 일도 못했단 말이에요!' (일은 무슨, 웃기시네.)

놀라는 듯한 홀아비들, 막내 홀아비가 주춤주춤 다가왔다.

"아, 죄송해요. 몰랐어요. 유선 줄로 알고…."

"됐거든요! 통신사에서 한 번 더 그러면 손해배상 청구한다니까, 알아두세요!'

휙 돌아 문이 부서져라 닫고 들어갔다.

'오우케이~!! 이 정도면 알아들었겠지.' (아주 신 났구나, 신 났어.)

알 수 없는 뿌듯함, 이겼다는 성취감!!! 든든한 마음으로 다시 게임에 몰입했다. 그날따라 왜 그리 좋은 아이템은 잘 나오고 적 캐릭터는 칼질 한두 방에 쭉쭉 뻗어주시는지, 나 지존될까봐.

다음 날 아침, 목도 마르고 슈퍼에서 음료수나 사올까 하고 나갔다. 그런데 문 앞에 뭔가 딸깍 걸리는 것이 아닌가. 문 앞에 놓여 있는 웬 과일들. 더군다나 업소에서나 사용할 법한 하늘색 넓은 접시에 다소곳하게 놓여 있는 흡사 과일안주와 같은 모양새.

"뭐야, 이거."

랩에 착하게도 싸여 먹음직스러워 보이는 과일안주와 그 위에 쪽지 한 장.

'미안해요, 먹던 거 아니에요. 화 풀어요.'

어디서 업소용을 들고 와서 화해야? 쪽지에 덧붙여서 적었다.

'웃기시네.'

옆집 문 앞에 접시를 턱 밀어놓고 랄랄라~ 발걸음도 가볍게 슈퍼로 고고! 왜 그리 아침 바람이 상쾌하던지….

시끄러워! 요란해! 민폐야! 즈질이야! 싫어! 싫어!!

지금 생각하니 나름 매너를 차려 화해를 시도한 것이었고 지금의 꼬냥이 같았으면 그깟 화난 거 수백 번도 더 풀었겠지만 그때의 꼬냥이는 싫은 건 죽어도 싫은, 싫은 사람과는 눈도 마주치지 않는, 많이 까칠한 백조언니였다. 꼬냥이로서는 시끄럽기만 하고 민폐나 끼치는 그들이 너무너무 싫었기에 사과를 받을 마음이 전혀 없었다.

죽이 되나 밥이 되나 한번 해보자는 마음뿐, 앞으로 저 홀아비 3종 세트와의 전쟁에 단단히 대비하자고 마음먹는 철딱서니 칠득이 꼬냥이였다.

그리고 그날!

두둥!!

조폭도 **남자,**
여인의 눈물에 **무릎** 꿇다

홀아비들이 나름 화해 모드 조성을 위해 찔러넣어 준 과일안주를 급 무시하고 돌려보낸 날, 그래도 머리 썼는데 거절한 것 같아 미안하기도 하고 또 꼬냥이가 천성이 모자라긴 해도 모질지는 못한 까닭에 큰 맘 먹고 마당 청소를 해주기로 했다.

꼬냥이가 살던, 1층을 가장한 계단 1개 내려가는 반지하는 세 가구가 마당을 함께 쓰고 있었는데 마당이라 할 수도 없는 그 공간은 보통 맨 끝 집 아주머니가 청소를 해주셨다. 청소라고 해봤자 먼지 좀 쓸고 물 청소하는 게 다였지만, 이 폭삭 삭은 홀아비들이 이사 오고부터는!!! …. 참자…. 생각만 하면 혈압이 오르지만, 아무튼 이 홀아비들이 이사 오고부터는 뭔가 점점 쌓여갔다.

남자 셋이 사는데 뭘 바라랴, 그래도 이웃이니 '쓰레기나 치워주자' 는 대견하고 모범적인 마음으로 시작한 마당 청소. 빗자루를 들고 홀아 비 집 앞에 쌓인 쓰레기들에게 다가갔다.

"안녕, 난 꼬냥이라고 해. 오늘 너희들을 치워주려고 한단다."

"꺼져주세요!"

마치 쓰레기들이 기를 실어 나를 밀치는 듯 강한 거부감이 들었다. 그러나 어쩌랴, 자랑스러운 이웃으로서의 보람된 임무를 끝까지 수행해야 할밖에.

먼저 이사 올 때부터 내놓았던 이불을 가장한 거적때기. 더운 여름날 비를 맞고 햇볕도 녹록하게 받아 보기 좋게 삭아버린 그것! 이게 과연 인간이 덮던 건지 애들 똥기저귀 이어붙여 놓은 것인지 알 수 없을 만큼 폭삭 삭아 이미 녀석의 영혼은 요단강을 건넌 후였다.

주저주저하며 이불을 걷어내는 순간…!!

"우오오오!! 우어!!! 으아!!"

오! 신이시여, 다시는 착한 짓 안 하겠습니다!!

이불 아래에서 꼬물꼬물 기어나오는 파리의 소중한 새 생명들!!! 갓 태어났는지 마악 단잠을 깬 듯 징글귀엽개상콤한 몸짓으로 "아잉~" 하며 나를 향해 바동바동 젖 달라고 달려드는 것이 아닌가! 우오!!

이불 안에는 청와대에서 급조하여 만든 듯한 이름의 청와루 반점 젓가락 세트와 흔적만 간신히 남은 만두들, 이미 파리 베이비들이 점령해서 하얗게 뒤덮인 짜장이 은닉되어 있었다.

사.고.쳤.다!

덜덜덜…. 이걸 어떻게 수습해야 할까. 생명체들은 이미 가야 할 곳을 정한 듯 꼬물딱꼬물딱 사방으로 전진하기 시작했고 다시 덮어봤자 그놈들 중 몇몇은 우리 집으로 침투할 것이다.

헤매는 어린 생명들을 보는 순간, 꼬냥이는 이미 이성 상실, 개념 상실, 공포 상실이 되었다. 약 3분 전까지의 자랑스럽고 모범적인 이웃 따위는 이미 킬리만자로의 표범에게 잡아먹힌 후였다.

"나와봐요!!!"

낮에는 거의 박쥐처럼 잠만 자는 그들이기에 홀아비들 집 문을 부서져라 두드렸다. 얼마나 두드렸을까. 둘째 홀아비가 주섬주섬 문을 열고 나왔다.

"아저씨! 앞에 쓰레기가…, 헉!"

등판이나 앞판이나 합판 같은 몸매에 뭔 벽화를…

처음엔 무늬가 요란한 티셔츠라도 입었나 싶었다. 그런데 둘째 홀아비의 몸은 말 그대로 동물농장, 그것도 조잡한 농장이 아니라 '지대' 쥐라기 공원이었다.

"옆집 아가씨, 왜요? 아, 이 시간이면 우리 다 자야 되는데…."

"어버… 버… 쓰레기가…."

순간 말문이 턱 막히고 다리의 힘이 쫙 빠지는 것이 실로 오랜만에 전문가를 마주쳤을 때 느끼는 살 떨림이었다.

"무슨 일입니까, 형님?"

에헤이, 더 자도 되는데 뭐 하나도 아니고 둘씩 나오나. 막내 홀아비가 느릿느릿 기어나왔다. 아따매! 저놈은 김홍도 영감의 송하맹호도일세. 골고루 하는구나.

63

이미 일은 커져버렸고 어떻게든 수습은 해야 되는데 이대로 도망치면 다시는 이 집에 못 들어올 것 같고 그렇다고 그동안 콘셉트대로 하자니 아직 세상에 하고픈 일이 많은데…. 어떡하지? 아, 참말로 으째야 쓰까이….

순간!

"엉엉엉…. 집에 벌레들이 자꾸 기어들어오는데…. 엉엉…. 아저씨들이 청소 안 하니까…. 엉엉엉…. 냄새가 나서 죽겠는데 문도 못 열고…. 흑흑흑…. 청소를 할래도 저 징그러운…. 엉엉…. 난 벌레 싫은데… 으앙…."

그건 어떤 계산된 행동이 아닌 본능에서 튀어나온 여자로서의 최강의 무기, 눈물이었다. 누가 때려도 그렇게는 안 울었을 듯. 어찌나 서럽게 울었는지 울고 있는 내내 머릿속에서도 '살아야 한다, 살아남아야 한다' 하는 생각이 들었다.

홀아비들은 그제야 꼬물대는 생명체들을 발견하고 짐짓 당황하기 시작했다. 어리디 어린 옆집 아가씨는 벌레 나온다고 울어대지, 사방에는 수백 마리의 새 생명이 줄지어 피난 가지, 은닉해 두었던 삭은 중화요리는 냄새를 뿜어대지, 제아무리 벽화쟁이들이라도 아마 얼이 빠졌을 것이다.

훗, 둘째 홀아비는 연신 미안하다며 인사를 해댔고 손수 시원한 냉커피까지 만들어와 우는 애 사탕 물려주듯 손에 꼬옥 쥐어주었다. 막내 홀아비는 혼자서 쓸고 닦고 약 뿌리고 정말 안방 청소하듯 열심히 청소를 했다. 물론 꼬냥이는 멀찌감치 계단에 앉아 냉커피 얼음을 와작와작

65

씹으며 청소 감독을 '즐겼지'.

"아, 거 뒤에 한 마리! 아저씨 발 뒤! 거기!"

케케케!!!

꼬냥이가 굶는다고 풀을 뜯으랴

처음에는 짜증나게 싫었고 온몸의 벽화를 봤을 때는 하늘이 노랗게 보일 정도로 무서웠지만 여자가 운다고 그거 달래느라 투박한 손으로 커피를 타오고 고생하며 청소하는 모습을 보니 뭐랄까, 그렇게 질색을 할 필요는 없다는 생각이 잠시 들었다.

"다했어요. 이제 벌레 없어요."

바닥에서 광이 번쩍번쩍 나는 것이 한 번 울고 이 정도면 꽤 괜찮은 성과다 싶었다. 역시 여자는 영악한 동물이야.

"수고했어요."

"새벽도 아닌데 이제 통성명이나 합시다."

어쭈리~ 좀 풀어줬다고 또 들이대신다? 웃기시네, 맹호도 보여준다고 꼬냥이가 꼬랑지 내릴 것 같냐?

"수작하고는….."

휙 돌아서는 등 뒤로 들려오는 웃음소리.

"아하하…. 거 참 이름 한번 비싸네."

웃으라지, 꼬냥이가 굶는다고 풀을 뜯으랴, 당신은 조폭이고 난 민간인이야, 이거 왜 이래. 사뿐사뿐 걸어 쾅! 대문을 닫고 들어가… 풀썩 쓰러졌다.

"아이고…, 어무이…, 내가 내 명에 못 살 듯싶소."

후들거리는 다리와 도리질 치는 심장을 부여잡고 기절하듯 잠이 들었다. 벌레도 벌레지만 태어나 처음 보는 실사 벽화에 기절하지 않은 것이 다행인, 어쩔 수 없는 스물 셋의 여자아이였기 때문에.

우리, 친하게 지내는 것은 잠시 보류하기로 해. 감당 안 돼. 흑….

강도 잡는 조폭,
이웃은 소중한 것이여!

어느덧 조폭 삼총사들과 꼬냥이의 사이도 그런대로 순탄해지고, 꼬냥이는 다시 예전의 페이스를 되찾아(뭘 잃을 거나 있었냐) 엘레강스한 취미생활을 마음껏 즐기게 되었다.

이젠 레벨도 좀 높아져 어지간히 하지 않으면 레벨업도 어려웠고 일단 시작한 거 '지존이 되어보세' 하는 마음가짐으로 좀 더 강도 높은 플레이에 임했다. (누가 보면 국가대표라도 되는 줄 알겠다, 응?)

보통 게임을 하다 보면 밤낮이 제멋대로 바뀌곤 하는데, 당시 나의 수면 주기는 새벽 4시에 자고 오전 11시 기상. 하느님이 보우하사 다행히 잠탱이는 아니다.

우유배달 강도님, 번지수 잘못 찾으시어 절단 나셨네

그날도 어김없이 새벽 4시쯤에 고된(!!!) 하루의 일과를 마치고 잠자리에 들었다.

68

아롱아롱 헤롱헤롱, 얼핏 잠이 들었을까. 밖에서 누군가 요란하게 문을 두드리는 것이 아닌가. 거의 반수면 상태로 문 앞으로 기어갔다.

"누구세요?"

"우유배달이요."

밖에서는 오토바이 시동 소리가 들리고 중년 남성의 목소리로 우유배달을 왔단다. 참… 사람이 그렇다. 밖에서 우유배달을 왔다니 잠결이라도 그거 한번 먹어보겠다고 나도 모르게 문을 철커덕! 열려고 하더라는 것. 거의 반쯤 잠금장치를 열려는 순간, 정신이 갑자기 번쩍 들었다.

"어…? 저 우유 안 먹는데요?"

"어서 주고 가야 돼요, 문 열어봐요."

"우유 원래 안 먹어요."

"문 열어보라니까요! 시간 없는데…."

순간, 이건 아니다 싶었다. 내 평생, 어릴 적 병우유 이후로는 소젖과 친해본 적도 없을 뿐더러, 우유배달을 왔으면 놔두고 가면 되지, 왜 문을 열라고 소리를 지르시고 난리댄스질일까! 덜컥 겁이 났다.

"난.우.유.안.먹.어.요!!!!!!"

이 정도 했으면 돌아갈 만도 한데 이 우유강도, 가관이다.

"아, 시간 없다니까!!!"

"안 먹는다고!! 안 시켰다고!!"

"야! 문 안 열어?!!"

허! 이건 강도가 아니라 지가 집주인이네, 그래. 이 강도, 여차하면 창문이라도 타고 들어올 기세. 내 아무리 막가파 꼬냥이라도 이 정도 되

면 온몸이 후들후들 떨릴 수밖에 없다. 그때 나도 모르게 입에서 튀어
나온 건….

"오빠!!!!!!!!!!!!!"

조폭 오빠가 재벌, 첫사랑, 테리우스 보다 낫더라

두둥!

샤랄라~ 샤랄라 라라라라라라~ (꽃 그림 몇 개 들어가 주시고 배경음
악 모나코~)

어느 오빠였을까…?

열일곱 살, 폭풍우 같던 첫사랑의 주인공 오빠였을까. 축구하다 나를
보며 인사를 한다는 것이 축구공을 날려 내 눈탱이를 밤탱이로 만들었
던 그 선배 오빠였을까. 화실에서 간식시간에 나도 손이 있거늘 꼭 자
기가 해주겠다며 오두방정 떨다 식빵이 아닌 내 캔버스에 케첩을 짜갈
기던 화실 오빠였을까….

모두 아니다, 모두 아니다. 그때 내 머릿속에 떠오른 건 오로지 송하
맹호도의 주인공, 막내 조폭의 얼굴이었다. 지가 급하니까 그냥 오빠
소리 나오더라. 현실적으로 생각하여 그 상황에서 구준표 오빠라 한들
날 구할 수 있었겠는가. 물론 그 양반이 날 구하기야 하겠냐만.(쩝)

삐그덕―.

오오!!!!!

옆집 문 여는 소리가 들렸다. 우리 집 대문과 옆집 창문이 붙어 있어
이 정도 소리 지르면 자다가도 일어나게 마련이거든.

10

"뭐야? 새벽에 시끄럽게, 옆집 아가씨, 무슨 일이야?" (우리는 어느덧 말 놓는 다정한 이웃사촌!)

역시 나의 텔레파시가 통했는지 그냥 딴짓 하다 안 잔 건지 여하간 막내 조폭의 목소리였다.

―구해줘, 뽀빠이!! 구해줘, 뽀빠이!! 구해줘, 뽀빠이!! 모드 돌입!!

"밖에 아저씨가 자꾸 문 열라잖아요!!! 나 우유 안 먹는데!!"

우호호!! 각오해라, 우유 강도!

"당신 뭐야, 우유배달 맞아? 우유 어디 있어?"

"아⋯, 저기⋯."

후다닥!!

"거기 안 서?!!"

투다닥!!

대충, 이런 상황. 우유강도를 붙잡아 물고를 내고 막내 조폭에게는 기사 작위라도 수여하려 하였으나, 안타깝게도 우유강도가 워낙 신출귀몰하여 오토바이를 타고 튀어주셔서 허탕을 치고 돌아오는 막내 조폭.

"아가씨, 괜찮아? 문 좀 열어봐."

문을 열고 그 듬직한 막내 조폭의 얼굴을 보니 왜 그리 안심이 되던지⋯. 갑자기 우리 둘 사이에 놓였던 커다란 신분의 벽은 (뭔 벽?) 손가락에 엉겨 붙은 솜사탕마냥 녹아 없어졌다. (간사한 것!)

그제야 비실비실 나오시는 첫째 조폭과 둘째 조폭. 어이, 거기 영감들은 좀 들어가시고!

이후로 막내 조폭, 마치 꼬냥이 전용 수호기사처럼 경호를 해주었다. 새벽에 게임방 갈 일 있으면 데려다주고, 늦게 들어오는 날은 택시 정류장에서 기다려주고…. 가끔 자잘한 전구 갈아 끼우는 일이나 옆 건물 파키스탄 총각의 관음질에 되도 않는 영어로 위협하는 임무 수행 등. 이 정도면 사설경호원 못지않지.

사실…, 그저 죄라면 남들보다 조금 청소 안 하고 조금 막가파라는 것밖에 없었는데 유별나게 까다로운 이웃 만나 고생하던 조폭 삼총사. 특히 꼬냥이를 보면, 말 지지리도 안 듣다가 13살 때 가출해 소식 끊긴 여동생이 생각난다 했던 막내 조폭. (왜 떠오르는데, 왜???)

밖에서야 어깨에 힘주고 나쁜 짓 하고 다닐지 몰라도 일단 건물에만 들어오면 순한 양생이가 되어 버거운 이웃 꼬냥이의 히스테리를 다 받아주는 착한 이웃이 되었다. 지금 생각해보면 쥐똥만한 여자아이가 무서워서가 아니라 혼자 사는 이웃집 아가씨에 대한 나름의 배려가 아니었나 싶다. 그들이 독한 조폭이 아니었던 까닭도 있겠지.

하지만 조금 뒤 이야기할 귀신 사건 이후로 난 이사를 가야 했고, 마지막으로 뭐라도 보답을 하고 싶었다. 그래서 생각한 것이 바로 '조폭질도 알아야 해먹는다!' 그들에게 문명의 혜택을 받도록 해주는 것, 바로 게임방 나들이. 후후, 기대하시라.

조폭 삼총사,
게임방에 납시던 날

막내 조폭과 함께 꼬냥이와 친분을 쌓았던 둘째 조폭.

첫째 조폭은 워낙 어르신이라 알 수 없는 진짜 조폭의 향기가 솔솔 풍겨 감히 접근을 할 수 없었지만 이중간한 중년인 둘째 조폭은 막내 조폭보다 조금 더 어수룩한 분위기여서 꼬냥이랑 죽이 잘 맞는 편이었다.

주로 대화를 나누는 곳은 건물 출입구의 계단 앞. 햇볕 좋은 날이면 둘이 요구르트에 빨대 꽂아 하나씩 나눠 먹으며 멍… 하니 광합성을 하곤 했다.

"아저씨는 취미가 뭐예요?"

"술 마시기."

"아따~ 그건 생활이고. 취미, 시간 날 때 즐기는 것."

"음…, 당구? 독서?"

"도… 독서? 무슨 독서요?"

"… 용하다 용해…."

"… 무대리?"

"신문도 독서지…."

신문 보는 것도 독서에 포함된다 생각하는 이 둘째 조폭. 하긴 아예 안 보고 사는 것보다야 낫겠지만. 아무튼 이들에게 떠나기 전 뭔가 선물을 하고 싶었던 꼬냥이. 목욕탕 가려고 분홍색 때타올을 목에 두르고 나온 막내 조폭을 불러 앉혔다.

"게임방 가봤어요?"

"오락실 갈 나이는 지났지, 우리 형님 연세에 꼬맹이들이랑 50원짜리 넣고 오락할 순 없잖아, 가오 떨어지게."

"막내야, 아가씨가 말하는 게 오락실이 아니고 게임장을 말하는 것 같다. 아가씨, 우리가 예전엔 전문적으로 업소 관리를…."

"아 쫌! 그거 말구요! 뭔 50원짜리? 요즘 50원짜리 오락이 어딨어요! 그리고 뭔 게임장은 게임장? 카드 같은 거 말구요!"

"…그럼 빠찡코?"

아… 진짜 말 안 통하네. 하긴 인터넷 전용선에 TV 케이블 선을 연결한 자들이 PC방을 갈 리가 없지.

"요즘은 컴퓨터를 모르면 대화가 안 되는 시대예요. 일도 컴퓨터로 하고 연락도 컴퓨터로 하고 노는 것도 컴퓨터로 노는 시대라고요."

멀뚱멀뚱.

"그 비싼 컴퓨터로 뭘 하고 놀아?"

그때 당시 이미 수많은 조폭들이 온라인 게임을 점령하여 한바탕 휩쓸던 시대인데 어찌 이놈의 반지하 구닥다리 조폭 삼총사는 이마저도

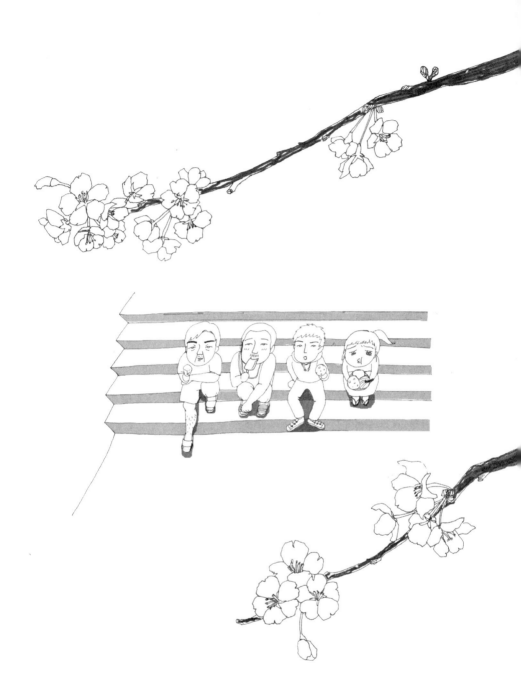

75

모른단 말인가. 나오는 건 한숨이요, 이토록 문명의 혜택을 거부하며 살아온 이들에게 그동안 내가 너무 모질었나 싶은 자책감이 살포시 고개를 쳐들었다.

"일단 갑시다. 내가 아저씨들께 삶의 오아시스를 선사할 터이니."

"그렇게 좋은 거면 우리끼리만 즐기면 안 되지, 큰형님 모시고 와라, 막내야."

"예, 옷 좀 다려 입고 오겠습니다, 형님."

게임방 가는데 옷은 왜 다려, 말을 말자, 말을 말어.

형님은 어디서나 상석으로 모신다

이유 없이 멀끔하게 차려입은 조폭 3인방과 후줄근한 동네 노는 백조 언니가 게임방으로 들어가니 대낮부터 옹기종기 모여 앉아 게임 삼매 경에 빠져 있던 백수 오빠들 기겁하시는 눈길을 보낸다.

제아무리 등짝의 벽화를 가렸다고는 하나 남자들끼리는 척 보면 '아, 저 어르신 어디서 공구리 좀 치셨겠구나', '아, 저 형아는 사시미로 포 좀 뜨셨겠구나' 하는, 쉽게 말해 '견적'이 나온다고 하지 않는가. 그런 형아들이 셋이나 납시셨으니 사자 우리에 던져진 오리새끼 된 기분이 었겠지.

더군다나 알바 군은 피하고 싶다고 피할 수 있는 입장도 아닌 덕에 무방비 상태로 형아들 앞에 노출되어버린 불쌍한 오리 신세가 되었다.

"자리 4개 있어요?"

"아, 저기… 같이 앉으실 자리는 3개밖에 없는데… 따로 앉으시면…

안 되죠?"

이봐, 질문은 내가 했는데 왜 눈길은 조폭들에게 주는 거야.

"형님, 그럼 저희끼리 앉을 테니 형님은 상석에 착석하십시오."

웃기시네, 게임방에 상석이 어디 있어. 바보들.

또 멋모르고 좋다 하시는 우리 첫째 조폭님. 졸지에 상석이 돼버린 구석자리로 가 '착석' 하신다.

"음료수 뭐 드실래요? 제가 살게요. 전 커피 마실 건데…."

"우리도 커피 마시지 뭐, 큰형님 뭐 잡수시겠습니까?"

"음…, 난 요즘 커피 마시니 잠을 통 못 자겠더구나. 쌍화차 한잔 마시지 뭐. 뜨끈하게."

"이봐, 학생, 우리 커피 셋에 쌍화차 한 잔."

우리 알바 군, 순간 덜덜덜 당황 모드 돌입하신다. 게임방에 쌍화차가 어디 있느냐고!!

"저… 저기, 게임방에는 쌍화차가… 있을 리가…."

"뭣? 그럼 안 된다는 거야? 커피는 팔면서 쌍화차는 왜 안 팔아? 우리 형님이 잡수시겠다는데!"

"아뇨, 아뇨!!!! 사다 드릴게요, 조금만 기다리세요."

그냥 가만히 있었으면 말리려고 하였거늘, 과잉충성 과잉공포 알바 군, 가게도 내팽개치고 쏜살같이 달려나간다. 저것이 뭘 사들고 오려고 저러나….

오빠들의 게임 아이디는 무엇일까~요?

알바 군이 나간 후, 꼬냥이는 일일이 파워버튼 눌러 부팅시켜주고 어떤 게임이 취향에 맞을지 심각하게 논의하였다.

"각자 좋아하는 종류의 게임을 하면 돼요."

"음…, 그러고 보니 어린 애기들이 요즘 만화게임을 한다고 하던데?"

"아, 맞습니다, 형님. 만화들이 돌아다니면서 하는 게임이 재미있다고 하던데요?"

"됐다, 너희들이나 만화 봐라. 나는 바둑이나 해보련다. 일전에 강 사장 보니 사무실에서 컴퓨터로 바둑 두더군."

"옙, 행님, 즐거운 시간 되십쇼."

첫째 조폭에게 바둑게임 사이트 회원 가입을 시켰다. 아이디… onetwothree… 원… 투… 쓰리…. 이 양반도 은근히 단순해.

바둑게임의 간단한 조작 방법을 알려주고 나머지 조폭들에겐 그들이 말하는 만화게임, 즉 온라인게임 리니지를 체험할 수 있도록 해주었다.

막 게임에 접속하려는데 헐레벌떡 들어오는 알바 군. 육수로 범벅이 되어 첫째 조폭에게 머뭇머뭇 다가간다.

"저… 저기…, 제가 다방을 다 다녀봤는데 테이크아웃은 안 된대서요… 배달시키면 사장님이 뭐라 하실 것 같고…."

"내가 언제 스테이크 시켰나, 이 학생 보게…."

"아… 아니요, 그게요…."

"그래서 못 샀다?"

"아니요, 이거라도…."

78

불쌍한 알바 군이 벌벌벌 떨며 살며시 건넨 것은 광둬제약 쌍화탕! 알바 군의 정성이 갸륵했는지 나름 만족한 표정으로 쌍화탕 병을 받으며 고개를 끄덕거리는 첫째 조폭. 새삼 뭐가 저리 흡족해.

"학생이 고생이 많군, 정성이 기특하니 마시도록 하지. 계속 수고해."

"옙! 열심히 하겠습니다!"

뭐를 열심히 할 건데, 짜슥….

알바 군의 갸륵한 정성에 감복한 첫째 조폭, 쌍화탕을 홀짝거리며 바둑 삼매경에 빠져들었고 이미 게임 세상의 노예가 된 나머지 두 조폭들은 저거들 형님이 뭘 마시고 말고는 이미 안중에도 없이 레벨 1짜리로 계속 죽다 살다를 반복하고 있었다.

둘째 조폭 캐릭터 아이디, 개돼지.

막내 조폭 캐릭터 아이디, 박승복요정 님.(지 이름이지 싶다…, 허어….)

이렇게 처음 온라인 세상에 눈뜬 조폭 삼총사. 그날부터 이들에겐 더 이상의 주먹도, 더 이상의 업소도 없었다.

오로지 게. 임. 뿐!

닭 잡는 조폭과의
부동산 점령기

　장장 1년여의 대림동 반지하 생활이 끝나가고 있었다.

　이 집에 살면서 참 징글맞게도 많은 일이 있었다. 조폭 이웃에 귀신도 게스트로 출연하고 옆 건물 가내수공업 공장에서 일하는 동남아 노동자들은 엑스트라, 잊을 만하면 한 번씩 찾아오는 도둑님에, 여름 한철 물난리로 수재민이 되어 보상금까지 받아먹는 신세도 되어보고. 1년 365일 어찌 이리도 알차게 꾹꾹 눌러 담아 다이내믹한 버라이어티 쇼가 될 수 있을까.

　당시에는 아무리 급해도 이런 집은 얻지 않으리 생각했지만, 지나고 생각해보니 흔하디 흔한 결론, 젊은 날의 추억이다. 내 그런 곳에 살아보지 않았더라면 대한민국 구석구석 다세대에 거주하는 이들의 심정을 조금도 알지 못했을 것이다. 뭐, 이리 이야기하면 지금은 꽤 좋은 집에 사는 것 같다. 훗… 아직은 옥탑방! 하지만 이 옥탑을 떠나는 날, 난 또 하나의 넓은 가슴 한 켠을 갖게 되지 않을까.

어째 시작부터 엔딩 분위기다. 그냥 폼 한번 잡아보았소.

조폭 삼총사와 악하디아 타고 부동산을 점령하다

조폭들에게 게임방 문화를 전수한 후, 난 이사할 집을 알아보느라 바빠졌다. 집주인 영감님이 워낙 프리한 성격이시라 집세를 내나 마나, 사람이 떠나나 마나 별 관심이 없어 그냥 눌러 살아도 뭐라 할 일은 없었지만 이놈의 방랑벽, 사는 곳 또한 한 군데서 1년 이상 지나면 지겨워지는 성격과 연이어 출몰하는 귀신놀음에 이만하면 떠날 때가 됐다 싶었던 것이다.

다행히 놀고먹느라 바쁘시되 음주가무를 자제하고 게임에만 몰두한 덕에 용돈으로 보증금을 마련하는 기염을 토하신 꼬냥이 님. 반지하 보증금까지 합해 그런대로 여유 있게 집을 알아볼 수 있었다.

하지만 뜻하지 않은 난관이 었었으니, 꼬냥이가 서울 지리에 대해서는 전혀 감을 못 잡고 있더라는 것. 이름하여 '방향감각상실증' 이라는 불치병. 이 병은 실제로 존재하는 지도와 방위를 무시하고 제 머릿속에 생성된 임의의 지도에만 의지하여 살아가는 병이다. 그러니 이 병에 걸린 환자는 제가 가본 길이 아니면 머릿속에 지도가 생성되지 않은 상태이므로 '공란' 으로 표시되어 정신적 공황상태에 빠져 드러누워버리게 된다.

원래 꼭 어느 동네로 가야 한다는 결정은 없었으나 되도록이면 깨끗하고 조용한 동네로 가고 싶었다. 하지만 그 깨끗한 동네가 어떤 동네인지, 그 동네를 가려면 뭘 타고 어떻게 가야만 하는지 하루하루 집을 나설 때마다 막막하기만 했다. 마치 보물을 찾을 거라고 바다를 뒤집기 직전의 기분이랄까. 그래서 또 다시 손을 내밀게 된 이들은 조폭 삼총사.

"서울에서 어디가 살 만해요?"

"강남이제. 돈만 있으면 강남이 제일 살기 편하제."

"강남…, 비싸지 않아요?"

"말했지 않는가, '돈만 있으면'이라고. 그 뭐냐, 완룸(원룸)! 그 완룸이 보증금은 싸더라고, 한 200~500만 줘도 들어가대."

"행님, 월세가 최소 60입니다."

이런, 도움 안 되는 종족들. 넷이 머리 맞대고 궁리해봤자 서로 도움될 일은 없을 듯했다. 그러나 우리 착한 조폭 삼총사, 머리로는 못 도와주더라도 이동은 도와줄 수 있다며 발 벗고 나서주시는데, 이래서 이웃사촌이 좋은 것인가. 조폭 삼총사의 애마, 뉘리끼리한 '악하디아'를 타고 덜덜덜거리며 서울 시내를 누볐다. 웃긴 건 혼자 돌아다닐 때보단 마음이 편하더라는 것. 어린 여자애 혼자서 방을 구하러 다니면 사람들 시선도 그렇고 애 취급 당하기도 했었는데 말이다.

"보소, 아자씨. 아자씨 딸내미가 자취한다면 이런 집에 들여보내겠소? 자다가 벽 무너져서 골로 보내고 싶은 거요?"

"지하철에서 5분 거리라 안 했습니까? 택시 타고 200으로 밟아서 5분이란 소리요? 너무하네."

"내 관상을 보아하니 저 집은 집주인이 너무 깐깐해, 아가씨처럼 널찍한 성격은 저런 사람하고 안 맞아. 내 말 맞당께! 얼굴에 합이 안 들었어!"

지금이야 꼼꼼하게 보고 이사를 하는 편이지만 그 당시만 해도 대충 방 크기와 건물 구조만 보고 이사를 들어갔었다. 그런데 역시 오래 살아본 사람들은 뭐가 달라도 다르달까, 여자인 나보다 이 조폭들이 더 꼼꼼하게 집을 고르더라는 것. 누가 저들을 조폭이라 하리.

그래도 이 사람들 명색이 직장이 있어 밤에는 출근하고 새벽에야 잠드는데, 장장 일주일 동안 낮 시간을 비워 방을 구하러 다녀주었다. 밥값이라도 낼라치면 어린애한테 밥 얻어먹는 건 '가오' 떨어지는 짓이라며 밥값, 기름값, 간식비까지 자기들 돈 쓰면서. 말로는 드라이브 겸돌아다니는 것이라 했지만, 왜 모르랴. 그래도 지난 시간 동안 함께했던 이웃사촌에 대한 배려라는 것을.

홋… 게임 아이템이 좀 필요하기도 했다는 후문을 말하면 감상에 방해가 되려나.

그들은 사람이 아닌 닭을 잡았다

그렇게 일주일째, 드디어 네 명 모두 만장일치로 선택할 만한 흡족한 방을 구하게 되었다.

"채광 좋아, 좋아! 매일 게임하느라 밖에도 안 나가는 사람이 빛이라도 쬐고 살아야지, 안 그러면 귀에 곰팡이 생겨."

"좌로 학교, 우로 시장, 정거장 걸어서 딱 5분, 시내 한 방. 이 정도면 동네 깨끗하고 좋아!"

"신축은 아니라도 건물 깨끗하네. 수압 세고 통풍 잘 되고, 오, 이 정도면 딱이네."

신기할 정도로 잘 빠진 집이 괜찮은 값에 나와 있는 것을 발견했고 그 동안 돌아다닌 보람을 낚아올린 셈이었다.

그날 저녁, 방도 구했겠다 편한 마음으로 술 한잔을 사려고 했으나 그 또한 얻어먹기 싫다는 것이 아닌가. 차라리 자신들이 일하는 곳으로 오면 한잔 사겠다니, 이 남자들 공짜로 뭐 얻어먹는 거 참 싫어한다.

그런데 그들이 일하는 곳은 나이트도 아니요, 주점도 아니요, 호빠도 아니요, 닭털 날리는 닭집. 아니 무슨 닭집에서 조폭을 쓰나.

카운터에 앉은 첫째 조폭, 주방에서 요리하는 둘째 조폭, 서빙하는 막내 조폭.

"기도 보는 거 아니에요?"

"뭔 소리여, 명색이 우리 가게인데."

"아니, 난 등에 문신 보고…."

"그거야 옛날 얘기지~."

"아, 정말!!! 뭔 닭집 사람들이 등판에 호랑이를 그린대?"

한때 첫째 조폭과 둘째 조폭이 정말 조폭 생활을 한 건 사실이지만 그건 이미 십여 년 전의 이야기이고, 더군다나 막내 조폭은 불우한 청소년기 때 이들의 닭집에 아르바이트생으로 들어왔다가 인연이 되어 함께 하게 되었다는 것.

"아가씨도 말이야, 지금 그 나이 때가 얼마나 중요한 때인지 알아두란 말이야…."

떠나는 이웃사촌에게 당부하고 싶은 몇 가지

"어릴 때 세상이 다 내 것 같아도 그건 순간이야. 한창 꽃피는 20대는 순간이거든. 앞으로 50년, 60년을 더 살아내야 하는 게 인간이란 걸 알아야 돼. 20대, 그 10년 즐거움을 위해서 나머지 인생을 저당잡혀서야 되겠어? 뭐가 싫어 그러고 있는진 모르겠지만 적당히 쉬었다 싶으면 홀홀 털고 일어날 준비도 해야 하는 거야."

그 당시 사실 난, 나 자신도 알지 못하는 내 안의 무엇인가와 싸우고 있었다. 가족과 있어도, 친구든 애인이든 그 누구와 있어도 절대 채워지지 않는 그 어떤 감정. 태어날 때부터 갖고 태어난 듯한 외로움, 그 누가 올려둔 것도 아닌 내 스스로 짊어진 짐, 표출할 수 없는 어떠한 분노, …, 내가 먼저 세상에서 나를 분리하려 하였고 숨어들게 하였다. 그런 나를 첫째 조폭은 이미 알고 있었다.

"돈이 급해도 사채는 쓰지 마, 목구멍에 거미줄 막으려고 끌어 썼다가 목구멍에 칼 들어가는 게 사채야. 물론 살다보면 남에게 손 벌릴 때도 있겠지만 당장 눈앞에 저승사자가 올 때까지는 빚을 지면 안 돼. 당장 먹을 게 없으면 수돗물을 마셔. 나이가 들어서 빚이 없다는 것 하나만으로 빚 있는 사람에 비해 세상 살기가 한결 숨통이 트일 거야."

예전에 농담 삼아 '아, 신장이라도 하나 떼든가, 사채라도 써서 이 반지하 좀 벗어나야지' 했던 말을 기억하고 있었던지 둘째 조폭은 사뭇 진지하게 이야기를 꺼냈다. 세상이 무서울 것도 없었던 시절, 이 대책 없는 이웃사촌이 정말 급하면 사고라도 칠 것 같았던 걸까.

"남자 믿지 마. 아직 어려서 그저 잘생기고 스타일 나오면 좋겠지. 그런데 남자는 굉장히 잔인한 동물이야. 언제나 도망갈 곳은 마련해두고 사는 게 남자야. 핑계와 핑계를 거듭하고 3분 카레처럼 즉석에서 어떤 감정이라도 만들어낼 수 있는 게 남자라는 거지. 더군다나 혼자 살면서 가장 조심해야 할 것이 첫째도 남자, 둘째도 남자라는 거. 절대 잊어선 안 돼."

나이 차이가 가장 적게 났던 막내 조폭은 오빠로서 할 수 있는 가장 실감나는 조언을 해주었다. 우유강도님 출몰 사건과 옆 건물 동남아 노동자 총각의 쏼라쏼라를 몸소 막아주었던 입장에서는 어쩌면 가장 걱정이기도 했을 터.

누구의 조언이나 충고도 귀담아듣지 않던 내가 이 세 명의 과거형 조폭의 말에는 고개를 끄덕였다. 누구보다 험악하게 누구보다 굴곡진 세월을 살았던, 하지만 그 세월을 후회하며 살뜰하게 살아가고자 노력하는 이들의 모습, 그 어떤 위인의 업적보다 더 가슴에 와닿았다면 이해가 될까.

일주일 후, 난 예정대로 이사를 하게 되었다. 이삿짐을 날라주고 팔랑팔랑 손을 흔드는 세 명의 조폭, 아니 닭 사장님…, 주방장님, 서빙님…. 비록 거리가 멀어 자주 만나지는 못했지만 꽤 오랫동안 게임 상에서 함께 게임을 했다. 닭 사장님이 결혼을 하시면서 닭 사모님과 함께 어울리지 않게 속옷가게를 차리셨고 주방장님과 서빙님이 가업(?)을 물려받아 계속 닭집을 운영한다는 이야기까지만 기억이 난다.

─잘 지내시는지요, 저는 현재 옥탑에 살고 있습니다. 만만치 않은

배추도사 주인 영감님을 만나 하루하루 다이내믹한 쇼를 벌이고 있지요. 허나 지금이 아무리 고생스럽다 한들 그때보다야 하겠습니까.

이제 조금 사람 구실하며 살고 있으니 제 걱정은 마세요. 사채도 안 쓰고 신장도 안 팔았습니다. 빚도 없고, 남자도 인상은 조폭이지만 심성은 순딩이라 데리고 살 만할 것 같습니다. 혹시나 이 이야기를 보시게 되면 연락 주십시오. 그럼 peace~!

추신: 이제 돈 좀 버셨으면 등판에 문신부터 지우시지요. 사실 이제와 말이지만 벽화 보고 식겁했었습니다.

"집터가 안 좋나,
이사 와서 석 달을 못 버티네."

이제 나를 조폭 이웃들과 헤어지게 만든 그 사건을 이야기해야 할 타이밍이다. 누구나 겪는 일은 아니지만 누군가는 겪을 수 있는 일이므로 알아두는 것이 나쁘지는 않을 것이다. 악몽보다 더 끔찍한 건 가위다. 현실처럼 펼쳐지는 그 공포에서 벗어날 길 또한 스스로 찾아야만 한다.

하루는 쨍쨍 햇볕 좋은 날이어서 대청소를 해놓고 잠시 낮잠이 들었다. 얼핏 잠이 들려는데 귓가에서 윙윙거리는 소리가 울리기 시작했다. 슬며시 눈을 떠 창문을 바라보니 여전히 햇살이 들어오고 있었다. 낮에 무슨 벌떼 소리가 이리 나는 것일까 하고 몸을 움직이려는 순간 갑자기 창문 아래에 있던 1.5리터 생수통이 흔들리기 시작했다. 미친 듯 제자리에서 파르르르 떨리며 당장이라도 터질 듯 빙글빙글 도는 것이 아닌가. 그리고….

누워 있는 발 언저리에 인기척이 느껴져 눈을 돌리는 순간, 아… 난 그대로 온몸이 굳어버리는 것을 느꼈다. 우리는 보통 흰 소복에 머리를 풀어헤친 처녀귀신이 가장 무섭다고 생각한다. 그러나 정말 무서운 것은 검은색 한복이다.

내 발쪽에는 검은 한복에 검은색 머리를 곱게 쪽지고 검은색 비녀를 꽂은 여인이 다소곳하게 앉아 나를 바라보고 있었다. 검은 입술과 눈언저리에서 줄줄줄 흘러내리는, 빨갛다 못해 검은 눈물은 나를 기절시키기에 충분했다.

난 무엇을 해야 할까, 난 어떻게 이 순간을 벗어나야 할까 생각하며 찬송가를 부르기 시작했다.

"내게 강 같은 평화~ 내게 강 같은 평화~ 내게 강 같은 평화 넘치네. 할렐루야~."

그녀는 나를 바라보며 웃기 시작했다. 검은색 입술이 귀 아래까지 찢어지며 무섭게 웃어댔다.

"정구업진언수리 수리수리 마하수리… 수수리 사바하…."

할머니가 항상 읊조리시던 천수경의 한 대목이 생각나 외우기 시작했다. 그녀는 갑자기 화가 난 듯 나를 째려보기 시작했다. 피눈물이 점점 굵어지며 역류하는 듯 보였다. 당장이라도 덤벼들 듯 나를 노려보았다.

이대로 죽는 건가 하는 생각이 머리를 스치는 순간, 어린 시절 교회에서 예쁜 주일학교 선생님께 배웠던 노래 한 구절이 생각났다.

"사막에 샘이 넘쳐흐르리라~ 사막에 꽃이 피어 향내 내리라~."

순간 내 몸을 죄고 있던 그 힘이 스르르 풀리는 것을 느꼈다. 눈을 뜨고 고개를 돌려 바라보니 내 발밑에는 아무것도 없었고 그렇게 미친 듯

이 요동치던 생수통도 그대로였다. 더군다나 햇살까지 따사롭게 들어오고 있다니. 내가 본 것은 무엇이었을까 하는 생각으로 뻐근한 몸을 일으켜 바로 찬송가와 불경 소리를 들으며 오들오들 떨어야 했다.

그리고 그 이후로는 별일 없이 잘 지나가고 있는 듯 보였다. 그러나 그저 한번쯤 겪는 가위려니 생각하기엔 그 횟수가 너무나 잦았고 결국 난 이사를 결심할 수밖에 없었다.

그 집에서의 마지막 날 밤.

짐을 다 싸놓고 잠이 들었는데 또 몸이 말을 듣지 않았다. 누군가 문을 열려는 듯 귓가에서는 끼기긱 소리가 들리기 시작했고, 싸놓았던 박스들이 스물스물 움직였다. 창문에서는 달빛이 새어 들어오고 있었는데 그 빛 사이로 회색빛이 감돌기 시작하더니 그때 보았던 검은 한복의 여인이 서서히 모습을 드러냈다.

밤이었지만 여인의 모습은 또렷이 보였고 여인은 창가에 얌전히 서서 나를 내려다보고 있었다. 그리고 어디선가 아주 오래된 창하는 소리가 들리기 시작했다. 여인은 검은색 천을 휘날리며 창 장단에 맞춰 천천히 춤을 추기 시작했다. 사뿐사뿐, 마치 나비처럼 춤을 추다가 도저히 알아들을 수 없을 만큼 노래가 빨라지자 그 소리에 맞춰 빙글빙글 돌기 시작했다.

마치 기계에 사람을 넣고 돌리듯 휘휘휘 돌아가는데 표정은 울다가 웃다가 화를 내는 듯하다가 다시 울다가를 반복하며 미친 듯이 돌고 또 돌았다. 바라보고 있다가는 내가 미칠 것 같았고 나는 다시 노래를 불렀다.

"사막에 샘이 넘쳐흐르리라~ 사막에~."

그러나 이번엔 그마저도 듣지 않았다. 여인의 그 창백한 얼굴은 나를 조롱하듯 비웃으며 핑핑 돌아갔고 난 문득 할머니 생각이 났다.

"할머니…, 살려줘."

그리고 내 머리에는 가위가 눌리던 날이면 항상 안아주던 할머니의 품이 그려졌다. 할머니 몸에서 항상 나던 절의 향내와 등을 다독거리며 읊조리시던 "지장보살… 지장보살… 지장보살" 소리가 들리는 듯했다.

모든 것이 조용해졌다.

난 눈을 떴고 사방은 고요했다. 여전히 새어 들어오는 달빛과 아무것도 변한 것이 없는 방. 난 기어기어 가서 불을 켰다. 그리곤 할머니께 전화를 해 그동안의 이야기를 했다.

"안 그래도 꿈자리가 이상해서 전화 할라캤는데, 내일 날 밝으믄 어여 이사 가그래이. 집터가 드르븐 거 같다. 불 끄지 말고 니 좋아하는 그 피시방인가 가서 아침까지 버티그라. 이사 가서 거기서 자그래이. 동티 난 집구석이 틀림없다. "

난 그 즉시 집 앞에 있는 게임방으로 가서 밤새도록 게임을 했다. 사람들이 많은 곳에 가니 긴장이 좀 풀리는 것 같았다.

다음 날 이삿짐을 내놓는데 앞집의 아주머니가 주변 이삿짐 쓰레기를 정리해주셨다. 그동안 감사했다고 인사를 하는데 흘리듯 말을 한다.

"이 방은 이사 와서 석 달을 못 버티네. 신혼부부 살 때 갓난쟁이 하나 죽어 나가더니 집터가 안 좋나? 에구…, 아가씨 집 잘 알아보고 이사 가는 거야? 그저 모르긴 몰라도 집터가 안 좋으면 사람한테도 우환이

91

들더라고."

　짐을 다 나르고 잠시 들어가 본 그 방. 처음 이사할 때와는 다르게 더 어둡고 습한 기운이 방 안 곳곳에 묻어 있는 듯했다. 그리고 그 방 한 구석에 검은색 한복의 여인이 다소곳이 앉아 나를 바라보고 있는 듯 싸~한 서늘함에 소름이 돋아났다.

한순간의 장난, 잡신이 붙어버리다

여름이 되면 납량특집과 귀신 영화 등 각종 공포를 소재로 한 내용들이 선을 보인다. 그리고 영화를 본 사람들은 '과연 내 앞에 저런 귀신이 있다면 어찌할 것인가'를 생각해보기도 하는데 많은 사람들이 "뭐 그까이꺼~ 대충 놀라는 척 한번 해주고…"라고 하겠지만, 실제로 나와 다른 기운을 뿜어내는 그들을 마주하고선 평상시의 생각대로 몸을 가누기도, 말을 내뱉기도 힘들다.

장난으로 시작한 행동이 그들을 불렀다

나도 몇 번 비슷한 경험을 한 적이 있었다. 때는 10여 년 전으로 거슬러 올라가 고등학교 1학년. 한참 이우혁의 『퇴마록』이 인기를 끌고 있을 때였고 나 역시 그 이야기에 빠져 밤새는 줄도 모르고 읽고 또 읽고를 반복했었다. 그리고 집어든 것이 『퇴마록 해설집』. 책의 내용 중에 있는 '수인 맺기'라든가 여러 가지 주술을 혼자 따라 해보기도 했다.

그러나 무언가를 보겠다는 생각은 아니었고 단순한 '호기심' 이었을 뿐이었는데 결과는 참 당혹스럽게 나타나기 시작했다.

첫날, 해설집을 구해 책 속의 내용들을 여러 가지 직접 따라 해보았고 그날 밤, 잠을 자기 위해 누웠는데 누군가 내 뒤통수를 세게 후려치는 것이 아닌가. 화들짝 놀라 일어나보니 아무도 없었고 다시 잠이 들었지만 그만 가위에 눌렸다. 검은색 가죽 장갑을 낀 손이 뒤에서 나를 옭아매기 시작했고 난 이대로 가면 죽을 것이라는 생각으로 그 팔을 떼어놓으려 안간힘을 썼다. 얼마나 했을까. 난 마지막이라는 생각으로 그 손을 밀쳐냈고 갑자기 힘이 빠진 듯 그 손은 사라졌다. 그날 아침 내 눈밑에는 다크서클이 진하게 드리워져 있었다.

본격적인 움직임

그리고 다음 날 저녁, 할머니가 쟁반에 과일을 담아 비닐로 덮어 방으로 가져다 주셨다. 난 TV를 보며 과일엔 눈길도 주지 않은 채 혼자 앉아 있는데 어디선가 이상한 소리가 들리기 시작했다.

'사그락… 사그락…'

당시 내 방은 창문도 없었고 문도 닫아놓은 상태여서 바람이 들어올 공간이 없었다.

그런데 쟁반을 덮고 있던 비닐이 움직이고 있었다. 마치 숨을 쉬듯 위아래로 올라갔다 내려갔다를 반복하고 있었다. 나는 내 눈을 의심하고 눈을 비볐지만 그 비닐은 더욱더 세차게 숨을 쉬기 시작했다. 난 손에 들고 있던 리모콘을 쟁반에 집어던지며 소리를 질러댔다. 비닐이 벗겨진 쟁반에는 전혀 이상 없는 과일들이 놓여 있었고 난 안심을 하며 헛것이라 생각하고 다시 TV를 보기 시작했다.

그때 갑자기 자갈 같은 것들이 내 눈앞으로 돌진해 오기 시작했다. 사방에서 돌들이 날아오는데 실제로 맞은 곳이 아프기까지 했다. 그때 문이 열리며 할머니가 들어오셨다. 할머니는 기가 굉장히 세신 분으로 반 무당, 반 도사 같은 분이시다. 할머니는 방 안을 휘휘 둘러보시더니 대뜸 말씀하셨다.

"어데서 어린애 웃는 소리가 이래 나노?"

나는 기겁을 해서 할머니 품 안에 안겼다. 할머니는 나를 안고 방안을 둘러보시곤 그 쩌렁쩌렁 땅이 울릴 만큼 큰 목소리로 외치셨다.

"어데 감히 잡신들이 내 새끼한테 얼쩡거리노! 여기가 어덴 줄 알고!"

난 할머니와는 정반대로 기가 무척 약한 편이고 그렇기 때문에 할머니와 함께 자지 않으면 가위에 자주 눌렸다. 그날 밤도 할머니 곁에서 할머니의 자장가 소리를 들으며 편안히 잠이 들 수 있었다.

혼자 있는 곳에서의 두려움, 귓가를 맴도는 노랫소리

하지만 문제는 내 방에서 혼자 잠이 들려고만 하면 아이들 웃음소리며 뛰어다니는 소리들이 귓가에서 떠나질 않는다는 것이었다. 특히 한 녀석은 내 귓가에 노래까지 불렀는데 그 노래가 〈노을〉이라는 노래였다.

—바람이 머물다 간 들판에 모락모락 피어나는 저녁연기 색동옷 갈아입은 가을 언덕에 빨갛게 노을이 타고 있어요… 키키키키… 언니

야….

이 노래는 내가 어릴 적에도 가장 좋아하던 노래였다. 그 노래를 이런 식으로 듣게 될 줄이야. 난 급기야 지쳐서 할머니께 사실을 털어놓았다. 할머니는 내 이야기를 찬찬히 들으시더니 말씀하셨다.

"갈 곳 없는 외로운 놈들을 불러내면 도로 보내기가 얼마나 힘든 줄 아나? 잡신이 괜히 잡신인 줄 아나?"

할머니는 독실한 불교 신자이신지라 그날 절에 잠시 다녀오시더니 마당 한가운데에 나를 데리고 서셨다. 그리고 식칼과 산에서 떠온 물을 한 바가지 들고 나오셨다. 그리곤 내 몸에 소금을 뿌리시며 그 물에 식칼을 담갔다가 내 몸에 이리저리 갖다대셨다.

"부처님요, 내 새끼한테 붙은 거 띠놓을라꼬 이리 하는 거니 내 죄를 용서하이소. 이놈들, 어데 감히 내 새끼한테 붙어서 괴롭히노, 어여 가그라. 여는 너거들 있을 곳이 아이다. 어여 너거들 갈 곳으로 가그라. 훠이~ 훠이~."

이상하게 온몸에 소름이 돋고 부들부들 떨렸다. 얼마나 그 의식을 행했을까, 할머니는 대문 쪽으로 식칼을 집어던지시더니 이제 됐다며 방으로 나를 데리고 들어가셨다.

그날 밤도 할머니와 잠이 들었는데 꿈속에서 쓰레기장에 나뒹구는 인형들을 보았다. 사람 모양의 아기 인형들이 목이 없고 팔이 없는 채 쓰레기장 한구석에 몰려 있었고 쓰레기차가 다가와 그 인형들을 쓸어 담아버리는 꿈이었다.

그리곤 그날 새벽, 할머니는 새벽녘에 일어나 밥과 반찬 몇 가지를 한지에 곱게 싸서 대문 밖에 두셨다. 또 절에 올라가셔서 한참을 비셨다고 한다.

절대 갖지 말아야 할 호기심

그날 이후로 더 이상 그 이상한 현상은 일어나지 않았고 할머니는 너무 기가 약한 녀석이 보통 사람들은 장난으로 하고 넘어갈 수 있는 일에 된통 걸린 것이라며 다시는 그런 일을 하지 말라고 주의를 주셨다. 이번에는 쉽게 떨어지는 아기 잡신이었지만 다음에는 어떤 놈을 볼지 모른다고 말이다. 그리곤 너무 기가 센 자신과 사느라 손녀가 기가 눌려서 약해진 것이라며 한약까지 지어 오셨다.

지금 생각해도 섬뜩한 일이지만 함부로 그런 짓을 했다가는 어떻게 되는지 알 수 있는 계기가 되었고, 난 다시는 공포 영화나 책 등을 보지 않는다. 간혹 공포 영화라도 볼라치면 어김없이 그날 밤은 가위에 눌리니 나와는 결코 가까워질 수 없는 장르일 수밖에 없다.

한순간의 호기심으로라도 하지 말아야 할 일이 있다. 한때 유행이었던 '분신사바'와 같은 것. 믿지 않는 이들에게는 우스운 이야기일 뿐이지만 내가 발 디디고 있는 이곳과 다른 세계의 이들, 서로 공존해서는 안 되는 존재들이 있음을 알아야 한다. 특히 혼자 살 때는 말이다.

Tip chapter 2

방범, 치안

사람이 귀신보다 무서운 세상이 되고 보니 방범이 무시할 수 없는 문제가 되었다. 아파트 고층에도 가스관 타고 올라가는데 어디라고 안심할 수 있을까.

가장 기본적인 것이 방범창이다. 이것도 절단기로 잘라내면 그만이라지만 그래도 시각상 방범창이 있는 집과 없는 집은 천지차이다. 내가 살던 1층 주택은 처음에는 방범창도 없었고 현관도 새시에 반투명 유리로 되어 있었다. 난 첫째도 방범, 둘째도 방범이라는 주의라 60만 원이라는 거금을 주고 외부로 난 모든 창에 방범창을 하고 현관문도 아파트형 현관으로 교체했다. (비용은 주인 아주머니와 반반 나누어 냈다.) 유별나다고 할지 모르겠지만 사고는 찰나라고 하지 않던가. 순간의 사고로 평생을 괴로워하거나 운 없이 죽느니보단 그 정도 비용을 들이는 게 싸다고 생각했다.

여성 혼자 사는 집이라면 더욱이 방범에 신경 써야 한다. 다세대 주택의 경우 유리로 된 현관문을 달기도 하는데 그런 문은 마음만 먹으면 언제든지 깨고 들어올 수가 있다. 현관문을 통째로 바꾸는 건 무리더라도 현관 유리에 방범 창살을 덧대는 것 정도는 반드시 해야 한다. 그리고 기본 잠금장치에 보조키와 안전 고리도 기왕이면 설치하는 게 좋다. 그 외에도 창문이나 현관에 간편하게 부착할 수 있는 경보기도 고려해볼 수 있다. 2만 원 안팎의 가격으로 철물점이나 인터넷 쇼핑몰을 통해 구매가 가능하고 설치도 간편하다.

좀 다른 이야기 같지만 방충망도 뚫린 곳이 없는지 확인해서 꼼꼼히 쳐야 한다. 모기는 둘째 치고 요즘엔 벌레들이 더 크게, 더 엽기적으로

진화중이다. 이름도 모를 벌레들이 새벽에 침투하여 우리를 공격한다
고 생각해보라. 방충망도 필수다.

청소하는 법

바닥에서는 옷가지들이 무성하게 자라나고, 초파리와 모기들이 공
중을 가로지르며, 깊숙한 바닥 저쪽에서는 바퀴들이 군락을 이루는 어
둡고 축축한 정글. 욕실에 밀어둔 이불에서 나무가 자라는 것을 본 적
이 있는가. 없으면 말을 하지 마시라. 정글의 치타가 되어 타잔과 손잡
고 다니고 싶지 않다면 답은 청소뿐이다.

■ 네 자신을 알라

청소에 임할 때 가장 중요한 것은 '먼지 한 톨 남기지 않고 모조리
쓸어버리겠다' 는 마음을 버리는 것이다.

• 당신은 어떤 유형의 인간인가? 맘잡고 한번 시작했다 하면 거
대한 가구들까지 모조리 뒤집어엎고 집 안 구석구석의 숨어 있는
1mm까지 반짝반짝하게 만드는 완벽주의형? 하루 날 잡아 모든 도
구를 총동원하여 당장 외과수술을 시작해도 좋을 정도로 청결하게
만들어 놓고, 일주일을 뻗어버리는 단기집중형 인간이지는 않은
가? 이렇게 맘잡기까지가 너무 어려워 두 달이고 석 달이고 머리카
락 뒤엉킨 먼지들과 벗 삼아 지내고 있지는 않은가?

―당신은 자취형 인간으로 거듭날 필요가 있다. 기본적으로 자취생
에게 필요한 것은 '대충대충 마인드.' 눈에 보이는 것들만 대강 치우
고 바닥만 대충 쓸어내는 것으로도 만족할 줄 아는 안분지족의 자세가
요구된다. 이러한 당신에게 유용한 것은 마인드 콘트롤. 당신은 할 일

도 많고 매우 바쁜 사람이다. 그런 당신이 옷장 밑에 쌓여가는 먼지 두께까지 체크할 여력이 있는가? 책상 위치가 조금 맘에 안 든다고 해서 지구가 공전 궤도를 벗어나기라도 하는가? 물론 아니다. 청소는 (매일매일은 아니더라도-_-;) 2~3일에 한 번씩만 아주 대충 해두고, 보다 중요한 일에 신경 쓰도록 하라.

• 당신은 어떤 유형의 인간인가? 인간은 어떤 환경에서도 살아남을 수 있는 독한 생물이라는 신념 아래 청소 따위 완전히 외면하면서 살고 있는 완전건강체 유형인가? 마지막으로 갠 것이 대체 언제인지 기억도 가물가물한 이부자리를 슬쩍 들춰보면 곰팡이가 알록달록 한 폭의 진경산수를 펼쳐내고 있지는 않은가?

－푸른 곰팡이만 골라 수확해서 페니실린이라도 만들 셈인가? 당신이 아무리 완전건강체라고 해도 당신의 육체에는 한계가 존재한다는 사실을 깨달아야 한다. 당신의 육체 또한 다른 생물체의 육체와 마찬가지로 심하게 오염되면 망가진다. 자취도 따지고 보면 다 살자고 하는 짓이다. 당신에게 청소란 생명 연장이다. 당신의 본능을 깨워라, 살아라! 청소하라!

• 당신은 어떤 유형의 인간인가? 일단 집에 들어서면 깔끔하다는 인상을 받지만, 옷장이나 창고 문을 열자마자 온갖 잡동사니가 와당탕탕 무너져내리는 외강내유형 인간은 아닌가?

－이보다 훌륭할 수 없다. 당신은 이미 숙달된 자취생. 다만, 몇 가지만 유의하자. 첫째, 젖은 수건이나 옷가지를 둘둘 뭉쳐 방치하면 삶지 않는 한 아무리 빨아도 퀴퀴한 냄새를 지울 수 없다. 수건을 정기적으로 삶는 행위는 자취생의 본분을 벗어나는 일이다. 둘째, 먹다 남은 음식은 반드시 외부 침입이 불가능하도록 보관하라. 무심코 흘린 과자 부스러기, 개수대 옆에 말라붙은 과일 껍질 등등은 당신과 당신의 집

을 숙주로 삼아 번식하는 온갖 미확인생명체들을 불러들일 것이다.

■ 도구의 도(道)를 깨쳐라

• 미니 청소기 vs 거대 청소기

인간을 괜히 호모 파베르라고 하겠는가. 도구를 사용하는 것이 인간의 본능이다. 사용 가능한 도구는 일단 사용하고 보자. 요즘엔 스팀 청소기도 나오고 로봇 청소기도 있다지만 일단 쓰레받기와 빗자루만이라도 있으면 된다. 하지만 좀 더 진화를 원한다면 진공청소기 하나 정도는 구비해 두자. 단, 눈에 보이는 머리카락이나 먼지 제거엔 박스테이프가 제격이다.

• 걸레질

걸레와 행주 정도는 구분하고 쓰자. 책상에 이리저리 굴러다니는 담뱃재와 과자 부스러기용으로 하나, 비닥용으로 하나, 주방용으로 하나. 이 정도만이라도 나눠서 사용하는 품위는 지켜라.

• 아기자기한 소품은 과감히 치워라

작고 귀여운 인형, 프라모델, 예쁜 탁상용 액자, 다 좋다. 물론 정서 함양에 큰 도움이 된다. 하지만 나날이 쌓여가는 먼지는 어쩔 건데? 흰 곰돌이가 바야흐로 회색 곰돌이로 변신해 있는 모습을 보면서도 마음이 내내 따뜻하기만 할까? 주기적으로 먼지를 털어주고 빨아줄 자신이 없다면, 눈 질끈 감고 치워버려라. 안 그래도 스트레스 받을 일 많은 세상에 곰돌이까지 부담으로 떠안지는 말자. 한때 뽑기 장난감을 모아봤지만 현재 그 녀석들은 빛도 들지 않는 박스 안에 고이 잠들어 있다. 꼭 필요하다면 유리장을 하나 장만하든가.

• 냉장고 냄새 제거

냉장고가 자신의 역할을 충실히 해내고 있다면 냉장고에 각종 음식

냄새가 배는 것은 필연. 냉장고 냄새 제거 방법에 관해서는 여러 가지 설이 존재하되 그 효과에 대해서는 의견이 분분하니, 그중에 자신이 편한 방법을 고르면 되겠다.

　―냉장고용 탈취제: 사서, 포장을 뜯어서, 냉장고 구석에 방치해두면 된다. 정기적으로 갈아주는 것만 잊지 말 것.

　―계피: 통계피를 몇 개 방치하면 된다. 효능이 떨어졌다 싶을 땐 계피를 물에 헹궈 햇볕에 바짝 말리면 재사용 가능. 의외로 효과가 좋다.

　―커피 찌꺼기, 10원짜리 동전, 숯, 식빵: 그냥 접시에 담아 방치해두면 알아서 잡는다.

Chapter 3

게임, 내 젊은 날의 동화

그나마 욕은 듣고 넘어갈 만하다. 그런데 온갖 비비비비꼬기라든가 인간적 모멸감을 느끼게 하는 말들은 도저히 참아내기가 쉽지 않았다. 솔직히 게임하면서 화나는 일 있고 여러 사람들이 함께하는 게임이니 만큼 사람 때문에 피해를 입기도 하는 거 왜 모르겠는가. 나도 게임을 했던 사람인데.

꼬냥이의 **게임** 회사
적응 분투기

　난 'N' 게임사에서 2년 정도 일을 했다. 꼬냥이의 글 곳곳에 묻어나는 게임 사랑이 지극도 하시다는 걸 눈치 채셨을 거라 본다.

　게임 회사에 근무하기 전, 사회 생활에 첫발을 내디딘 것도 게임 관련 업무였으니 말 다했지. 첫 직장은 게임 팬 사이트였다. 그곳에서 꼬냥이는 편집장과 칼럼리스트, 기자단 총괄을 했었는데 당시 함께 게임 기자를 하던 젊은 사람 5명이 모여 자본금 500원(정말 500원;;)으로 시작한 것이 게임 팬 사이트 순위 5위권 안에 들면서 꽤 미래가 보이는 듯했다. 처음엔 남의 사무실 옆에 세 들어 눈칫밥을 먹었는데 차차 우리들의 사무실도 얻게 되었고 조금씩 들어오는 광고배너 비용으로 월급도 받을 수 있었다. 그래 봐야 40만 원. 하지만 우리는 월급 40만 원을 받으면서도 게임에 미쳐서 오로지 게임을 한다는 것에 자긍심을 갖고 움직였다. 그땐 그 돈으로 쪼개고 쪼개서 소주 한잔도 가능했고 밤새워 일하면서도 웃을 수 있었다.

하지만 소위 거대 사이트들과의 제휴와 광고비용 등에서 사업 경험이 전무했던 사장님이 몇 번의 실패를 하고, 글 쓰는 애들만 모아놨다는 것을 노린 사기꾼들의 사기에 걸리는 등, 점점 자금에 목이 졸리기 시작했다.

막판이 되니 다들 다른 일거리 찾아 떠나고 남은 건 함께 일하던 동갑내기 친구놈 하나와 나, 그리고 사장님뿐이었다. 망한 거지, 쫄딱.

결국 우리 회사는 다른 곳으로 팔렸고 마지막까지 남았던 친구놈 하나만 같이 팔려간 채, 꼬냥이는 좀 쉴 생각으로 집에서 뒹굴뒹굴 게임만 하면서 지냈다. 백조가 된 것이제.

그것을 안타까이 여기신 사장님, 친구놈은 팔려간 그곳에서 승승장구 잘하고 있으니 남은 나 하나도 잘 되어야 한다며 게임 회사인 N사에 이력서를 넣어보라 하셨다. 직접 N사 실땅님의 이메일까지 알려주시면서. 이쪽 분야에선 꽤 이름이 알려져 있던 사장님이 직접 보증까지 서주셨다. 듣자하니 일 잘하는 것보다 의리 있는 놈이라고 소개를 해주셨단다. (기왕이면 일도 잘한다고 해주지…, 흐흐 영감탱이.)

메일을 보내고 일주일간 기다리다가 연락이 없어서 그냥 파견업체로 문의를 했다. 그런데 파견업체에 이력서를 넣고 연락이 와서 면접을 보러 가게 된 회사가 또 그 N사가 아닌가. 전생에 무슨 운명인지 도망가려고 해도, 다른 곳에 가려고 해도 연이 닿는 것은 그 회사였다.

파견직과 정규직과 계약직과 또 뭐라고요?

다른 길을 찾다가 닿은 곳이 운명의 장난처럼 N사였지만, 내가 몰랐던 것이 있었다. 같은 곳에서 일하더라도 파견과, 계약직과 정직은 엄연히 다르다는 것. 들어오는 입구가 다르면 앉는 자리도 다르다는 것.

파견업체 측은 "토요일 오후 1시까지 삼성동 포스코 사거리로 오세요" 라고 했다. 그런데 면접을 보러 가는 날, 오후 12시쯤 준비를 다하고 나가려는데 전화가 왔다. 사장님 소개로 이력서를 넣었던 실땅님이셨다.

"어? 파견업체로 가면 파견직으로 들어오게 될 텐데 왜 그랬어요? 그냥 오늘 그쪽 면접 보지 말고 월요일에 회사로 직접 오세요, 거 참 물정 모르네, 이 친구…."

이 전화 한 통, 난 신이 도왔다는 생각을 두고두고 하게 된다. 파견직과 정규직, 그 차이가 너무 살벌했기 때문에.

면접을 본 후 난 클로즈 베타 기간 중이었던 L게임의 GM팀 1년 계약직으로 입사를 하게 되었다. 그런데 계약직이라 하더라도 그다지 나쁘게 없었다. 신입 월급은 비슷비슷했으니, 그때 내가 뭘 알았겠나.

입사 첫날, 난 뒤통수가 무지 따끔함을 느꼈다. 파견직으로 일하고 있는 친구들은 계약, 정규직과의 직급이 달랐는데 파견직은 진정 상담(진정이란 게임 내에서 실시간으로 운영자에게 도움을 요청하거나 질문을 하면 답변을 해주는 시스템이다. 메일과 같은 개념이지만 실시간이라는 점이 다르다.)을 주로 하는 GMS(game master supporter), 정규직은 메일, 통계, 버그 조사, 개인정보열람 권한 등이 있는 GM(game master)으로 나뉘어 있었다. 서버당 1명의 GM과 3명의 GMS로 이루어져 있는 구조였다. 그런데 나처럼 계약직으로 입사해 GM으로 시작하는 경우는 처음이라는 것이었다.

　물론 낙하산이라 해도 이전 회사에서 글을 쓴 경력을 참고하여 경력직으로 입사한 것인데, 어찌 됐건 남들 눈엔 낙하산은 낙하산이었을 게다.

　"어머, 저거 화장한 거 봐. 재수 없어."

　"어리버리하게 생겼네."

　그래도 뭐 괜찮았다. 다행히 사수님도 게임 기자를 하던 분으로 배정을 받아 회사에 적응해 나가는 데 큰 도움을 받았다. 글쟁이는 글쟁이를 이해한달까? 그리고 어디 가서나 꿋꿋이 잘 어울리는 성격 덕택에 얼마 지나지 않아 모두 언니, 오빠, 친구, 동생이 되었다.(난 신데렐라가 아니라 캔디과다.)

　문제는, 팬 사이트라는 곳에서 입사했다는 내 꼬리표였다. 과거에도 그랬지만 지금의 팬 사이트는 반(半) 안티 사이트의 분위기를 풍긴다. 그런 이유로 게임 내의 버그라든가 문제점을 날카롭게 지적하고, 지적이 지나쳐 비난에 이르는 기사들도 부지기수다. 물론 팬 사이트 기자 초창기 멤버인 나를 포함한 1세대들이 시작을 그리 했다는 데서 비롯된 문제이기도 하다. 발전 가능성과 힘을 실어 주는 팬 사이트가 아닌, 무조건적인 지적과 문제 제기 형식의 기사 말이다.

　그로 인해 어느 순간 유저를 등에 업은 거대 팬 사이트와 게임을 서비스하는 게임사의 입장이 상충하면서 서로 좋은 관계를 유지할 수 없게 되어버렸다. 그런데 그 당사자인 내가 게임사에 입사를 했다는 것은 팬 사이트 업계 쪽에서도 게임사 측에서도 모두 맘에 들지 않는 케이스가 되는 것이다.

미운 오리 새끼. 딱 그 모양이었다.

"기획팀에 p사에서 누가 면접 봤다며?"

"훗, 그러게. 죽일 듯 달려들 땐 언제고 이제 와서 입사야?"

"솔직히 인터넷 기자가 기자야?"

난 점심을 먹을 때마다 체했다. 나한테 바로 쏟아지는 말은 아니었어도 가시방석에 앉은 느낌인데 밥이 넘어갈 리가 없었다. 급기야 스트레스성 위장병으로 길거리에서 쓰러지기까지 했다. 그때 옆에서 부축해준 선배가 아니었다면 아마 병원에 실려갔을지도…. 선배를 붙잡고 거리에서 얼마나 울었는지 모르겠다. 서러워서 말이다. 그러려면 뽑지나 말든지….

하지만 내 업보려니 생각하고, 나도 어지간히 그들을 괴롭혔으니 고스란히 돌려받는 거다 생각하며, 그 꼬리표를 떼고자 노력했다. 그렇게 한 회사의 직원으로 인정받기 위해 난 하고 싶은 말을 입속으로 숨기고 서럽다는 표현을 뒤로 흘리며 이를 악물었다. 좋은 선배들 뒤를 졸졸 따라다니며 좋은 친구들 곁에서 일을 배우며… 물론 이후에 관련 업계 사람들이 많이 입사하면서 이러한 장벽은 허물어지기 시작했다. 아마 서로 소통이 별로 없던 시기라 더욱 혹독했던 것이리라.

아무튼 그렇게 업무에 익숙해져가면서 클로즈 베타 기간이 끝나고 드디어 게임 회사의 '죽음의 시간', 오픈 베타 서비스 기간이 다가오고 있었다.

이때부터 난… 여자이기를 포기했다.

쌓인 메일 793통, 서버다운 하루 30회
저주 GM!

오픈 베타가 시작되었다.

클로즈 베타란 게임사에서 신청을 받거나 관련 업계에 뿌린 계정으로 몇몇 소수의 유저들만 게임을 즐길 수 있는 단계를 말하고, 오픈 베타란 게임을 하고자 하는 이들이라면 누구나 무료로 계정을 생성하여 게임 접속이 가능한 것을 말한다. 즉, 우리의 게임을 고객들에게 선보이는 첫 무대가 되는 것이다. 이때의 동접자, 즉 동시접속자의 수는 어느 게임사에게나 자존심이 되고 앞으로의 게임 수준에 영향을 미친다고 봐도 과언이 아니다.

그 날이 왔다!

오픈 베타 아침, 이제 시작이라는 표정으로 모두 하얗게 질린 채 시계를 바라보고 있었다. 이젠 "여러분, 죄송해요"로 넘어갈 수 있는 화합의 클로즈 베타와는 다르다. 진정 '고객'이라는 사람들과 얼굴을 마주

해야 한다. 아, 너무 떨려서 토할 것 같다는 기분이 이런 걸까?

두둥!

일단 5개 서버만을 예정하고 1서버에서부터 5서버까지 오픈이 되었다. 선배들이 모두 서버를 맡아서 난 다행히 서버를 맡지 않아도 된다는 안도의 한숨을 쉬었다. 딱 1시간 동안.

1시간 후.

"1번 서버 내려갔어요!!"

"서버실, 서버실!!! 5번 서버 계속 내려가요!!"

"헉, 동접이 계속 올라가요!!"

"9만 넘었습니다!!!"

"말도 안 돼!!"

팀장님이 책상 위로 펄쩍펄쩍 날아다닌다.

"서버실에 전화해서 서버 더 열어!! 남은 GM들 오픈 준비해!"

밀려들어오는 유저들로 인해 기쁨의 만세를 부르는 것도 두번째 일, 서버당 동접자가 한계선을 넘어가자 서버는 10분이 멀다 하고 다운되기 시작했고 급기야 3개 서버를 더 오픈했다.

난 7서버의 담당 GM이 되었다.

진정은 제한선에 육박했고 무조건 진정에 달라붙어 끼었다는 고객 빼주고 여기저기 항의 진정 빼고 제정신이 아니었다. (3D게임은 캐릭터가 지형물에 끼어서 빠져나오지 못하는 일이 어쩔 수 없이 발생한다.)

…………우리나라 사람들 숫자 7 참 좋아라 한다.

110

나의 7서버. 오우, 지쟈쓰 7서버!!!!! 우째 1서버보다 동접이 더 많을 수가 있느냐는 말이다!!

서버가 내려가면 서버실로 전화를 해 다시 올려야 하는데 난 하루에 30여 번의 서버다운을 몸소 체험했고, 서버실 사람들은 내 목소리만 들어도 즉각 "아, 예, 7서버요, 지금 올립니다" 가 나왔다. 밤이 새도록 빌더 캐릭터로(게임 내에 상주하며 근무하는 GM, GMS의 게임 캐릭터) 사방팔방을 누비며 고객들과 부대끼고, 내려가는 서버를 올리고 또 올리고….

"7서버 왜 그래?"

"사람이 미어터지잖아, 봄 죽네, 죽어."

"크~! 봄, 저주 GM인걸?"

밤이 되자 서버다운은 많이 줄어들었지만 그래도 언제 또 내려갈지 몰랐기에 퇴근할 수도 없었다. 물론 그날은 아무도 퇴근할 수 없었다. 대충 진정 처리를 하고 한숨을 돌리려 했을 때 옆자리였던 5서버 선배가 말했다.

"메일 처리 해야지."

"음?"

"아~ 우리 일은 이제부터지, 바보야."

793!

두근거리는 마음으로 처음 메일함을 열었다.

커억! 793통??????

정확히 기억난다, 그때 처음 본 숫자, 793. 뒤에서 누군가 등을 다독거린다. 사수님이시다.

"793통? 많은 건 아니네. 난 클로즈 베타 때 매일 이 정도는 했어. "

저 사람이 과연 인간인가!

울 사수님은 게임 기자 출신으로 클로즈 베타 시절에 모든 메일과 FAQ, 홈페이지를 담당했었다. 그러니 그의 부사수인 나도 그 정도는 쉽게 해나가야 한다는 말이었다. '사수님, 난 당신께 배운 거라곤 칼퇴근하는 방법과 인생뿐입니다요!'

새벽 3시부터 빼기 시작한 메일은 아침이 되도록 줄지를 않았다. 그도 그럴 것이 메일은 진정과는 달라서 답장을 두세 줄 적어서 보낼 수도 없는 일이기에 이것저것 자료 찾아서 최대한 친절히 대답을 해주어야 했다. 더군다나 입사하면서 난 기자를 할 때 부대끼던 유저들을 생각하며 꼭 그들을 위한 사람이 되리라 다짐을 하지 않았던가.

그럼 므하냐고! 해도해도 줄어들지를 않는데….

잠도 못 자고 퀭한 눈으로 사방을 둘러보니 어디 하나 성한 사람이 없어 보였다. 팀장님도 퀭했고, 대리님들도 퀭했다. 아마 이때 나만큼 고생 안 한 사람은 없었으리라. 모두 나만큼 아니, 나보다 더 많이 일을 했을 것이다.

그런데 이상했다. 예전 회사에서 밤샐 때 신나서 일했던 것처럼 피곤하긴 해도 잠은 오지 않는 것이었다. 오! 나에게 다시 그분이 오신 게야! 갑자기 머릿속이 핑핑 돌기 시작했다.

500통

400통

300통

200통….

밤 9시 무렵, 난 77통을 기념으로 남겨두는 센스를 발휘하고 퇴근을 했다. 물론 회사에서 잔다고 했지만 여직원들은 제발 좀 씻고 오라는 팀장님의 자상하신 멘트 덕에 퇴근을 해야 했다.

사랑한다! 나의 서버, 나의 유저들!

테헤란로. 양복 입은 사람들, 예쁜 정장 차려입은 언니들 사이에서, 반바지에 우리 게임 로고가 적인 꼬질꼬질한 박스티를 입은 가스네 하나가 쫄레쫄레 집으로 가고 있었다.

집에 가서도 게임을 했다. 씻고 잠을 자려는데 게임이 하고 싶어서 도저히 견딜 수가 없었다. 우리 게임이다! 이게 우리 게임이야!! 묘한 희열에 온몸을 맡긴 채 난 내가 담당을 하고 있는 7서버에 새로운 캐릭터를 만들었다. 우리 게임 그리고 나의 서버, 나의 유저들, 그들과 이야기하고 싶어서 미칠 지경이었다.

그렇게 밤이 새도록 모자란 잠도 잊은 채 난 게임에 빠져들고 있었다.

영자님,
동생이 죽어갑니다!

매일매일이 전쟁이었다.

그냥 숫자상으로 "많다" 하고 넘어가는 것과 실제로 그 메일과 진정을 처리하는 것은 다르다. 갯수도 많을 뿐 아니라 그 내용들이 하나하나 천차만별이다.

그날도 새벽이었다. 새벽 3시. 며칠간 잠을 못 자 야식도 입에 맞지 않고 오로지 시원한 아이스커피만이 식사이자 간식이었다.

새벽 시간은 그나마 평화롭다. 두 개의 PC를 쓰되 한쪽은 게임 내의 상황과 진정을 위해, 다른 한쪽은 메일 등 기타 업무를 보기 위해 쓰는데, 양쪽을 훑어보니 300건에 육박하던 진정도 거의 100개 정도로 내려가 있었고 옆 PC로 처리할 메일도 100개 정도였다. 한숨 돌리기 위해 기지개도 펴고 커피나 한잔 마시려 일어서던 찰나, 다급하게 우리 서버 GMS이던 쭌씨가 나를 부른다.

"내 동생이 죽어가요"

"봄이씨, 이 진정 이상해요. 좀 봐요."

뭔가 싶어 쭌씨의 PC로 가서 진정 창을 보니, 앵?

ㆍ―영자님, 동생이 죽어갑니다. 수혈이 급합니다. RH-A형 피가 필요합니다, 이진실, 여자, 7살, 031 - 920 - XXXX, 일산 암센터 935호실. 공지 좀 해주세요!! ―

이런 경우는 처음이었다. 때때로 다른 게임에서 공지를 통해 수혈이 급하다는 내용은 본 적이 있지만 내 서버에서 이런 일이 일어나다니. 마음이 다급해졌다. 어쩌지, 어쩌지….

그도 그럴밖에. 공지는 마음대로 내보낼 수가 없다. GM의 공지사항은 서버 내의 모든 사람들이 보게 되기 때문에 꼭 전체적으로 알아야 할 상황(서버의 긴급 상황이나 서버다운 예고 등)들에 대해서만 할 수 있기 때문이다.

그리고 난 당시 GM이 된 지 겨우 두 달도 안된 완전 새내기 아닌가. 너무나 당황스러웠고 마음이 다급했다. 우선 진정을 넣은 유저에게 상담을 시도했다.

"안녕하세요, GM 카르미엔(당시 내 빌더명)입니다. 고객님 자리에 계신가요?"

"네, 영자님 ㅠ.ㅠ 어뜩해요. 동생이 피가 모자라요."

"네, 고객님, 진정은 보았는데요. 사실이 확인되어야만 공지가 가능해서요. 고객님 동생분의 수혈이 필요하시다는 것인가요?"

"이것 봐요! 급하다니까요. 뭘 자꾸 따져요? 사람이 죽어간다는데 당신들은 그게 중요해?"

이렇게 나오면 할 말이 없어진다. 아무리 급한 일이라도 난 절차를 거쳐야만 한다. 그런데도 이 유저는 계속 화만 낸다. 하는 수 없이 확인 해보고 도움줄 수 있으면 그리 하겠노라 하고 진정을 끊었다. 그리고 그 새벽까지 집에도 안 들어가신 팀장님 자리로 황급히 뛰어갔다.

"티… 팀장님, 피가 모자라대요."

"뭣?"

설명을 하니 팀장님도 옆에 있던 대리님도 당황하는 눈치였다. 잠시 고민하던 팀장님.

"새벽이라도 병원은 전화 연결될 테니까, 일산 암센터 전화해보고 사 실이면 공지해줘."

"넵!!!"

난 한걸음에 자리로 돌아가 전화를 했다.

뚜루루루….

뚜루루루….

이윽고 잠에서 깬 듯한 아주머니 한 분이 전화를 받았다.

"안녕하세요, Nxxxxx입니다. 현재 그곳에 이진실 어린이가 급히 수 혈이 필요하다는 제보가 들어와서요. 그 내용에 대해서 확인 전화 드렸 습니다."

한동안 침묵이 흘렀다.

"죽었어요."

"…"

하늘이 무너지는 기분이랄까….

멍— 하니 전화기를 들고 있다가 내려놓았다. 뒤에서 우리 쭌씨와 팀장님, 걱정스러운 표정으로 바라보고 있었다.

"봄이씨, 뭐래요? 맞대요?"

"… 죽었대…."

허탈함에 머리를 쥐어짜는 쭌씨와 한숨을 쉬며 담배를 물고 나가는 팀장님. 그리고 곁에서 바라보던 옆 서버 사람들.

털썩…. 자리에 앉으니 갑자기 눈물이 쏟아졌다.

난 왜 이리 무력한 걸까. 아니다. 무력한 게 아니었다. 나에겐 몇천 명의 사람들에게 그 어린이의 소식을 알려줄 힘이 있었다. 내가 안 한 것이다. 그깟 사실 확인이 그리 중요했나? 그냥 한번 믿어주고, 고민하지 말고 공지를 했더라면 살 수 있었을까?

쭌씨가 커피 한잔을 타와서 건네줬다. 커피를 들고 터덜터덜 계단으로 갔다. 커피맛이 너무 썼다.

팀장님이 내 눈에서 눈물이 뚝뚝 떨어지는 것을 보고 "맘에 담아 두지 마" 하고는 자리를 떴다. 담배를 피우고 있던 쭌씨도 이미 눈이 충혈되어 있다. 대리님이 다가왔다.

"봄이야, 우리가 공지를 했다 해도 그 아이를 살릴 수는 없었을 거야. 시간으로 봐도 그렇잖니."

그런데도 난 한 아이를 살릴 수 있는 기회를 놓쳤다는 생각에 도저히 힘이 나질 않았다. 모든 것이 가라앉은 밤이었다. 쭌씨도 나도 다른 상담에 도저히 몰입이 되지 않았다. 그냥 서로 가만히 자리에 앉아 한숨만 쉴 수밖에 없었다.

그리고 알게 된 사실

그 일이 있은 후 3개월 정도 지났을까? 어느 커뮤니티 사이트를 둘러보던 중 한 게시물이 눈에 띄었다.

―이진실이라는 어린이가 일산 암센터에서 RH-A형 피가 없어서 죽어가고 있대요. 031 - 920 - XXXX. 꼭 도와주세요. ―

그리고 뒤이은 리플.

―그거 벌써 3년 전부터 돌던 이야기입니다. 이미 진실 어린이는 죽었고요, 너무 많이 퍼져서 아직까지도 전화가 온답니다. 그리고 거기 암센터 아니고요, 그 어린이 집입니다. 괜히 유가족들 마음 아프게 하지 마세요!―

허….

허탈하고, 그 전화를 받으셨던 어머님께 죄송하고, 뒤엉키는 머릿속의 생각들이 정리가 되지 않았다. 만약 사실 확인도 않고 공지를 했다면 또 어떤 사태가 벌어졌을까.

이후 몇 번 더 그러한 내용의 진정이 접수되었다는 이야기를 타 서버에서 전해들을 수 있었다. 하지만 그때마다 이야기하곤 했다.

"절대 전화하는 일 없도록 하세요. 유가족을 두 번 죽이는 일입니다."

도움의 손길도 좋다. 하지만 이야기를 전달하기 전에 반드시 사실 여부를 확인해야지만 두고두고 생기는 더 큰 피해를 막을 수 있다는 걸

체험한 계기였다.

그리고 오래전의 이야기이지만, 너무 이른 나이에 세상을 떠난 그 어린이의 명복을 빈다.

dudwkrk sl clsrnsi… 헉!

GM 근무 때 난 초반에 화병에 걸렸었다.

평생 살면서 들을 온갖 욕을 다 얻어먹고 살려니 화병이 안 날 수 없는 일. 더군다나 어린 학생들부터 나이 많으신 어르신들까지, 게임을 하는 유저들에게서 들은 욕에는 별의별 내용들이 다 있다.

"영자 이 미친년아, 운영 이딴 식으로밖에 못하냐"는 애교 수준이고.

"밤길 조심하쇼, 내가 사시미 들고 쫓아갈라니까."

"씨발, 영자 새끼 개새끼."

"얼마면 복구되는 거야? 내가 현금 500으로 이벤트 한번 해줄 테니까 우리 조용조용 해결합시다. 전번 부르쇼, 애들 풀기 전에." 등등.

이미 운영 경력 10년이 다 돼가는 팀장님이나 대리님들은 그런 욕들에 면역이 되어 있었지만 당시 우리 동기들은 이제 막 새로 태어난 게임의 신입 GM들이었기에 욕으로 받는 스트레스가 이만저만이 아니었다.

그나마 욕은 듣고 넘어갈 만하다. 그런데 온갖 비비비비꼬기라든가

121

인간적 모멸감을 느끼게 하는 말들은 도저히 참아내기가 쉽지 않았다. 솔직히 게임하면서 화나는 일도 있고 여러 사람들이 함께하는 게임이니 만큼 다른 사람 때문에 피해를 입기도 하는 거 왜 모르겠는가. 나도 한 게임 했던 사람인데.

하지만 상대방 전화번호를 알려 달라거나(개인정보보호법 위반), 해킹 아이템 100% 복구라든가 (계정 도용 아이템의 복구는 서비스 차원에서 데이터로 추적 가능한 것만 복구), 자신을 죽인 캐릭터 계정 정지 요구(운영원칙에 어긋나지 않는 한 게임 내의 유저 플레이에 운영자는 관여하지 않는다는 원칙 위반) 등등, 다 각각 이유가 있기 때문에 불가능한 것은 어찌해줄 도리가 없다. 또 GM은 혼자서 일을 처리하는 것이 아니라 HG(Head GM: 대갈 지엠)라는 각 파트장에게 요청을 하고 승인이 난 것에 대해서만 처리가 가능하다. HG는 대리님들이다. 내부 돌아가는 사정을 알 리 없어 그렇다지만 대뜸 욕부터 내뱉는 이들에겐 주먹이 불끈 쥐어진다.

영자가 니 친구냐?

채팅창을 보고 있었다. 서버 상태가 좀 버벅일 때라 서버다운을 한번 해야 하나 생각하며 살피는데 또 욕이 올라왔다.

"씨발…, 영자 새끼 그러고도 월급 받아 처먹나 보지?"

"그러게요, 아주 이렇게 랙이 심한 걸 보니 일부러 우리 사냥 못 하게 하려는 것 같아요."

"지랄 영자 물러가라, 개 같은 논아~ㅋㅋ."

122

안 그래도 화병, 위장병으로 내시경 받자마자 쉬지도 못하고 또 회사 들어와서 앉아 있는 날이었는데, 그것을 보니 다른 때와는 조금 다른 분노가 치밀어 올랐다.

그래서 채팅창에다 적었다. 원래 GM들의 캐릭터는 게임 내에서 일반 유저들에게 보이지 않는다. 글을 써도 보이지 않고 오로지 "공지사항"으로만 글을 쓸 수가 있다(고 난 생각했다). 난 욱! 하는 마음으로 채팅창에 이렇게 썼다.

"카르미엔 - DUDWKRK SL CLSRNSI?" (영자가 니 친구냐?)

그런데 헉…!!!!

그 글이 전체 채팅(모든 유저들이 다 볼 수 있는 채팅창)으로 올라가 버린 것이었다. 아… 순간 뒤통수에서 땀이 흐르고 얼굴이 하얗게 질리는 것을 느낄 수 있었다. GM의 아이디로 '영자가 니 친구냐?'라는 글을 전체 채팅으로 올려버리다니…. 이건 해고감이다!!!

누군가 만약 그 영타를 한글로 찾아봤다거나, 내가 만약 실수로 영타가 아닌 한타로 쳤다면?

상상하기도 싫다. 불행 중 다행으로 워낙 사람이 많은 곳에서 일어난 일이었기에 그 글은 바로 뒤로 넘어가 버렸다. 아직도 생각하면 식은땀이 삐질 나는 상황이다. 쭌띠에게 물었다.

"쭌!! 왜 빌더 말이 전체 창으로 뜨는 거야!!"

쭌, 황당한 표정으로 말한다.

"원래 그런데요?"

음?

온실 속 화초, 사고뭉치 GM

그렇다. 난 메일 처리하느라 게임에 접속해도 유저들과 거의 부딪히질 않기 때문에 진정을 처리하는 우리 쭌띠보다 모르는 것이 많았다. 진정을 보고 종일 유저들 따라다니며 공지하고 채팅창으로 경고를 주는 우리 쭌띠는 나의 어리버리한 '사고'를 보고 피식 웃었다.

"그러기에 메일만 처리하지 말고 진정도 좀 도와주고 그래요. 아, GM이 이래서 GMS가 힘이 나겠어요? 한타였으면 어쩔 뻔했어요!! 봄띠, 커피 한 잔 안 타주면 팀장님한테 이를 거야."

내 일은 메일 처리, 쭌띠 일은 진정, 딱 갈라서 서로의 일만 처리하면 된다고 생각했던 난, 내가 모르면 서버를 이끌어갈 수 없다는 것과 내가 아직 우리 쭌띠에 비해 너무 많이 모른다는 것을 알았다. 오픈 베타 전쟁이 좀 가라앉을 때부터는 거의 손을 놓았던 진정. 이 실시간 상담이 게임을 알고 유저를 아는 데 얼마나 큰 도움이 되는 것인지 그때 깨달았다.

어찌나 미안하던지. 누군가 내 글을 제대로 봤다면 그 항의로 쏟아지는 진정을 울 쭌띠가 다 봐야 했었겠지? 쭌띠가 담배를 피우러 나가자 난 커피 두 잔을 타서 쫄레쫄레 따라나갔다.

"미안. 너무 화나서…. 그게 올라갈 줄은 몰랐어."

"에궁~ 우리 서버 GM님은 온실 속 화초라니까. 겨우 그 정도 욕 들었다고 채팅창에 그런 시도를 해요?"

"흑, 미안. 대형 사고 칠 뻔했어"

"내일부터 진정 좀 같이 처리해봐요. 금방 면역될 테니까."

"응응. 나도 많이많이 할게. 미안해. 그동안 안 도와줘서⋯."

다음 날부터 나도 다시 진정 처리에 손을 댔고 조금씩조금씩 '운영자로서의 게임'에 대해 배워가기 시작했다.

사고뭉치 불안불안 GM. 우리 쭌띠가 고생을 너무 많이 해서 아직도 생각하면 미안하기만 하다. 차츰차츰 배워가며 점점 각 잡힌 운영자가 되어갔지만 초반의 나는 정말 너무나 모르는 것 투성이었으니.

내가 모르면 나만 힘든 것이 아님을 왜 그땐 몰랐던 걸까? 다시 그때로 돌아간다면, 좀 더 많이 돕고 좀 더 많이 공부하는, 그리고 좀 더 많이 유저를 이해하는 그런 GM이 되리라 생각해본다.

고객님들~
별 볼 일 있나요?

공지사항은 서버 내에 중요한 일이 있을 때만 운영자가 날릴 수 있는 최후의 알림판이다. 서버 내의 모든 이들이 보는 것이기에 신중해야 하고, 정중하고 정확, 간결해야 한다. 하지만 재미는 없다. 유저들도 별로 좋아하지 않는다. 복잡하고 딱딱한 설명서는 읽지 않는 것과 같다.

그래서 생각해보았다. 어떻게 하면 좀 더 효과적인 공지를 날리고도 욕을 먹지 않을 수 있을까?

훗훗….

변화란 위험을 감수하지 않으면 이룰 수 없는 것

그날도 새벽까지 집에 가지 못한 채 일을 하고 있었다. (그즈음은 뭐 당연한 듯 인식하는 분위기?) 서버 내 플레이 유저수도 많이 줄어 한산하고 조용한 새벽. 여기저기서 키보드 소리만 날 뿐 진정 수도 10여 개 내외. 메일도 거의 다 처리하고 한두 통 남았을 때였다.

126

커피 한잔 마시고 회사 취침실 들어가 잘까 하는 생각에 기지개를 펴고 있었다. 그때 마침 우리 서버 자리로 놀러온 타 서버의 원기왕자님.

"뿜씨, 옥상 가봐, 달 옆에 화성이 보여, 뉴스에도 났어!!"

"더위 잡쉈삼? 뜬금 없이 뭔 소리랴…."

그렇다. 그때가 바로 5만 년 만에 화성이 지구에 가장 가까이 접근한다는 기사가 난 그때였다.

'관련 기사 : 5만 년 만의 최대 접근

한국천문연구원(원장 : 조세형)은 오는 8월 27일 있을 화성의 역사상 최대 지구 접근에 대해 다음과 같이 발표했다. 이번 화성의 지구 최대 접근은 오는 8월 27일(수) 오후 6시 51분(한국 시각)에 일어난다. 이번 대접근은 적어도 5만 년 만의 최대 접근인 것으로 추정되고 있다. 일부에서는 기원전 57617년 이후 최대의 대접근, 즉 59620년 만의 최대 접근인 것으로 추정하고 있으나, 현대 과학으로도 이 계산이 얼마나 정확한지는 완전히 확신할 수 없다. 최대 접근 거리는 55,758,006km이며, 이는 지구—태양 간 거리의 1/3 정도에 불과하다. 최대 접근 시 밝기는 —2.9등급으로 밤하늘에 가장 밝은 별인 큰개자리 시리우스보다 약 3.6배 정도 밝다. 이후 최대 접근은 284년 후인 2287년에 있을 것으로 추정된다. 우리나라에서는 8월 27일 밤에 가장 지구에 접근한 화성을 볼 수 있다. 이날 화성은 오후 7시 36분에 떠서 다음 날인 28일 아침 6시에 진다. 따라서 초저녁에는 동쪽 하늘에서, 한밤에는 남쪽 하늘에서, 새벽에는 서쪽 하늘에서 화성을 볼 수 있다. 화성은 붉은색을 띠고 있고, 아주 밝기 때문에 누구나 쉽게 찾을 수 있다. 소형 망원경을 이용할 경우 보다 정확한 화성의 모습을 볼 수 있을 것이다.'

후다닥 16층 옥상으로 올라가보니 와!… 정말 달 옆에 붉은색 반지 같은 것이 있었다. 화성인지 뭔지는 몰라도 그때는 나도 모르게 감탄사가 흘러나왔다.

그런데 이 소식을 나만 알고 있긴 아까웠다. 이 시간에도 게임 중인 우리 서버 유저들에게도 알려주고 싶었다. (이때만 해도 난 유저들을 참 사랑했다. 진짜로!) 들키면 혼날 건 자명한 일이지만 게임방에서 게임만 하는 유저들에게 잠시나마 하늘을 볼 기회를 준다는 것, 얼마나 좋은 일인가!

당장 사무실로 돌아가 공지사항을 때렸다.

공지사항 - 안녕하세요 GM 카르미엔입니다. 고객님 들, 이 늦은 새벽까지 게임 하느라 힘드시죠? 잠시 창밖을 내다보세요, 지금 하늘에는 화성이 보인답니다. 5만 년 만에 지구에 가장 근접한 화성의 모습, 궁금하지 않으세요? 잠시 마우스를 놓으시고 별 보고 오세요~~

유저들은 저마다 "영자가 이상해, 흥아." "헉… 영자 테러 당한 거 아냐?" 하는 등 놀라움을 표현했고 잠시 후 갑자기 3~4개이던 진정이 순식간에 100개까지 올라가며 폭주하기 시작했다. "영자님, 감사합니다.

덕분에 잘 봤어요." "평생에 한 번 볼까 말까한 장면을 보게 해주시다니…, 뽀뽀~!!" 등등, 갑자기 서버 내의 모든 이들이 생기를 되찾은 듯 보였다. 흐흣.

울 쭌띠도 쏟아져 들어오는 진정을 처리는 해야 하지만 욕이나 항의가 아닌 오로지 감사 인사, 즐거운 이야기들뿐이니 기분이 좋아 보였다.

공지로 소통하기

이후로 공지사항으로 많은 이야기들을 유저들에게 들려주었다.

> 공지사항 - 안녕하세요, GM 카르미엔입니다. 아웅~ 더우시죠? 몸도 찌뿌두둥…하고 힘드실 거예요. 제가 안마해 드릴게요~~ (ㅇㅡ)ㅇ ㅇ(ㅡㅇ)

> 공지사항 - 안녕하세요, GM 카르미엔입니다. 날씨가 점점 건조해지고 있답니다. 이런 날씨엔 목감기나 코감기에 유의하셔야 돼요. 특히 감기엔 생강차나 유자차가 좋다고 합니다. 게임방에서 커피보다는 따뜻한 유자차 한잔으로 몸을 보호하세요.

등등….

물론 반응은 항상 좋았다. 유저들은 그동안의 딱딱한 GM 이미지에서 벗어난 공지사항에 열광했고, 한 번 공지를 날릴 때마다 진정은 감사 인사로 폭주를 했다. 울 쭌띠, 그래도 항상 좋아했다. 욕먹는 진정 5개보다 감사 진정 100개가 더 좋다고. 물론 힘들었을 거라 생각한다. 난 그다지 함께하는 GM은 아니었기에. 주로 사고는 내가 치고 쭌띠는

129

수습하고, 뭐 이런?

아무튼 7서버는 급기야 전 서버 1위의 동접자에 동접자수 최고 기록까지 남기게 되었다. 뿌듯했다. 무엇보다 유저들이 내 말을 믿는 것이 좋았다.

메일이나 진정을 처리하면서 유저들과 거리를 두었을 땐 내가 아무리 설명을 해도 그들도 내 말을 들으려 하지 않았었다. 그런데 내가 먼저 손을 내밀고 좀 더 편안한 웃음을 보여주자 유저들도 마음을 열었다.

"고객님, 도움을 드리고 싶지만 운영정책을 확인해보니 제가 도움 드릴 수 없는 상황이네요. 죄송합니다."

예전 같았으면 "ㅆㅂ! 그래, 운영정책은 개떡같이 만들어서…"라고 했을 텐데, 공지사항 소통을 시작한 후엔 "네, 영자님 고생하시는 거 아는데요, 뭐. 영자님이 무슨 죄가 있겠습니까. 아까 공지로 웃음 주셔서 고마워요" 라고 말하는 유저들이 늘어났다.

단 한 줄의 글로 서로의 마음이 열린다. 진정한 고객과의 커뮤니케이션의 시작이었다. 나나 쭌띠 같은 우리 서버 사람들은 항상 유저들에게 사랑받는 영자였고 우리도 진심으로 유저들을 돕고자 하는 마음으로 움직였다. 아주 짧은 기간이었지만 말이다.

그러나 어느 순간 공지사항으로 '뻘소리' 하지 말라는 위의 지시가 내려왔다. 운영자로서의 신뢰감을 잃을 수 있다는 이유였다. 틀린 말이 아니기에 수긍했다.

친근함과 신뢰감이라는 두 마리의 토끼를 다 잡기는 힘들다. 조직은 당연히 좀 더 안전한 방법을 택하기 마련이고 그에 따르는 것이 또 나

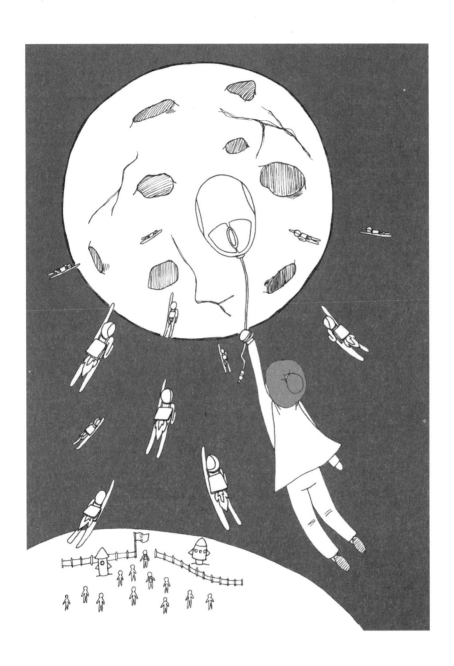

의 의무였으니까. 수많은 이들이 북적대는 게임 안에서 우리의 의도를 순수하게 받아주는 이들이 있는가 하면 악용하는 이들도 있었으니 말이다.

어느 것이 진정으로 고객에게 다가가는 서비스인지, 진정한 신뢰감을 주는 것인지, 나도 쭌띠도 잘 몰랐다. 하지만 이 일을 통해, 이렇게 다가가도 되는구나, 이런 방법도 서로의 벽을 허무는 데 큰 도움이 되는구나 하는 사실만은 깨달았다. 참 값진 경험이었다는 것만큼은 분명하다.

연예인 아저씨와
7시간 30분 **상담**

게임을 하는 사람들이 많다 보니 유저들의 직업도 각양각색이다.

정치하는 아저씨도 봤고 시장에서 생선 파는 할머니(이분은 계정비 대신 고등어를 보내주시겠다는 분이었다.), 연예인, 스포츠 선수 등등 우리가 상상할 수 있는 모든 직업을 가진 이들이 이 게임이라는 것을 즐기려 접속을 한다.

특히 연예인의 경우 몇몇 서버에 혈맹을 만들어 함께 게임을 하는 이들도 많다. 연예계 소식에서 자주 접하는 이세창 씨나 하리수 씨는 내가 담당했던 서버(7서버 이후에 담당했던 서버)에서 게임을 하고 있다. 이분들은 매너 좋기로 유명하고 실제로도 그렇다.

하지만 이런 혈맹 활동을 하는 분들 외에 따로 게임을 즐기는 분들도 있는데 이제 이야기할 분이 그런 유형이다.

그분은 개그맨 A씨.

오픈 베타 초기, 한창 바쁜 시기였는데 그날은 야간 당직이 돌아와 또

밤샘을 하고 있었다. 야간 당직은 밤 10시부터 아침 10시까지 일주일간 단 두 명이 당직 근무를 하는 것인데, 낮 근무보다 곱절은 힘들다. 그냥 일이 있어 밤샘을 하는 것과 당직으로서 업무를 보는 것은 너무나 다르기 때문이다. 특히 아침 7시부터 9시까지는 거의 죽음의 시간. 쏟아지는 졸음에 어찌할 바를 몰라 좀비의 몰골이 되어가는 시간이다.

그날도 밤 10시에 출근하여 통계와 각종 보고서 등을 작성하며 업무를 보고 있는데 우리 서버의 GMS인 밥해놔 씨가 나를 부른다(그분 별명은 '참한 아가씨'다).

"어머나! 카르미엔 님, 이분 이상해요. 무서워요."

맘씨 약하고 소심쟁이인 우리 밥해놔 님, 어떤 강력한 유저님을 만났나보다 싶어 진정을 내게 넘기라 했다.

"안녕하세요, GM 카르미엔입니다. 고객님, 무슨 일이신가요~?"

"안녕하세요, 저는 개그맨 A입니다."

"네? 아… 네, 만나 뵙게 돼서 반갑습니다, 그런데 어떤 일로 진정을 접수하셨는지요?"

"내 무기 내놔요."

"네…?"

나 개그맨 A인데, 내 아이템 내놔!

A씨의 말인즉 자신의 무기 아이템이 갑자기 사라졌다는 것이었다. 클로즈 베타를 지난 지 얼마 되지 않았을 때인지라 크고 작은 버그들이 있긴 했지만 대뜸 아이템이 사라졌다니 도통 감을 잡을 수가 없었다.

134

"저, 고객님, 그냥 없어졌다고만 하시면 조사를 하는 데 어려움이 있사오니 아이템명과 대강의 시간대를 말씀해주시겠어요?"

"필요 없어요! 내놓으라니까요!"

이렇게 나오면 정말 방법이 없다. 모든 데이터 기록을 긁어보는 수밖에. 당시에는 게임 로그(유저들 각각의 캐릭터가 게임 내에서 플레이한 기록) 조사를 하는 데 엄청난 인내심이 필요했다. 지금이야 시스템이 많이 안정이 되었지만 그때만 해도 한 페이지의 기록을 볼라치면 몇 분 동안 페이지 넘어가는 것을 기다려야 했으니.

그 캐릭터의 하루 기록을 모두 긁는 건 정말 노가다다. 그중에서도 무기 아이템에 대한 기록만을 찾아야 한다. 더군다나 로그 기록은 모두 영문 암호화되어 있어 눈동자를 죽어라 굴려야 한다.

한참을 기다리고, 찾고, 다시 값을 넣고, 야간 당직이라 여기저기 서버에서 들어오는 문의 답변해주고 조사해주고…, 거의 한 시간 동안 기록을 찾았다. 그동안 A씨는 연신 욕과 원망과 협박을 해댔다. 미칠 지경이었다. 내가 왜 이 일을 시작했을꼬!

그런데, 기록이 있긴 한데, 무기 아이템이 사라진 것이 아니라 바닥에 버린 것으로 나오는 것이 아닌가. 더군다나 사라진 것이라면 아이템이 서버에 존재하지 않아야 하는데 이미 누가 주워 갔다.

"음… 고객님? 해당 아이템이 세스터스(무기의 한 종류) 맞나요…?"

"네, 맞습니다! 사라졌죠? 사라졌죠?"

"아… 이 아이템은 사라진 게 아니라 고객님이 떨어뜨리신 것으로 데이터가 나오는걸요. 혹 착오가 있었던 것이 아닌지요."

"뭐라고요? 이 사람이 미쳤나? 어따 대고 착오래? 당신 옷 벗고 싶어? 내가 누군지 알아? 나 개그맨 A야! 내가 개그맨만 하는 줄 알아? 나도 사회의 지도층이라고!'

'그래요…, 고객님이 사회 지도층이든 아니든 전 그냥 데이터만 찾아드리는 거거든요.' A씨는 이때부터 내 말을 들으려 하질 않는다. 서버 내에서 아예 사라진 거라면 복구가 가능하지만 분명히 자신이 버리고 누군가가 주워 가서 잘 쓰고 있는 아이템의 경우에는 서버 내 아이템 균형상 복구가 될 수 없다. 1이 사라지지 않았는데 어찌 또 하나의 1을 만들어 줄 수 있겠는가. 더군다나 본인 스스로 버린 아이템으로 나오는 것을. GM은 신이 아니다. 수천 명의 고객을 상대하려면 데이터에 따를 수밖에 없다.

허나 아무리 설명하고 달래보아도 소용이 없었다. 장장 7시간 30분이라는 시간 동안 같은 말은 또 얼마나 반복했을까…. 그래도 자기는 죽어도 버린 적이 없다고 무조건 복구를 해달라는데 정말 눈물 나더라니….

니들이 빼갔지!!

"잠시 쉬었다가 다시 말씀하시죠. 커피 한 잔 드시고요."

"알았어요, 내가 담배 한 대 피우고 올 테니까, 그 전에 찾아놔요!'

이러고 10분 휴식. 다시 시작되는 상담. 어느덧 어슴푸레 아침이 다가오고 있었고 밤 11시에 시작된 상담은 7시가 넘도록 끝날 기미가 안 보였다.

"그러니까요, 고객님. 물론 고객님이 직접 드랍하신 것이 아니라 할지라도 수천 명의 고객님들을 상담하는 저희 입장에서는 데이터 상으로 확인되지 않은 건에 대해서 복구를 해드릴 수가 없다는 말씀이지요. 물론 고객님이 그렇다는 것은 아니지만 만약 다른 의도로 무조건 잃어버렸다는 분이 계시다면 그분들도 모두 복구를 해드릴 수는 없지 않을까요? GM은 신이 아니기에 고객님 한 분 한 분의 의도에 대해서는 판단이 불가능하므로 데이터에 의존하는 것입니다."

"아, 그럼 내가 지금 거짓말이라도 한다는 거야? 당신 이름 뭐야? 이름 대! 내가 당신 사장한테 직접 말할 테니까! 아니 내가 실수로 버렸다고 해도 그렇지! 내가 일반인도 아니고 말이야! 복구해줘야 하는 거 아냐?"

도저히 끝날 기미는 안 보이고… 마의 7시가 넘으니 졸음은 쏟아지고 신경은 곤두서고 일은 산더미로 밀리고 정말 다 때려치우고 나가고 싶은 마음밖에 없었다.

"참 내… 남의 아이템 지들이 빼가고 어디다가 뒤집어씌워?"

"고객님, 제가 왜 고객님 아이템을 일부러 빼앗겠습니까. 그런 일은 없답니다."

"됐다고. 당신들 연예인들 이름 뽑아서 장난치는 거 모를 줄 알아? 우리는 당해도 아무 말 못 할 줄 아니까, 공인이라는 거 꼬투리 잡아서 그러는 거지? 됐어, 됐다고! 나 아침 방송 있어서 나가야 되니까 저녁까지 복구해놔. 안 해놓으면 내가 찾아갈 줄 알라고!"

네, 제발 찾아오십쇼, 부디 부탁입니다, 하는 생각이 들었다. 그러면서도 장장 7시간 30분의 상담은 끝이 났지만 오늘 밤에 또 그럴 것이 아닌가 하는 생각에 잠이 제대로 오지 않을 정도였다.

7시간 30분의 상담도 헛수고

그런데 그날 밤 출근을 하니 우리 밥해놔 님의 눈이 벌겋게 충혈이 되어 있었다.

"밥해놔 씨, 왜 그래? 우러쩌?"

"으흑… 카르미엔 님. 그분요. 그 A씨요…."

"응? 응. 왜? 또 들어왔어?"

"정말 그런 사람 처음 봤어요… 흑흑… 막 몇 살이냐고 묻고 직장 그만두게 한다고 하고. 너무 무서웠어요… 어흑…."

"헉… 그래서?"

"모르겠어요. 막 화내다가 다시는 게임 안 한다고 하면서 퉤퉤퉤 하고 나가버렸어요."

이런… 우리 착한 밥해놔 님이 지대로 걸렸던 모양이다. 그 이후 A씨는 진정을 넣지 않았고, 정말 게임을 그만둔 것일까 하는 호기심에 A씨의 캐릭터를 찾아보니, 웬걸~ 어느덧 레벨 업까지 하셨더라!

이후 TV에서 그 양반이 나오는 것을 보면 나도 모르게 '-_+찌릿' 하는 표정이 된다. 그분의 근성, 뭐가 되도 크게 될 양반일 게다.

아무튼 아직도 그날 밤을 생각하면 어깨가 무겁다. 영자는 일부러 누군가에게 불이익을 주지는 않는다. 제발, 제발 좀 믿어주세요!!! 에휴….

Tip chapter 3

굶어 죽지 않는 법

■ 물에도 종류가 있다

물을 많이 마시면 변비에도 좋고 피부에도 좋다는 건 이미 상식. 그러나 자취생들에게는 민짜 수돗물을 받아 마실 작정이 아닌 다음에야 이 초단순해 보이는 마실 물 보급조차 쉬운 일이 아니다.

• 수돗물 마시기

수돗물 끓여 마시기야말로 가장 널리 유포되어 있는 방법이자 가장 저렴하게 식수를 즐길 수 있는 방법. 주전자에 수돗물을 담고 보리차나 옥수수차, 결명자차 등을 투하한 후 냅다 끓이면 된다. 끓기 시작한 이후에도 15분 이상 더 끓여주어야 수돗물에 포함된 염소가 모두 날아간다고 한다.

수돗물 또 하나의 옵션은 그냥 마시기. 이론 상으로는 수돗물을 그냥 받아 마셔도 죽지 않는다. 염소 냄새만 견딜 수 있다면, 만사가 귀찮다면, 마셔라.

물론 누구에게나 어디에나 단점은 존재한다. 물을 끓이고 마시는 것까지는 아무 일도 아니다. 그냥 하면 된다. 다만, 다 마신 후 주전자를 씻는 일이 매우 귀찮고 골치 아플 뿐이다. 특히 커다란 주전자의 좁고 길고 굴곡진 주둥이를 어떻게 깨끗이 닦아낼까 고민하기 시작하면, 차라리 물을 안 마시고 만다는 결론에 이르는 건 시간문제. 만약 물을 식혀 다른 용기에 담아 냉장고에 넣어두었다가 차게 마실 생각이라면, 다 마신 후에는 주전자뿐만 아니라 냉장고용 물통까지 설거지해야 하므로 부담도 두 배. 끓이자마자 바로 마시기에는 너무 뜨겁다는 것도

문제라면 문제.

• 패트병 물

편의점 1200원, 슈퍼 1000~800원, 마트 350원. 이 가격의 차이만 이해하고 있다면 사먹는 물도 나쁘진 않다. 기왕이면 6개들이 묶음으로 사두자.

• 여기저기서 떠오기

귀찮고 때로는 안면팔림도 감수해야 하지만 가장 저렴하게 해결할 수 있는 방법. 심지어 수도세로부터도 자유로워질 수 있다. 학교 식당이나 회사 구내 식당 등에서 떠오는 것. 약수터에서 떠올 경우 건강에도 일조. 그러나 이런 행동을 할 정도로 그대들이 부지런하지 않다는 걸 나는 이미 알고 있다.

• 정수기

선택받은 자들만의 특혜. 누릴 능력이 된다면 누려라.

■ 밥 대신 무엇을 먹을 수 있는가

• 고구마, 감자, 달걀

우리 조상은 보릿고개에 찐 감자와 고구마로 연명하셨다고들 한다. 그들이 해냈는데 우리라고 못하랴. 게다가 반찬을 따로 장만하지 않아도 된다는 점은 거부할 수 없는 매력, 아니 마력.

• 통밀빵

밥 먹기가 귀찮아 빵을 먹는다면, 가급적이면 통밀빵을 선택하도록 하자. 밥도 흰쌀밥보다는 현미밥, 잡곡밥이 몸에 더 좋은 법. 처음에는 까끌까끌한 느낌이 들더라도 점차 익숙해지면 나중에는 중독의 지경에 이를 수 있다.

• 과일

비타민C가 부족하면 괴혈병에 걸린다. 배나 키위처럼 껍질을 깎아 먹는 게 귀찮다면 바나나나 딸기, 사과도 좋다. 귤이나 방울토마토는 소쿠리에 담아 책상 언저리에 두면 은근히 든든한 간식이 된다.

• 떡

'쌀'이 먹고 싶을 때, 그러나 밥 하기는 귀찮을 때 떡은 나름 유용한 아이템. 찰떡 같은 경우 한 번 먹을 양만큼 랩으로 싸서 냉동해 두었다가, 먹기 1~2시간 전에 꺼내서 실온에 방치해 두기만 하면 처음과 같이 맛있는 상태로 돌아온다. 가열할 필요가 없을 뿐더러, 각종 견과류와 콩류, 말린 과일 등이 들어 있는 영양찰떡의 경우 적당한 영양소와 칼로리 섭취도 가능하다는 점에서 귀차니스트들에게는 최고. 게다가 먹고 나면 꽤 든든하기까지 하다. 심지어 그릇이나 수저 등을 설거지할 필요조차 없다. 단, 냉동할 때는 냉동실에서 함께 동면 중인 다른 음식물의 냄새가 배지 않도록 잘 밀봉해서 넣어둔다.

Chapter 4

야생에서 살아남기

"가장 많은 득표수로 옥탑방 불청객 1위가 된 이들은 옥탑까지 올라와 '예수 믿으면 천국 가요' 아줌마, 어차피 신은 산동네와 옥탑, 반지하, 이 삼종세트에는 재림치 않으시는 것을 알기에 난 대답했다. "소새끼만한 개 풉니다.""

벼락이 **위협**하고 바람이 두드리고…, **옥탑**의 가을

옥탑 생활 어언 6개월. 사하라 사막의 가뭄보다 더 살인적이라는 '세렝게티 옥탑'에서의 여름도 무사히 견뎌내었다. 그리하여 세렝게티 옥탑에도 곡식은 영글고 동물들은 새끼를 싸질러…, 아무튼 가을이 찾아왔다.

옥탑의 가을은 겨울을 준비하는 과정이다. 옥탑인들은 그 겨울 대비를 어떻게 하느냐에 따라 동사(凍死)를 할 수도, 편안히 겨울잠을 자는 곰이 될 수도 있다.

우선 옥탑의 밤은 지하 및 평지 거주자들의 밤보다 춥다. 말 그대로 낮에는 가을을 제대로 느낄 수 있으나 밤에는 바로 겨울이 된다는 말이다.

얼마 전 강원도 감자밭을 뒤엎었던 비, 바람, 번개가 몰아치던 날, 옥탑은 비상사태였다. 그 전날까지만 해도 여름 모기들과 이름 모를 풀벌레들이 옹기종기 모여 앉아 '달타령'을 우지짖더만, 영악한 것들, 다음 날 날이 추워지자 모두 자취를 감췄다.

대신 번쩍번쩍 콩을 구워 잡수시는 번개와 내 눈물같이 영롱한(!) 빗방울이 장대처럼 쏟아져 내렸고 별책부록으로 창문을 깨잡수시려는 듯 바람까지 불어주셨다. 요즘 들어 일찍 취침 드시는 아침형 인간 모드에 돌입한 꼬냥이. 밤 9시에 잠자리에 들려 하니 사방에서 내리치는 천둥 번개 소리에 차마 취침하지 못하시는 사태가 벌어지고 말았다.

잠 좀 자려 하면 번쩍! '우르릉', 일어나 앉으면 잠잠했다가 다시 자려고만 하면 번쩍! '우르릉 콩' …. 지하 및 평지 거주자들은 그저 번개려니 하겠지만, 옥탑 거주자들에게 이런 날씨는 자신이 살아가면서 지난날 무슨 죄를 지었는지를 심각하게 돌아보게 한다. 즉, 벼락 맞아 죽진 않을까 하는 생과 사의 고민까지 하게 된다는 말이다.

천둥·번개치면 생사 고민까지 하게 되는 옥탑인들

그날부터 시작된 세렝게티 옥탑의 가을 체험.

다음 날 아침, 모처럼의 아침형 인간 모드를 실패하고 퀭한 눈으로 어디 날아간 장독대는 없나 살펴보고 있는데 주인 할아버지가 올라오신다. 기차 화통으로 삼합이라도 해 잡수셨는지 아주 쩌렁쩌렁 포효를 하신다.

첫째는 청결, 둘째는 '타도 개xx'를 외치는 이 양반. 꼼꼼하기 둘째 가라면 서러운 양반이라 아침 6시만 되면 올라와 옥상은 밤새 안녕했는지를 점검한다. 어젯밤의 사태에 대해 '음, 이쯤이면 채비를 해야겠군' 하고 느끼셨는지 뭔 발포 폴리스틸렌… 아니고 그냥 스티로폼과 잡다한 공구들을 들고 올라오신다.

"새댁!"

아 정말, 시집도 안 간 아가씨에게 저 양반은 처음 본 날부터 새댁이 란다. 뭐 그러려니 하고.

"보일러가 말이여, 이게 추위에 아주 약해. 겨울에는 꽁꽁 얼어서 녹 이려면 돈이 수십 깨진단 말이여, 그리고 세탁기 물이 얼면 하수도 막 혀. 꼭 알아둬야 혀. 이리 와서 봐봐."

배추도사 할배는 항상 꼭 눈으로 보여주고 같은 설명을 5번 내지는 7 번을 하셔야 한다. 그냥 '알겠어요' 라는 대답으로는 절대 성이 안 차는 분이라는 것을 알기에 냉큼 달려나가 할배 옆에 꼭 붙어 '경청' 을 시작 한다.

"이 보일러를 스티로폼으로 이렇게 안아줘야 혀. 추위에 아주 약해. 꽁꽁 얼면 돈이 수십 들어가. 세탁기 물도 잘 내려야 혀. 안 그러면 하 수도 막혀."

"어머나, 스티로폼으로 막으면 되는군요. "

"그려, 그래야 혀, 스티로폼으로 안아두면 안 얼어. 이게 추우면 얼 어. 그럼 돈이 수십 들어가, 세탁기 관도 기울여야 하수도 안 얼어."

듣다보면 나중엔 웃음이 배실배실 나온다. 처음엔 저 할배가 뭔 드라 마 대사라도 외우시나 싶었지만 익숙해지니 제때 대답만 해주면 된다 싶어서 그러고 있다. 세렝게티 옥탑의 맹수인 배추도사 할배에게서 살아남기 위한 꼬냥이의 삶의 방법이다.

"오늘부터 엄청 추워질 거여. 스티로폼으로 안아뒀으니께, 보일러 안 얼 거여. 얼면 돈 수십 들어. 세탁기 관도 세탁할 때는 아까 보여준 대

146

로 해놔. 안 그러면 하수도 막혀."

기어이 7번인가를 채우시고 내려가는 배추도사 할배. 그러나 오래 산 양반들의 말은 무시할 것이 못 되는지 정말 그날 밤부터 '엄청시리' 추워지기 시작했다.

그날 밤, 창문을 두들겨 패는 바람은 그저 바람이 아니고 혹 나도 모르는 사이에 나에게 원한이 맺힌 혼령이 '문을 열어라, 열지 않으면 구워서 먹으리' 하는 것처럼 공포스러웠다.

차라리 '켄사스 외딴 시골집에서 잠결에 무서운 회오리바람 타고' 오즈로 건너간 도로시와 토토는 동화스럽기라도 했지, 목동 외딴 옥탑방에서 바람을 가장한 혼령에게 당하는 꼬냥이와 덩치가 커서 날아가지도 않을 슈나우저 두 마리는 너무 괴기스럽지 않은가.

더군다나 기온은 홀라당 내려가 방 안 공기는 남극이 따로 없다. 옥탑방 불침번 보일러 녀석을 아무리 돌려봐도 그 무서운 '웃풍'까지는 제 몫이 아니라며 포기하고 만다. 날이 추워지면서 점점 둔해진 복댕이와 삼식 두 녀석은 이불 안에서 도통 나올 줄을 모르다가도 바람이 창문을 '두다리면' 혼비백산으로 튀어나와 "워우~!!!" "우웡~!!" 하고 짖으며 울어댄다.

"아주 귀신을 불러라, 불러!"

덜덜덜.

슬슬 겨울잠에 들어가보실까

이제 11월, 스티로폼으로 보일러를 안아주고 내일이면 배추도사 할배가 방 안 창문 사이도 막아주신다 했으니 대충 꼬냥이의 겨울 채비는 끝난 것인가.

앗, 몇 가지 빠진 게 있다. 머리가 들어갈 만큼 커다란 머그잔과 넉넉한 커피와 코코아. 그리고 산처럼 쌓아두고 읽을 만화책. 더불어 시린 무릎을 덮어줄 무릎담요까지.

이 정도면 세렝게티 옥탑방에서도 포근한 겨울을 맞이할 수 있겠지.

옥탑 건물에
연하의 미남자 출몰!

　세렝게티 옥탑의 휴일은 바쁘다. 일주일을 일요일처럼, 일하지 않으려 마음만 먹으면 일 년 내내 '동네 백조' 나 다를 바 없는, 말이 좋은 '프리랜서' 꼬냥이는 그날그날이 제 하기에 따라 달라진다. 그러나 이 옥탑 아래 사는 지상 거주민들에게는 그들만의 생활 주기가 있는 법. 그 주기란 월, 화, 수, 목, 금은 일하고 토, 일은 (환경에 따라 다르지만) 대부분은 휴일로 보낸다는 것이다.

　그중에서도 지상 거주민들에게 일요일은 일주일의 피로를 풀고, 밀린 집안일을 하는 시간이기에 옥탑은 바빠진다. 왜냐, 빌딩으로 꽉꽉 막힌 도시 환경에서 제대로 햇빛을 받고 광합성을 할 수 있는 유일한 공간이 옥상이기 때문이다.

　특히 일주일 동안 빨래를 밀어두었다가 일요일에 몰아서 하는 것은 어느 집이나 비슷한 풍경일 터. 세렝게티 옥탑은 일요일만 되면 하루 종일 울리는 초인종 소리 때문에 정신이 없다. 꼬냥이는 세렝게티 옥상

경비원으로서 일일이 확인하고 문을 열어줘야 하는 의무가 있다.

이 세렝게티의 거주민은 총 10가구. 목사님도 있고, 유명한 개그맨도 있고, 어여쁜 아가씨도 있고, 평범한 가정집도 있다. 또한 흐뭇한 '부끄러운 임팔라 군'도 있다.

그대는 하늘이 내린 얼굴이로다

그날은 일요일 오전, 아침만 되면 창문을 관통하는 징그러운 햇살에 억지로 눈을 떠야 했다. 어찌나 햇살이 과격한지 일어나지 않으면 온몸을 말려버리겠다는 듯 집요하게 비춰대니 원.

시간을 보니 아침 12시. 세렝게티 옥탑 경비병으로서의 오랜 경험으로 보아 곧 있으면 초인종 소리가 천지사방에 울리겠구나 싶었다. 어서 일어나 거주인들을 맞을 준비를 해야 한다. 정갈하게 채비를 하고 그들을 기다렸다.

'미레 미레 미시레도 라~ 도미라시 미솔 시도…♪' (지면으로 표현해야 하는 한계가 있기에 음악은 계명으로 쉭쉭쉭—.)

복댕과 삼식은 거주민들의 방문에 '얼쑤~' 하며 무당 굿판이라도 벌인 듯 작두춤을 추고, 난 집 나간 서방님이라도 오신 듯 맨발로 달려나갔다.

"누구요?"

"1층에 이사를 왔소, 내 오래 묵어 색감 좋은 빨래를 광합성시키려 하니 문을 여시오."

보통 일요일 아침 가장 먼저 옥탑의 빨랫줄을 점거하는 이는 3층에 사는 굿거리장단 아주머니인데, 그날은 뜻밖의 인물이었다. 굿거리장단 아주머니는 빨래 널러 올라왔다 옥탑에서 보이는 학교 운동장 경로 잔치에 혼자 흥에 겨워 춤사위를 추시다가 들킨 과거가 있는 분이다.

뉘집 자식인지 정말 잘났다

'와! 세상에 이렇게 잘생긴 남자도 있구나!' 꼬냥이는 원래 남자 외모에 전혀 관심이 없지 않은 관계로, 아무에게나 절대 후한 점수를 주지 않는 자기만의 철저한 기준을 가지고 있다.

'키 크고 마르고 눈 작고 성격 까칠하고 삐딱하며 샤프하고 인상이 강하고 까다롭고 건방진 포스를 물씬 풍기는 남자여야만 말을 섞어준다.'

이것이 꼬냥이가 남성을 고르는 첫번째 기준이다. 훗…, 이런 말을 하면 물론 대부분의 이들은 혼자 살라고 한다. 살면서 내·외적 기준으로 100점을 받은 이는 록밴드 이브의 김세헌 씨뿐이다. 그렇기에 열심히 돈 벌어 그 양반을 보쌈해 오거나 할 작정이었다.

그런데!! 1층에 새로 이사 왔다는 이 청년, 길쭉길쭉한 기럭지가 마치 세렝게티 초원의 늘씬한 임팔라를 보는 듯 당당하고 오른쪽 눈썹을 살짝 올리며 삐딱하게 말하는 투가 가히 '들장란 소녀 캔디'의 테리우스를 사뿐히 즈려밟는 수준이 아닌가.

오! 세렝게티 옥탑에도 봄은 오는구나!!

나도 영화 한번 찍어보자

빨간색 빨래 '다라이'를 옆구리에 끼고 올라와 하나하나 탁탁 신명

나게 장단 맞춰 빨랫줄에 거는 모습은 숙련된 조교의 폼이었다. 하루 이틀의 솜씨가 아닌 듯 남은 한 방울까지 쫘악쫘악 짜서 말리는 폼이란…. 수려한 외모에 살림 솜씨도 좋은 완벽한 임팔라 군!

평상에 앉아 물끄러미 임팔라 군의 뒷모습을 보고 있자니 절로 입가에 미소가 번지는 것이 심장도 따라서 두근두근하는 듯했다. 뭐 이러면서 말 트고 친해지고 밥도 먹고 극장도 가고 그런 거 아니겠어~? 히히히.

"햇살이 참 좋네요. 와! 강아지도 있네요? 저도 키우는데…."

"앗, 그래요?"

"거기다 같은 슈나우저네. 잠깐 데리고 올라와도 돼요?"

"네, 그러세요." (암요, 암요, 히히.)

영화에서 보면 강아지들을 통해 이루어진 사랑이 얼마나 많던가. 뭐, 영화가 달리 영화인가. 얼굴 잘났고 살림 잘하고 동물도 사랑하는 남자와 평범하지만 순수하고 맑은 여주인공(누가?)의 만남, 이게 바로 영화 아니겠는가. 임팔라 군은 복삼 브라더스와 같은 슈나우저인 테리를 데리고 올라왔다. 짜식, 강아지 이름 짓는 센스도 참….

처음 만난 테리와 함께 뛰어노는 복댕, 삼식. 평상에 앉아 커피를 마시며 그 모습을 흐뭇하게 지켜보는 임팔라 군과 꼬냥이. 이건 바로 영화인 거지, 뭐.

영감같이 생긴 개 세 마리가 옥탑을 가로지르며 분위기를 만들어주는 동안 임팔라 군과 꼬냥이는 세렝게티 옥탑 평상에 앉아 오래오래 긴 대화를 나누었고 오랜만에 설렘도 살랑살랑 오는 것이 정말 뭔가 이루어질 듯한 이 기분.

임팔라 군은 부모님, 누나와 살며, 나이는 나보다 한 살 어렸다. 꼬냥이 일생에 연하는 없을 것이라 다짐했지만, 뭐 어떤가. 살다보면 다짐도 가끔 깨지고 그런 거지, 뭐. 꼭 임팔라 군의 외모가 너무나 수려해서 다짐이고 뭐고 내팽개친 건…, 절대 맞다. 훗!!

이렇게 젊은 청춘 남녀의 로맨스는 빨래 다라이를 사이에 두고 샤랄랄라~ 피어나는 듯 보였다. 그러나 이 치열한 세렝게티 옥탑에서의 로맨스는 그리 호락호락하지 않았으니, 수려한 임팔라 군이 부끄러운 임팔라 군이 된 사연은… 잠시 뒤로 미루고 숨 좀 고르자. 고운 꿈 일찍 깬다고 좋을 거 없으니….

여인, 개발바닥 부여잡고 무좀약을 바르다

　창피했다. 그날은 내 인생에서 기필코 가장 창피한 날로 기억될 것이다.

　우리 집엔 유기견 출신의 슈나우저 복댕이와 삼식이가 있다. 두 녀석다 편치 않은 과거가 있는 탓에 그로 인해 생긴 몇 가지 버릇이나 지병같은 것이 있다. 삼식이 경우에는 병원 실험견 출신이라 병원만 가면사시나무 떨듯이 떨고 거의 4년 가까이 케이지 안에서만 있어서 몸이전체적으로 약하다.

　복댕이는 반대로 거리에서만 떠돌던 유기견이라 발바닥이 심하게 갈라져서 못봐줄 정도이다. 하지만 건강상태는 매우 양호하여 그동안 병원 신세 한번 진 적이 없으니 우량견인 셈이다. 그 덕에 복댕이는 어느정도 집안의 맏이로서 삼식이보다 든든하게 여겨지기도 했다.

　그런데 그렇게 건강하던 복댕이가 다리를 절기 시작했다. 뒷다리에힘을 주지 못하고 절뚝거리는 것이 심상치 않았다. 순간 철렁 내려앉는 가슴. 복댕이가 나에겐 친구이자, 동생이자, 아들이자, 뭐 아무튼 좀 많이 먹고 많이 싸고 말 안 듣고 둔한 감은 있지만 그래도 나에겐 짖지 못하는 삼식이를 대신해서 집을 지켜주는 충실한 경비견이기도 하기에, 그런 복댕이가 덩치에 어울리지 않게 골골대자 심장이 철렁했다.

거리를 떠돌았던 과거에도 아파본 적이 없는 복댕이가, 단지 케이지에서 3개월 갇혀 있느라 화병으로 혈변을 본 것이 병의 다였던 복댕이가 골골거리며 움직이지도 않고 누워만 있는 모습이라니. 처음에는 꾀병인 줄 알았다. 그래서 힘없이 누워 있는 복댕이를 발로 툭툭 건들고는 한소리했다.

"이봐, 이봐, 선수끼리 왜 이래. 밥 먹고 간식 먹고 다 먹었잖아. 지금 먹을 거 더 달라고 시위하는 거지? 이 친구, 못쓰겠네."

보통 때 같으면 나의 이런 반응에 자신을 놀리고 있다는 것을 간파하고 그 부담스러운 엉덩이를 바둥바둥 흔들며 마당으로 나가버렸을 녀석이지만, 그날은 한숨 한번 '푸욱' 쉬고는 고개를 돌려버리는 것이 아닌가.

동물도 게으르면 개고생이다

아무래도 이상하다 싶어 마침 집에 놀러와 있던 친구 녀석 둘과 함께 근처 동물병원을 찾았다. 이사한 지 얼마 되지 않아 처음 안면을 트게 된 곳. 의사 선생님도 인자하시고 병원 내부도 깔끔하니 앞으로 이곳을 단골로 삼아야겠다는 마음이 들었다.

"아가가 어디가 아파서 왔나요?"

"이 새끼가요, 원래 안 이런 새끼인데 다리를 절어요. 다리가 빠진 게 아닐까요? 워낙 호들갑이라서."

"그래요? 한번 봅시다. 으샤, 얶… 하하… 아가가 튼튼하네요."

이해했다. 슈나우저 중에서도 좀 더 골격이 우수하고 살집이 우람하여 밤에 얼핏 보면 한 마리 새끼 백호 같기도 하고, 또 얼핏 뒷모습을 볼라치면 벨벳을 뒤집어쓴 바다표범 같기도 한 우리 복댕. 내 눈에야 익숙하지만 그렇지 않은 이들에겐 한품에 안아 올리기 심히 부담스러운 몸매임을.

의사 선생님은 꼼꼼히 복댕이의 뒷다리를 이리 만지고 저리 만지고 당겨보고 접어보셨다.

"흐음….."

"선생님, 복댕이 어떻게 된 건가요? 가정견은 미끄러지면서 탈골이 되기도 한다던데 혹시 탈골인가요? 아니면 인대가 늘어났거나. 선생님, 치료 오래해야 하나요?"

나와 친구들은 걱정이 되어 연신 질문공세를 퍼부었고 한동안 묵묵히 듣고 계시던 의사 선생님, 머뭇머뭇 입을 여신다.

"개 무좀입니다."

"… 에?"

의사 선생님 왈, 복댕이의 체중이 늘어나면서 발바닥에도 살이 찌고 그러다 보니 발바닥의 골이 깊어져 물이 들어간 후 통풍이 잘 되지 않아 무좀에 걸린 것이라고, 또한 현재 복댕이의 비만 정도는 고도비만 직전의 상태라고, 새어나오는 웃음을 참는 듯 말씀하셨다.

"아니, 먹이는 거라곤 사료밖에 없는데 비만이라니요."

"게을러서지요."

"에?"

그랬다. 내가 무슨 개들에게 쇠고기나 비싼 통조림을 먹이는 것도 아니고 오로지 주는 것이라곤 사료와 가끔 먹이는 애견용 간식이 전부. (물론 지들끼리 사냥을 나서서 별식으로 무언가를 잡쉈는지는 알 수 없다.) 그런데도 살이 찐 것은 운동 부족 때문.

운동을 자주 시켜주고 매일매일 약을 먹이고 무좀약을 발라주라고 하셨다. 마지막으로 주사 한 대 놓으려니 녀석, 끄응 소리 한 번 안 한다.

"맷집도 좋네요."

개발바닥에 무좀약이나 발라주는 신세라니

그날부터 하루 한 번 복댕이의 발바닥에 무좀약을 발라주고 두 번씩 약을 먹이는 간병인 신세가 된 나. 다행히 입으로 들어가는 거라면 뭐든지 대환영인 복댕이의 식성 탓에 가루약도 냠름냠름 잘 '잡쉈주셔서' 참 징글맞게 고마웠다.

그러나 마치 어르신이라도 된 양, 내 무릎에 다리를 척 걸쳐놓고 신선놀음을 하는 모습이라니! 내가 어쩌다 개발바닥에 개 무좀약이나 발라주는 신세가 되었나 생각하니 한숨이 절로 났다. 그 속을 아는지 모르는지 약 바른 발을 쪽쪽 빨아먹는 모습이라니.

그러던 녀석이 어느덧 시간 맞춰 약 바르는 것을 둔한 머리에도 입력을 했는지 약봉지를 꺼내놓으면 알아서 자리 잡고 누워 발을 내민다.

마치 나를 보며 '어이, 어서 발라봐, 거 시원하더군' 하는 것 같다.

그럴 때면 나도 모르게 얄미움이 솟구쳐 복댕이의 튼실한 엉덩이를 찰싹 한 대 때리고는 중얼거리게 된다.

"이걸 어따 써, 이 챙피한 놈아!!"

물론, 복댕이는 어디 파리가 앉았나 하는 표정으로 힐끔 돌아볼 뿐이다.

따스한 햇살, 한가로운 오후, 뒤집어진 개 한 마리와 개 발바닥을 부여잡고 정성껏 개 무좀약을 바르는 한 여인. 상상이나 가시는지…?

부끄러운 임팔라 군,
다정도 병이더라

세렝게티 옥탑의 평일은 한산하다.

옥상에 빨래를 널거나 광합성 작용을 위해 찾는 이도 없고 '개털' 꼬 냥이가 홈쇼핑으로 물건을 살 일도 없고 배추도사는 열쇠로 그냥 따고 들어와 먼지 닦고 내려간다. 즉, 세렝게티 옥탑 경비 생활 6개월의 경험 상, 평일에 울리는 초인종 소리의 주인공은 반가운 인물이 없다는 것.

가장 많은 득표수로 옥탑방 불청객 1위가 된 이들은 옥탑까지 올라와 '예수 믿으면 천국 가요'를 외치는 아줌마. 어차피 신은 산동네와 옥탑, 반지하, 이 삼종세트에는 재림치 않으시는 것을 알기에 난 대담했다.

"소새끼만한 개 풉니다."

효과음, "크르릉!! 으릉~! 월월월!"(복댕) "켁, 켁, 켁! 크엑!"(삼식).

이거 하나면 대부분의 불청객은 도망을 간다. 물론 야박하게 군다 할 수도 있으나, 삼일 밤낮으로 찾아오는 바람에 꼬냥이는 이 순간만큼은 '개조심'을 내걸기로 했다.

부끄러운 임팔라 군, 난 네가 부끄러워

어느 한산한 월요일, 초인종이 울렸다.

'미레 미레 미시레도 라~ 도미라시 미솔 시도… ♪' (지면상 효과음은 계명으로, 쉭쉭쉭~.)

이번엔 무엇이더냐! 보험이냐, 신문이냐, 아니면 다시 천국행 티켓이냐!

"누구쎄요!"

앙칼지게 외쳤다.

"누나~ 나야, 임팔라~"

오! 이런… 지난 일요일 빨래 널고 내려가서 기약 없던 임팔라 군이었다. 녀석이 평일 대낮에 또 빨래라도 한 것인가 싶어 문을 여니 임팔라 군은 무언가를 소중히 손에 들고 서 있는 것이 아닌가. 진도도 빠르지, 뭔 벌써부터 선물공세를. 얘야, 니 얼굴이 크리스마스 선물이란다.

"누나, 이거~."

"뭐냐?"

그렇다, 꼬냥이는 아무리 멋있는 남자가 나타나도, 아무리 좋아하는 남자가 앞에 있어도 눈썹 하나 까딱 않는 나만의 작업 스킬로 지금껏 버텨왔다. 영악한 것이 남자라, 남자는 조금만 잘해주면 금방 잘난 척 대마왕이 된다는 것, 지금까지의 노하우로 이미 터득한 터였다.

"이건 뭐니?"

"으응, 우리 엄마랑 같이 겉절이 좀 했어. 누나 먹으라고."

오… 자식, 살림 잘하는 것은 알았지만 음식도 잘하나보네. 내심 기특한 마음에 평상에 앉아 커피라도 한잔 주려 했다.

"기다려, 커피 타올게."

휙 돌아서는 내 등 뒤로 임팔라 군이 흘린 한마디. 난 내 귀를 의심했다.

"이힛~ 고마웡, 누냥~ 오홋."

쟤 뭐래니? '오홋?'

뭔가 찜찜했다. 애가 생긴 건 세렝게티의 늘씬 임팔라인데 목소리부터 말투가 은근 개코원숭이니 그 이유가 무엇일까 곰곰이 생각해봤지만, 이미 콩깍지가 씌었던 터라 '그딴 건 중요치 않아!' 했던 것.

그, 러, 나….

꼬냥이의 예리한 레이더망에 걸린 그 '오홋'은 예사 '오홋'이 아니었던 것이었다. 보통 순정만화에서 여자 주인공 괴롭히는 악녀 캐릭터들이 여자 주인공을 골탕 먹인 후, 혹은 삼각관계인 '머쩨이' 남자 주인공 앞에서 새끼손가락 90도로 꺾어 입을 가리며 쓰는 그 '오홋.' 그건 아무나 실생활에서 남발할 수 있는, 그것도 멀쩡히 생긴 사내 녀석이 흘릴 수 있는 웃음이 아니었던 것이란 말이다!

고만 좀 불러, 누나 닳겠다!

그럼 그렇지. 임팔라 군은 하루에도 댓 번씩 전화를 걸어 하루의 소소한 일상의 보고, 인터넷 어디 쇼핑몰이 싸더라부터 시작해서 장 보러 갔다가 아주 싼 값에 건져 올린 등푸른 생선 이야기, 나도 모르는 드라마 스토리까지 줄줄줄 풀어놓는 것이 아닌가.

162

"누나, 누나, 누나~ 나 뭐 샀게, 뭐 샀게?"

"오늘은 고등어 두 마리 천 원이든?"

"틀렸지롱, 틀렸지롱~ 글쎄, 바나나 세 뭉치를 천 원에 산 거야, 꺄~."

'~지롱'에 '꺄~'라니…. 가슴 저 밑, 십이지장 근처에서 무언가 갑갑~~ 함이 밀려 올라왔다.

"누나, 누나, 누나~ 바나나가 피부에도 좋고 다이어트에도 좋다잖아, 누나도 갖다 줄게."

"아냐, 내 피부는 이미 재생 불량성이고 몸매는 돌아오지 못할 강을 건넜어. 너나 먹으렴."

"헉! 누나 미워! 안 놀아!"

어우…. 저걸 씨….

속으로 '이건 아이자네~ 이건 아이자네~'를 외쳐보았으나 임팔라 군은 이미 내게 '연인 이상의 정', 바로 '누나의 정'을 느끼고 있었던 것이다. 누나면 다행이지, 저거 언니로 느끼는 거 아냐?

문제는 나 또한 임팔라 군에 대한 이성적 호감은 일요일 빨래 털던 그 등짝 이후로 불가능해졌다는 것. 이건 뭐, 중딩 때 초콜릿 '쎄리' 날리며 달려들던 여자 후배들처럼 느껴지니, 뭐가 발전이 되겠느냐고.

이쯤 되니 꼬냥이 가슴속 깊은 십이지장에서는 '그는 너의 임팔라가 아니다'라는 메아리가 울려퍼지고, 등 뒤에선 복삼 브라더스가 '누나, 누나 예~ 누나, 누나 예~ 누나 누나 누나 예~'하고 '와뚜와리와리~' 합창을 하는 듯했다.

물론 좋다 이거지. 뭐 좀 섬세하고 여성스러운 남자를 선호하는 여인들도 많은데 뭐 어떠랴. 마초보다야 낫지 않은가. 그러나 꼬냥이의 이상형은 보통 남자보다 조금 더 까칠한 수준이었기에 살랑살랑 버들가지 같은 임팔라 군은 꼬냥이가 받아들이기엔 너무나 먼 당신이었던 것. 남자 친구랑 나란히 화장품 샘플 얻어 와서 "꺄~" 이러긴 싫다 이거지.

그래, 니가 황진이 해라, 내가 벽계수 하마

그리고 그날 밤, 드라마 〈황진이〉를 보고 두 눈 팅팅 부어 기어올라온 임팔라 군. 평상에 걸터앉아 죄 없는 달을 보며 황진이의 일생이 너무나 애처롭다고 마치 지가 황진이라도 된 양 한숨까지 푹푹 내쉬는 것이 아닌가. 어차피 꼬냥이와 임팔라 군 사이에는 저 바다가 태평양이기에 더 이상 놀랄 것도 없었다. 달 보며 눈물 콧물 질질 짜던 임팔라 군, 결국 꼬냥이의 십이지장에 마지막 도라지 위스키를 갈겨버린다.

"누나, 황진이의 마음을 담은 그 시 알아? 들어봐. 동짓달 기나긴 밤을 한 허리를 베어내어 춘풍 이불 아래 서리서리 넣었다가 님 오신 날 밤이어든 굽이굽이 펴리라."

에혀….

어깨를 들썩이며 시를 읊는 임팔라 군의 뒤통수를 바라보자니, 나오는 건 한숨이요, 처량한 건 달빛이라. '어져 내 일이야 그럴 줄을 모르던가, 일요일 빨래 널던 임팔라 군은 어디 갔소'가 절로 나오더라는 슬픈 세렝게티의 사랑 이야기.

무서운 패싸움 소녀들,
딱 걸렸다

우리는 보통 노인들이라고 하면 힘없고 약하고 사회에서 보호해야 하는 계층을 떠올린다. 물론 대다수의 노인들이 그렇겠지만 드물게 청년기의 파워를 그대로 간직하고 정정하게 늙어가는 분들도 계시다. 오히려 나이가 들어감에 따라 그 연륜의 깊이까지 더해져 눈에서 광선 검을 쏘시는 우리 배추도사와 같은 분도 있지 않은가.

소녀들 패싸움에 다 큰 어른들 날 새는 줄 모르더라

그날은 친구들이 좀 더 추워지기 전에 평상 파티를 열어보자며 술과 고기를 사들고 찾아왔다. 옥탑 세렝게티 옆에는 남자 고등학교가 있는데 밤이 되면 복도 너머로 야자 중인 아이들의 모습이 보인다. 그 모습을 보자 친구들은 장난기가 발동을 했는지 술잔을 교실 쪽으로 향하고 저마다 한마디씩 하기 시작했다.

"자식들, 고생하네."

"음핫핫… 조금만 버텨라, 불쌍한 것들."

"캬… 고생하는 동생들 바라보며 한잔 하려니 술맛이 이슬과 같구나."

물론 우리들끼리 한 이야기라 들리진 않았을 것이다. 그저 10여 년 전 우리들의 모습을 보는 것 같은 마음에서 우러나오는 선배들의 위로주(?) 정도라고 해야 할까.

그때 학교 뒷골목 쪽에서 비명 소리가 들려왔다.

"야이, xxx야!!"

우리는 일제히 옥상 난간에 고개를 내민 채 무슨 일인가 싶어 두리번거렸다. 그 소리가 들려온 곳은 옥상에서 바로 내려다보이는 남학교 뒤쪽 소운동장이었고, 어찌 된 영문인지 소년이 아닌 소녀 서너 명이 다투고 있는 것이 아닌가. 소리가 어찌나 큰지 마치 닭싸움을 보는 듯했다. 오! 무서운 치킨소녀들.

안전이 확보된 상태에서의 싸움 구경이야말로 세상에서 제일 재미있는 구경 중 하나가 아니겠는가. 일단 사태가 어찌 돌아가는 것인지 구경하기 위해 일렬로 쪼르륵 옥상 난간에 매달려 관람을 시작했다.

"맞짱('1:1 결투를 하자'는 뜻. 비슷한 말로 '다이다이', '맞다이' 등이 있다.) 뜰까? 맞짱 떠?"

"그래, 꼬라보지('쨰려보거나 기분 나쁘게 쳐다보다'의 뜻. 비슷한 말로 '야리다', '쨰리다' 등이 있다. 이 소녀들은 현재 서로 바라보기만 하면서 말다툼을 할 것이 아니라 주먹다짐으로 승부를 내고 싶다는 강한 욕망을 표출하고 있다.) 말고 맞짱 뜨자, 맞짱 떠!"

아, 이 얼마 만에 들어보는 청소년 전문용어 인가 싶어 흥미진진하기만 했다. 참, 물색없는 것들. 스물여덟이나 된 것들이 십대들 싸움 보며 즐거워하는 모습이라니… 하지만 어쩌랴. 재미있는 걸.

"너 xx, 잠깐 기다려, 체육복 입고!"

푸핫! 그 살벌한 와중에 교복 치마 안에 체육복을 입어야 한다니, 소녀는 소녀구나.

드디어 체육복을 갈아입은 치킨소녀들이 마주 보고 섰고 그 긴장감에 우리도 마른 침을 삼켰다.

"선빵(결투에서 먼저 상대에게 첫 공격을 시작하는 것으로 기선을 제압하기 위해서도 필요하나, 위와 같은 상황에서는 상대방의 강함을 알아보기 위하여 요구하는 것으로 보아야 적합하다.) 날려."

"니가 선빵 날려."

"됐거든? 니가 선빵 치라고!"

"먼저 치지도 못하는 x이…."

"뭐랏!"

소녀들은 정말로 머리끄덩이를 붙잡고 싸우기 시작했고, 지켜보던 우리는 사태가 생각보다 커질 수 있겠다 싶어 신고라도 해야 할 것 같았다.

"죽어!!!!!"

"싸가지 없는 x!!"

"xxx, xxxx, xx, xxxx!!"

"abcdefg!!"

그때!

167

"조용히 안 혀!! 너거들 뭐여!'

치킨소녀 VS 배추도사

철망으로 된 학교 담벼락 사이로 지팡이를 푹푹 쑤시며 소리를 지르는 노인은, 바로 배추도사였다. 밤만 되면 동네 사방팔방으로 뭘 이리저리 줍고 배회하시는 배추도사.

그날도 한가득 뭔가를 잔뜩 주워 돌아오시는 길이었나 보다. 세렝게티 주변을 모두 자신의 영역이라 여기시는 배추도사에게 이런 야밤 소녀들의 결투는 결코 넘어갈 수 없는 일이었을 것이다.

"됐거든요! 할아버진 그냥 가시면 되거든요!"

"뭐셔? 이것들이!"

"그냥 가시라고요! 남의 일에 꼼사리 끼지 마시라고요!"

전혀 굽힐 줄 모르는 치킨소녀들의 당돌함에 배추도사 급기야 불 켜진 교실 쪽을 향해 고래고래 소리를 지르신다.

"선생들 뭐 하는 거! 여기 이런 것들 안 잡고!!! 선생들 나와! 나오란 말여!!'

소녀들은 급작스러운 사태에 놀랐는지 후다닥 도망치기 시작했다.

'타앗―!'

그 순간 배추도사, 담 하나를 사이에 두고 아이들이 도망가는 방향으로 뛰기 시작한다. 그 스피드는 도저히 노인의 스피드라고는 믿어지지 않는, 그야말로 세렝게티의 치타 그 자체였다.

'역시, 저 노인은 인간계가 아니라 신선계임이 분명해.'

168

온 동네 개들의 합창과 소녀들을 쫓는 배추도사의 외침과 은둔고수를 몰라본 소녀들의 비명이 세레나데처럼 울려 퍼졌다.

"너 여기서 어떻게 사냐?"

걱정 어린 친구의 물음.

"괜찮아. 원래 세렝게티의 맹수도 자기 배부르면 다른 동물 안 잡아먹는다잖아. 저 영감 굶고 사는 것 같진 않아."

"고기 좀 갖다 드려라. 그게 네 살길이지 싶다."

오늘 하루도 무사히 살아남았다는 안도감이 새삼 충만하는 꼬냥이, 그렇게 세렝게티 옥탑의 밤은 어허야 둥기둥기~ 평화롭게 깊어가고 있었다.

포스**할매**,
배추도사에 **승리**하다!

요즘 들어 배추도사가, 내가 여기저기 자기 얘기를 흘리고 다니는 걸 눈치 챘는지, 새삼 의식적인 친절을 베풀곤 하여 세렝게티는 나름 평화시대에 돌입했다. 얼마 전엔 글쎄 계단에서 마주치자 괜히 사람 급체라도 시키려는지 어색하게 웃어주는 게 아닌가.

이 양반이 집세 날도 다가오는데 또 무슨 퍼포먼스를 보여주려 이러는 것인가. 순간 등골에 가랑비가 내려앉는 듯했다. 밀림의 법칙상 아무리 맹수가 배부르다 한들 이토록 얌생이들을 풀어주지는 않을 터인데, 대체 무엇이 꼬냥이에 대한 눈길에 애정을 심어준 것일까.

후훗, 사실 그건 바로….

포스할매, 세렝게티 상경하다

얼마 전 부산에서 할매가 올라오셨다. 우리 할매, 36년생이심에도 불구하고 그 연세에 165cm라는 장신(!!! 꼬냥이는 155cm!!!)에 주름 하나

없이 탱탱한 피부, 아직도 꼬냥이를 능가하는 C컵의 바스트(!!! 꼬냥이
는… 패스!!), 무엇보다 13년을 같이 산 꼬냥이조차 할매의 급열불 상태
에서는 결코 눈을 마주칠 수 없게 만드는 강력한 포스!!

훗, 사실 말이 나와서 말이지, 배추도사가 과거 군인 출신이시라 좀
강력한 안구 번개형이기는 하지만 우리 포스할매와 냉정히 비교해봤을
때 내공에 있어 대략 순위권 밖인 것은 사실이다.

아무튼 세렝게티 옥탑에 안착한 지도 꽤 되었는데 한 번도 못 와보신
것이 마음에 걸리셨다며 양손에 한가득 음식 더미를 들고 부산에서 올
라오신 포스할매, 집에 들어오자마자 하시는 말씀.

"이 개콧구멍만한 집구석에서 살라꼬 니가 서울까지 기어올라온 기
가. 하필이면 산발대기 옥탑방을 얻어가 이 쌩고생을 사서 하는고 말이
다. 작가 좋아하네, 이런 개콧구멍만한 집에 살면 작가가 된다 카드나?
겉멋만 들어가지고, 세상을 이리 몰라."

이미 각오는 하고 있었던 바였다. 어르신들 눈에 옥탑방은 인간이 살
곳이 못된다는 강한 인식이 심어져 있을 터, 그리고 우리 포스할매는
곧 죽어도 찌질한 생활에선 찌질한 글밖에 안 나온다고 누누이 말씀하
신 분이니 말이다. 처음엔 "할매는 즈질이야!" 하고 대들었지만 살다보
니 점점 그 말에 강력한 찬성을 하게 되는 걸 보면 역시 할매 말씀은 진
리다.

아무튼 구석구석 둘러봐도 할매 맘에 드는 구석이 없을 건 뻔하고, 청
소나 해주고 언제나 그렇듯 당일치기로 내려갈 거라는 할매. 항상 잡아
보아도 할매는 이런 식이다. 밀렸던 빨래가 여기저기 검문에 걸려 호송

되어 나오고 온 집에 잠복하고 있던 쓰레기는 마치 공장장의 손길을 거친 듯 착착착 분리되어 쓰레기 봉지 속에 안치되었다.

꼬냥이가 달리 꼬냥이인가, 이럴 때 빌려드리고 싶어 발을 내밀었지만 할매는 게을러터진 꼬냥이 발은 필요 없다시며 할매의 청소 '완소품'(완전 소중한 물건) '무한락스' 나 사오라는 심부름을 내려주셨다.

'아이~ 즐거워, 세상에서 제일 즐거운 건 청소할 때 빠져나오는 거야. 오호호.'

신나는 발걸음으로 괜히 보통 때는 눈길도 주지 않던 골목의 꽃들과 새들… 대신에 헌 옷 수거함이라든지, 「교차로」 함에 쓸데없이 시선을 주며 가벼운 발걸음으로 심부름을 갔다. 어릴 적 생각도 나고 해서 할매의 평생 친구 '박하스' 도 하나 사고 룰루랄라~ 든든한 할매가 기다리고 있어 왠지 더욱 든든한 집으로 돌아왔다.

그런데….

포스할매 VS 배추도사

"뭐 하는고, 지금!"

옥상 문을 열자마자 들려오는 앙칼진 할매의 목소리. 그리고 그 앞에 반쯤 터진 쓰레기 봉지를 들고 포스할매와 대치 중인 배추도사. 이, 이거…, 심상치 않은걸.

원래 일인자들끼리의 싸움에서 하수는 조용히 내빼줘야 하는 법. 난 냉큼 포스할매 손에 무한락스를 쥐어주고는 몸을 피했다. 무한락스만 손에 쥐면 이 광활한 지구의 어느 곳도 병균의 손으로부터 지켜낼 수 있다 하시던 포스할매, 무기가 주어지자 그 포스가 백만 배 발휘되어 온몸에서 락스 향이 피어나신다.

"와 기껏 묶어놓은 쓰레기 봉지를 도로 끄르느냐 말이요, 내 말은!"

빙고~! 역시 그랬다. 배츠도사는 원래 내가 미처 쓰레기장에 내놓지 않고 옥상에 놓아둔 쓰레기 봉지를 발견 즉시 다시 풀어보는 기이한 취미가 있었다. 대충 담아놨다 싶으면 다 빼내고 다시 정리하여 배추도사 집 쓰레기를 추가해서 버리는 것.

뭐 아껴 쓰면 좋은 거지만 사실 내 집 쓰레기를 누군가가 본다는 것도 마냥 좋은 기분만은 아니었다. 그런데 오늘, 만만하게 보았던 꼬냥이 집 쓰레기 봉지를 검열하다 포스할매에게 딱 걸린 것이다. 오늘은 내가 버린 게 아니지롱~ 히힛. (난 왜 이리 즐거운 것인가.)

포스할매, 청소에 대해서만큼은 대한민국 1등이라 자부할 수 있을 정도로 깔끔 청결을 삶의 좌우명으로 여기시는 분이라 하루 걸레질 세 번, 한 주에 대청소 한 번은 기본인 분이시다.

더군다나 쓰레기 분리에 대해서만큼은 앞에서도 말하지 않았는가, 공장장의 손길이라고. 지존인 만큼 그에 대한 자부심도 대단하시다. 그런데 감히! 지존 포스할매가 정리해놓은 쓰레기 봉지를 다시 풀어헤쳐 버리다니.

두둥!

"아니, 난 새댁이 쓰레기를 듬성듬성 버리면 우리 집 것도 같이 버리려고…."

"남이사 듬성듬성 버리든가 띄엄띄엄 버리든가 와 신경을 쓰는교?

드릅구로 바닥에 다 흘리놓고 이 뭐하는 짓이고! 여자 혼자 사는 집 쓰레기는 와 디비보고 난리고. 참말로 취미도 요상하네. 또 우리 아가 와 새댁이고! 아직 시집도 안 간 아 혼삿길 막으면 당신이 책임질라요? 어데서 말끝마다 새댁이고!"

오!! 역시 달라, 역시 달라! A급은 뭐가 달라도 달라! 할매가 뿜어내는 포스에 배추도사 흠칫하는 듯했으나 여기서 밀린다면 배추도사가 아니지! 바로 굴하지 않고 반격에 나선다.

"아니, 같이 아끼면 좋은 것이제, 왜 소리를 질러! 개들 똥 싼 것도 모아서 버리라고 알려준 게 누군데! 새댁, 아니 아가씨가 좀 덜렁대는 것 같아서 어른으로 보고 배우라고 한 거여!"

"개똥 모아서 버리는 게 깨끗한 기요? 화장실에 버리고 물 내리는 게 깨끗한 기지. 어데서 듣도 보도 못한 걸 청소라꼬 아한테 가르치는교! 지는 밑에 산다꼬 이 드릅구로 똥을 모으라 카질 않나, 뭐 이런 집구석이 다 있노."

바로 다운되는 배추도사. 그러나 아직 여기서 포기할 배추도사가 아니다!

"손녀라고 감싸는 거 아녀! 이봐, 수도세가 아가씨 이사 오고 부쩍 늘었어! 아껴 쓰는 걸 모른단 말여!"

비장의 카드라는 듯 수도세 적은 종이를 내미는 배추도사, 휙 낚아채 받아 보는 포스할매. 순간 마치 클라크 게이블을 바라보는 비비안 리처럼 오른쪽 눈썹이 슬쩍 올라간다 싶더니…,

"… 곱하기 2는 뭐꼬?"

174

175

꿈에서도 잊지 못할 그 할매 목소리.

휙 돌아보는 포스할매! 할매 눈을 보는 순간 난 그 자리에서 락스에 담기는 줄 알았다.

"니, 혹시…?"

"아이다, 아이다, 할매!!!!!! 이거는 개새끼 두 마리 키운다꼬 수도세 두 명분 내라캐서…."

"뭐라~?"

포스할매, 더 이상 볼 것도 없다는 듯 그 자리에서 수도세 종이를 쫙 쫙 찢으신다. 으아…. 오늘 날 잡았네.

"당신, 당신 손녀가 객지에 나와 혼자 산다 카면 이래 할 수 있나? 개 두 마리 키우면 개가 밥을 해묵나, 매일 세수를 하나. 하다못해 개가 옷을 입어서 매일 빨래를 하나. 개새끼 씻기봐야 일주일에 한 번 목욕시키면 그만이야. 그런 걸 가지고 수도세를 두 사람 몫을 내라 카는 게 말이 된다고 생각하나."

포스할매의 저런 목소리는 13년을 함께 살았던 나조차도 몇 번 들어본 적 없는 목소리였다. 저 목소리는 곧… 할매가 진짜! 정말! 옆구리 저 밑에서부터 진정한 '분노'라는 것을 끌어올리고 있다는 것을 뜻한다. 내가 처음 저 목소리를 들은 날, 내 옷장의 모든 옷이 불에 태워졌다.(시험날 학교 안 갔다…. 그럴 만했지. 살려주셔서 감사할 따름. 철없던… 아 옛날이여~♪)

그러나 배추도사는 겪어보지 않아서 그런 건지, 눈치가 없는 건지 이런 살기에도 굴하지 않았다. 아따 영감… 독허네.

"아니, 내가 그럴라고 한 게 아니고 이 건물 사람들이 하나같이 요구를…."

"이 개콧구멍만한 집구석에서 이 가시나 이사시키면 그만이야. 지가 낭만이니 뭐니 헛소리 해싸코 기어들어와 앉아 있는 기, 젊었을 때 고생하는 것도 보람이다 싶어서 냅두는 거야. 근데 이사할 때 하더라도 당신 같은 영감탱이는 보다 보다 처음이라서 이대로는 못 가겠다."

"워쩔 건디? 워쩔 거여!"

"건물 사람들이 옥상 수도세 더 내라고 했다 캤제? 그래, 몇 층이고, 함 가 보자. 가서 내가 설득시킬 테니까네, 함 가 보자고!"

사실 말이 나와서 말이지, 이 건물에 굿거리장단 아줌마며 임팔라 군이며 임팔라 군 어머님이며 모두 가족이나 다름없이 오가는 사람들인데 그 사람들이 배추도사 말처럼 그런 소리를 했을 리는 없다.

그건 처음 수도세 인상 얘기를 할 때부터 알았다. 하지만 난 좋은 게 좋은 거다 하는 마음으로 주고 말아야지 했던 것인데, 할매는 손녀가 글 써서 번 돈 몇천 원이라도 억울하게 쓰는 걸 보고 싶지 않으셨나 보다. 흑. 내가 죄인이여.

배추도사의 팔을 끌고 내려가는 포스할매. 배추도사 순간 당황하여 주춤주춤 뒤로 물러선다. 그럴 만도 하지. 누가 그걸 확인하겠다고 나서겠는가. 그러나 할매에겐 한순간의 창피함보다 손녀의 코 묻은 원고료가 더 소중했다.

"이거 놔요, 왜 이랴, 참 사람 거치네."

"당신이 그랬잖소. 내리가서 물어보자고!"

내가 달려나가 할매를 말리지 않았다면 할매는 정말 세렝게티를 발칵 뒤집어서라도 진실을 가렸을 것이다.

"수도세 우짤 기요, 계속 이런 식으로 할 기요?"

"아, 알았어! 알았다고! 내가 아가씨는 특별히 생각해서 1인분만 내도록 할 테니께, 고만 하자고. 고만 하자니께!"

패배를 인정하며 배추 잎사귀 떨어질세라 도망치는 배추도사. 장장 반 년을 끌며 속앓이했던 일이 포스할매의 몇 마디에 해결되다니, 역시 할매는 위대해. 그러나 바보처럼 침 질질 흘리며 경이로운 눈길을 보내는 꼬냥이의 등짝을 후려치는 포스할매.

"이 뭐 이리 물렁팥죽 같은 기 있을고. 첨부터 니가 물렁물렁해서 저러는 거 아이가. 골수 빠지게 글 써서 돈 벌믄 뭐하노, 니가 미치따고 수도세를 2인분이나 내나, 으이고 반편아, 반편아."

힝~, 할매가 뒤에 있으니 내가 좀 '모지리'라도 이만큼 사는 거 아잉교? 예? 히히.

다이어트?
이렇게나 **쉬운** 것을!

　물에 적신 스펀지처럼 '추욱' 늘어져 꿈틀꿈틀 방바닥만 기어다니던 '화염지옥' 같은 옥탑의 여름이 지났다. 그동안 온갖 블로그와 생계작업과 업무는 올 스톱. 팔자 늘어졌다고? 말도 마시라. 지금 내가 숨 쉬고 있는 것이 대견해 금일봉 하사라도 받고 싶은 심정이니까. 내가 죽겠는데 뭔 글을 쓰라고! (버럭! 내가 촌충처럼 땀범벅으로 땅바닥을 비빌 때 에어컨 한 대라도 달아준 이 있는가!) 대세가 '호통' 이다보니, 훗….

　아무튼… '화염지옥' 같은 여름 보내고 나니, 살이 쪘다… 흑!

　꼬냥이는 여름이 되면 많게는 5kg에서 적어도 3kg은 빠지는 체질이다. 땀도 잘 흘리지 않는데 이상하게도 여름만 되면 신기할 정도로 살이 빠져버린다. 그리고 겨울이 되면 다시 포동포동 집 꼬냥이처럼 살이 오르는 '여름 고갈 겨울 비축 체질' 인 것이다.

　그렇기에 겨울에 살이 좀 과하게 오르더라도 여름이면 빠지려니 생각하고 다이어트 따위는 신경을 안 쓰고 살았다. 또한, 나만의 체중 관리 요법을 갖고 있었기에 안 되겠다 싶으면 실행하면 되니까. 흰죽에 생선이나 채소를 반찬으로 든든히 먹고 밤에 야식 대신 물을 마시는 아주 간단한 방법만 실행하면 2~3kg은 쉽게 빠진다.

또 가장 중요한 건, 아닌 말로 내가 살이 쪄서 병에 걸려 목숨이 할딱거리는 지경도 아닌데 왜 주변에서 살이 쪘느니 마느니, 빼라느니 어쩌니 하는 것인가. 댁들 몸이나 신경 쓰소! 이거란 말이지. 난 내가 살아가는 데 불편하지 않은 이상, 하루 얼마나 먹었나 초조해 하며 계산하는 시간에 먹고 싶은 것은 먹으면서 책이나 한 권 더 읽겠다는 그런 말이다.

그런데 이번 여름은 좀 경우가 달랐다.

단 1kg도 안 빠졌다!

혼자만의 결론으로는 역시 나이가 드니 몸도 예전 같지 않다는 것. 꼬냥이 이제 서른 즈음이 되어 스물아홉에 백내장을 얻고 눈은 노안이 되었으며 아름다운 두 눈가의 주름은 어느덧 오작교처럼 시원하게 뻗어 갈피를 못 잡게 되었다. 요즘엔 이가 시려 사과도 한 번에 '콱' 못 물고, 아침잠도 없어져 새벽만 되면 번쩍 눈이 뜨이면서 온 관절 마디마디가 시리고 결리고 공사장 흙 퍼담는 포크레인처럼 뻣뻣하다. 에이고… 이름 없이 3년이나 굶주리며 걸어온 험한 프리랜서 길에 남은 건 늙고 쇠한 몸뿐이로구나. 쿨럭, 쿨럭….

이렇듯 몸의 생체리듬이 저하되어 있으니 뭔들 원활히 돌아가랴.

살도 빼고 건강도 되찾기 위한 방법이 절실했다. 그 방법이란 바로 운동!

뭔 원푸드 다이어트니, '한 달에 10kg이 빠졌어요' 하는 건 믿을 게 못된다. 꼬냥이의 장점 중 하나가 바로 '꼼수' 안 부리고 미련을 잘 떤다는 것. 먹은 만큼 운동하고 땀 흘리면 안 빠질 살이 어디 있는가. 헬스도 좋다지만 자유로운 생활을 영위하는 꼬냥이에겐 그 또한 낭비일 뿐. 하루에 한두 시간씩 운동하면 지가 안 빠지고 배기랴.

요즘 정상인의 생활 리듬을 갖게 되어 밤 0시에 잠들고 6시면 일어나는 바른 생활 여아 꼬냥이. 언제 또 바뀔지는 몰라도 일단 이러한 생활 방식이 다이어트에 가장 좋은 건 틀림없다.

생활 속의 다이어트, 줄넘기와 산책

가장 먼저 시도한 것은 줄넘기. 이처럼 간단하고 효과가 큰 방법이 어디 있겠는가. 넓고 넓은 옥상 한가운데 자리를 잡고 휙휙 줄넘기를 돌려댔다. 물론 오랜만에 시도하는 탓에 세 번 뛰면 발에 걸리기 다섯이요 종아리 찰싹찰싹 맞아가며 온몸을 줄넘기로 채찍질하였지만, 세 번도 30번 하면 90번이고 다섯 번도 20번 하면 100번 아닌가! (아, 이 대책 없는 느긋함!)

그렇게 한 30분 채찍질했을까. 갑자기 옥상 문이 벌컥 열리더니 배추도사가 씩씩대며 올라온다.

"아니, 뭐하는 겨! 집 무너뜨리려고 작정했는감?"

"운동이요!"

요즘 꼬냥이도 배추도사에게 마냥 만만히 당하지는 않는다. 살 만큼 살았는데 쫓아낼 거야, 어쩔 거야. 할 말은 하고 산다, 이거지.

"왜 운동을 옥상에서 혀! 아래층이 울려서 집 무너지는 줄 알았다고!"

솔직히 아래층이 울리지 않을까 걱정한 건 사실이다. 그런데 다짜고짜 소리부터 버럭 지르니 꼬냥이도 바짝 약이 오른 것.

"집을 나이롱으로 만들었어요? 줄넘기 좀 돌린다고 집이 왜 무너져요!"

요즘 잦아진 꼬냥이의 말대꾸에 가뜩이나 혈압 오른 배추도사, 약발이 안 먹히니 속이 타는지 무조건 안 된다며 길길이 뛰고 난리다.

"아무튼, 안 돼! 무조건 안 돼! 집 무너져! 아래층에서 심장이 벌렁거려 죽는 줄 알았어!"

저 고집, 저 억지, 저 무대뽀, 저 심술!

'그러면 옥상은 왜 만든 거야.'

다 들리기 신공으로 꿍얼거리며 문을 쾅! 닫고 들어갔다. 뒤에서 들리는 배추도사의 호통.

"저! 저거! 요즘 왜 저려! 어디서 말대꾸여! 응?"

처음엔 하라는 대로 다 하고 온갖 억지도 꿋꿋하게 참던 꼬냥이의 반란이 배추도사는 무척 마음에 들지 않는 것이다.

결국 얼마 전엔 하다 하다 한 달에 한 번 친구들 놀러오는 것까지 트집 잡아 수도세 3인분을 내라는 말까지 나왔다. 냈느냐고? 예전의 꼬냥이가 아니라니까. 3시간 놀다간 친구들이 샤워를 해, 빨래를 해. 억지도 억지 나름이지.

아무튼, 그냥 풀이 죽어 그만두는 것과 한마디라도 하고 그만두는 것은 다른 법. 할 말은 다 했으니 그냥 그만하기로 했다. 운동이야 어디서나 할 수 있지만 배추도사 약 오른 건 스스로 풀어야겠지. 훗!

결국, 나의 운동 계획은 복삼 브라더스와의 산책으로 바뀌었고 일주일 동안 매일 한 시간 산책을 실행한 결과 우습게 2kg이 빠졌다. 더불어 통통하던 복댕이도 조금 라인이 잡혔고 비실비실하던 삼식이도 생기가 돌게 되었다. 녀석들과 산책을 하니 혼자 할 때보다 운동량이 두 배는 되고 이것 참 좋지 아니한가!

비록 배추도사라는 난관을 만나긴 했지만 나의 심플 다이어트는 무리 없이 진행되고 있다. 몸이 좀 적응되면 전문적인 운동에 도전해볼 생각이다.

헬스? 댄스? 요가? 노노~ 바로 복싱!

캬… 멋지다.

바람을 가르는 빠른 팔, 쉭쉭~.

이 소리는 절대 입에서 나는 소리가 아닙니다. 후훗.

생활 관리법

혼자 살아도 지켜야 하는 룰이 있다. 우리가 왜, 무엇을 위해, 무엇 때문에 이 험난한 세상에 홀로 들어섰는지에 대한 이유를 잊어선 안된다. 단순히 혼자 사는 게 좋아서, 직장 때문에, 학교 때문에 등등 많은 이유들이 존재한다. 우리는 그 목표에 1차적으로 충실해야 한다. 출퇴근 시간을 줄이려고 자취를 시작한 직장인이 새벽 3시까지 게임을 하거나 웹서핑, 음주로 잠을 못 잔다면 굳이 자취를 할 의미가 없다. 마음잡고 열심히 공부하려고 자취를 시작한 학생이 매일 친구들을 불러 술판을 벌인다면 이건 공부를 위한 자취가 아닌 방종을 위한 자취일 뿐이다. 기본적인 생활의 틀을 잘 잡아야 한다. 이것이 깨어지는 순간, 우리는 명목 없는 중생, 명분 없는 자취인이 되는 거다.

생활비 절약법

• 전기세, 수도세, 기타 등등 공과금

매일 자기 전에 전기 플러그를 뽑는다는 게 얼마나 힘든 일인지 알고 있다. 다만 PC만이라도 끄고 자자. 얘도 좀 자야 할 것 아닌가. 각종 공과금은 자동이체가 편리하다. 그나마 그렇게 해두어야 연체료라도 안 낼 수 있을 것이다. '전기요금을 납기일까지 납부하지 아니한 경우에는 납기 경과 후 1개월 이내는 1.5%, 1개월 경과 후는 2.5%의 연체료가 부과됩니다'라고 한전은 말하고 있다.

• 편의점과의 이별

밤늦게 꼭 필요한 것이 생기지 않는 이상, 편의점 방문은 자제하는

편이 생활비 절약에 도움이 된다. 쉬운 예로, 일반 슈퍼에서 500원 하는 캔커피의 가격이 대형 마트에선 250~350원, 편의점에선 600원이다. 100원, 200원, 야금야금 나가는 돈을 아끼는 것은 절약이 아니라 저축이라는 점을 알아야 한다.

• 묶음 아이템은 보류

예를 들어 특가 세일의 1000원짜리 우유가 2개 묶음 1800원이라고 가정하자. 산술적으로 싼 상품인 게 확실하다. 그러나 정말 우유가 좋아 물 대신 우유를 마시지 않는 이상, 유통기한 전에 우유 2개를 다 마시기란 쉬운 일이 아니다. 열심히 마셔도 반 정도는 버리기 십상이라는 것. 야채나 과일 등도 마찬가지이다. 유통기한 내에 소비할 수 있거나 기한과 상관없는 소비재가 아니라면 싸다고 덥썩 사는 건 절약이 아니다.

• 식비 절감

의외로 혼자 사는 이들의 생활비 중 식비가 차지하는 비율이 높다. 잦은 외식과 군것질 때문이다. 먹는 걸 아끼라는 소리가 아니다. 몇 백 원 정도는 괜찮지, 몇 천 원 정도는 한 끼 밥에 비해 저렴하지 라는 생각으로, 매일매일 꾸준히 야금야금 쓰는 게 문제의 시작이라는 것. 차라리 한 달 생활비에서 간식비와 외식비를 따로 떼어놓고 그 안에서 해결하는 방법이 어떨까. 하루에 1000원짜리 빨대 커피 3개씩 마셨던 언니의 조언이다.

떨어뜨리지 말고 꼭꼭 챙겨놓아야 할 것들

■ 상비약

혼자 살면 외롭다. 외로운 것도 서러운데 아프면 더 서럽다. 아플 때

딱히 도움 요청할 사람이 없으면 더욱더 서럽다. 서러워 울지 말고 미리미리 약 챙기자.

• 감기약

감기에 대한 정설은, 약 먹으면 일주일, 약 안 먹으면 7일 간다는 것이다. 감기약을 복용하는 것이 건강에 오히려 더 안 좋다는 설도 있다. 그러나 눈물인지 콧물인지 모를 액체와 사투를 벌이는 순간에는 먹든 안 먹든 옆에 있으면 마음의 안정은 누릴 수 있다.

• 진통제

두통, 치통, 생리통을 잡아주는 진통제. 역시 옆에 두고 감상하면서 플라시보 효과를 누리는 편이 좋다. 물론, 진통제에 의존하지 않으면 생활이 불가능할 정도라면, 진통제만 무한 드링킹할 것이 아니라 잽싸게 병원으로 뛰어야 한다.

• 소화제

외로워도 슬퍼도 우리 톰슨가젤은 울지 않는다. 그저 먹고 또 먹어 마음 대신 위를 채우거나, 먹은 것을 차마 아래로 아래로 내리지 못할 뿐이다. 왼손이 쥔 바늘을 오른손이 모르게 찔러서 피를 볼 자신이 없다면 소화제쯤은 챙겨둘 것.

• 소독약

종이나 칼에 베는 등 가벼운 상처가 났을 때 가장 좋은 것은 소독약을 바르고 물이 상처에 들어가지 않게 하는 것. 덧나면 골치 아프다. 여름에 덧나면 지옥을 맛보게 될 수도 있다. 스프레이형 소독약은 혼자 바르기에 편하다. 단점은 마음의 상처에는 잘 듣지 않는다는 것.

•1회용 밴드

알고 보면 마음이 여리디 여린 우리들 톰슨가젤. 피를 보면 어떻게 변할지 모르니, 피 보자마자 잽싸게 가릴 1회용 밴드도 상비해두자. 새

신발을 신어 발뒤꿈치가 엉망이 됐을 때 절룩거리며 약국으로 달려갈 필요가 없다는 것도 장점.

• 살충제

아무리 철저히 방충망을 해도 그들은 어디선가 꾸물꾸물 기어들어온다. 놀라지 말고 침착하게 목표물을 향해 사뿐히 분사해 주도록 하자.

■ 비상식량

• 라면

자취생에게 무엇보다도 중요한 것은 식량 확보! 라면만한 비상식량이 어디 있으랴. 이외에도 참치캔, 씨리얼, 소포장 김 등을 추천한다.

• 김치

정성 들여 보내주시는 어머니의 손길이 없더라도 좌절하지 말자. 동네 시장만 가도 반찬집은 많다. 가장 인심 후해 보이고 손님 많은 곳을 찍어 단골로 정하자. 마트에서 포장용 김치를 사먹는 것보다는 나으니 도전해 보도록.

• 마실 물

우리 몸의 70%는 수분이다. 우리는 살아야 한다, 살아야 한다. 물이 무슨 대수랴 싶지만, 막상 목마른데 마실 물 없는 것만큼 짜증나는 것도 없다. 생수 사기 아까우면 보리차를 끓여 항상 상비해 두자.

• 그밖에 나에게 꼭 필요한 것은 무엇일까?

필수 상비품에는 또 무엇이 있을까?

우렁각시 또는 우렁미소년, _____

Chapter 5

대한민국에서
20대로 산다는 것

❝'신은 땅속으로는 재림치 않으신다.' 눅눅한 반지하 월세방, 이리저리 치이는 지하철 2호선, 다리 밑 거지촌. 신은 항상 세상 위에 올라서 있는 이들에게만 재림하고 그들의 소망에 귀를 기울이고, 그 아래서 힘겹게 그들을 떠받치고 있는 이들의 절규는 듣지를 못하시는 것 같다.

신은 눈이 나쁘다. 사람들이 그렇게나 서로를 밟고 위로, 위로 올라가려는 이유는 신에게 자신들의 소망을 말하기 위해서이다. 이들이야말로 살아가는 방법을 아는 사람들이다. 그런데 산동네 사는 이웃들은 뭐지? 아, 너무 높이 올라와서 신이 고깝게 여기는 건가.❞

봉지 라면 천 원 시대의 허기진 자취생들

몸살이었다. 뼈 마디마디가 저릿저릿하고 식은땀은 줄줄, 그렇게 보드랍던 복댕이의 털도 살갗에 닿으니 수세미로 긁는 것처럼 아팠다. 기침은 쉴 새 없이 토해져 나오고 입맛도 뚝 떨어져 이틀간 아무것도 입에 댈 수 없는 지경. 위장에서부터 역류해 올라오는 기침이라고 하면 이해가 되실까. 오장육부를 목구멍으로 토해낼 수 있을 것만 같았다. (끔찍하군.)

그러다 보니 머릿속엔 '뭐라도 먹어야 산다, 이렇게 가다간 정말 사회면에 〈혼자 살다 아사한 30대 여자〉로 기사가 날 수도 있다' 는 생각이 번쩍 들었다. 그러나 밥을 하려니 쌀도 떨어져 장을 봐야 하는 상태고, 배달을 시키려니 마침 찾아놓은 현금이 없었다. 은행이나 현금지급기는 근처 시내까지 나가야 하는데, 그 '근처' 라는 것이 걸어서 15분 거리인지라 도저히 이 몸을 질질 끌고 그곳까지 나갈 엄두가 나질 않았다.

지갑을 탈탈 털어 나온 돈이 600원. 젠장! 평소에 미리미리 좀 찾아둘

걸. 그날따라 눈발이 비치는 매서운 날씨. 라면이라도 하나 사와야겠다는 생각으로 빌빌대며 슈퍼마켓으로 향했다.

슈퍼는 이미 전쟁터, 라면을 사수하라!

슬쩍 슈퍼 내부를 살피고 주머니 잔돈을 꼼지락거리며 라면 코너로 가서 가장 저렴한 가격의 라면 중 하나인 '안심탕면'을 찾았다.

음?

이, 이거 뭐야, 왜 700원이야?

횡ㅡ.

잔돈 600원 들고 슈퍼 갔을 때의 기분을 아시는가. 가격표가 붙어 있어도 혹시 10원이라도 더 나오면 어쩌나 하는 불안함. 600원에 맞게 마음을 세팅해 왔는데 그 물건이 없을 때의 당혹감! 그런데 이건 대놓고 700원이라니!

슬금슬금 눈치를 보며 주인 아저씨에게 다가갔다.

"아저씨, 안심탕면 올랐나요?"

"이번에 라면 값이 100원 정도 올랐어요."

헉, 그사이에 100원이나 뛰다니, 순간 눈앞이 까마득해졌다. 하지만 그 와중에도 꼬냥이의 뱃가죽 너머에서 들려오는 위장의 소리. '먹어야 산다!'

"그… 그럼 안심탕면보다 싼 라면은 없나요?"

곧 죽어도 '폼생폼사' 꼬냥이 인생에 이런 대사를 칠 날이 올 줄이야.

"아, 있긴 한데 아까 다 나갔어요. 내일이나 돼야 물건 들어올 텐데."

덜컥! 라면 값 100원 인상에 이미 슈퍼는 전장, 사재기 전투까지 벌어지고 있었다! 이런 시대에 뒤떨어진 은둔형 꼬냥이 같으니라고! 라면 값 오른단 소리 들었을 때 전투태세 갖추고 달려들었어야 했는데, 지가 무슨 갑부라고 '100원 올라봤자~'라고 코웃음을 쳤으니 이런 패배는 순리였단 말인가.

복잡한 심경으로 찌질대며 대충 남은 라면들을 살펴보니 라면 중에서도 고급 브랜드 몇몇뿐이었다. 제길, 애초에 600원으로 살 수 있는 라면 따윈 있지도 않았어!

무방비 상태에서 받은 충격 탓일까, 또다시 위장을 끌어올리는 맹렬한 기침이 터져나왔다.

"쿨럭, 쿨렁… 안녕… 우웨엑… 안녕히… 쿨럭… 계세…요."

이, 무슨 아름답지 못한 모습이냔 말이다. 퀭한 얼굴의 여자가 어슬렁어슬렁 기어들어와 라면 코너에서 '싼 라면' 찾다가 미친 듯이 기침하며 도로 나가는 꼴이라니. 슈퍼 아저씨의 애잔한 눈빛이 내 뒤통수에 꽂히는 듯했다.

오기는 사람을 강하게 만든다 했던가. 슈퍼를 나오는 순간, 이미 신은 내게 빌빌대지 말고 은행에 가서 현금 찾으라 강요하고 있었다. (신 : 내가 언제? 뻑하면 가만 있는 날 팔아!)

내가 은행 가는 길에 쓰러져 한 떨기 꽃(!!)이 되는 한이 있어도 오늘 기필코 장을 보리라! 발걸음에 힘이 실렸다. 단정치 못한 몰골에 산발한 여인, 그녀는 현금지급기 앞에서 알아듣지 못할 염불을 중얼거리며 마구 돈을 뽑아 재꼈다.

"내놔라, 내 돈! 어서 뱉어라. 라면 따위 다 먹어줄 테다. 그르릉…!"

덜덜덜… 1천 원짜리 라면이라니!

돈도 뽑았고 슈퍼에서의 굴욕도 있고 하니 기왕이면 좋아하는 라면을 사기로 했다. 죽으면 썩어질 몸, 먹고 싶은 건 먹고 죽겠다는 강한 의지! 꼬냥이가 즐겨 먹는 '무와 파와 마늘이 들어간 탕면'을 집어 들었다.

음? 얼마? 이게 동그라미가 몇 개야? 1000원? 엥? 천 원??!!!

후아…. 이건 뭐 라면이 나하고 싸우자는 거야? '무와 파와 마늘이 들어간 탕면'에게 정식으로 결투신청을 받은 꼬냥이.

정말 낯설었다. 봉지라면 하나에 천 원이라니. 아니, 다른 물가가 오른 건 둔감한 꼬냥이에게 별 문제가 아니었다. 그러나 라면이 어디 그저 음식이던가. 돌도 씹어 먹을 나이의 청춘들에게는 단돈 몇 푼으로 주린 배를 채울 수 있는 소중한 아이템 아니던가. (그래서 최저생계비가 안 오른다는 말도 있었다.)

지금이야 그나마 입에 풀칠은 하지만 초창기 글자당 10원 받을 때만 해도 하루 세 끼 라면에, 그것도 안 되면 면과 스프를 반반 나눠 아침저녁으로 끓여 먹었던 값싸고 소중한 아이템이 라면이었다. 그 몇 백 원으로 누릴 수 있는 유일한 끼니! (그래서 라면 땜에 굶어죽지도 못한다는 말도 있었다.)

씁쓸한 마음으로 라면 한 박스를 샀다. 이미 몸살도 나의 혈압에 압사당했는지 잠시 소강상태. 낑낑대며 라면 상자를 들고 와 후배 놈들에게 전화를 했다.

"은경이랑 경훈이 데리고 누나 집으로 와."

"엇, 누님 왜요?"

"라면 몇 개씩 들고 가. 라면 값 올랐다잖아."

"엉엉! 안 그래도 누님, 장사 안된다고 사장이 아르바이트비 미뤘는데 자장면도 500원이나 오르고 라면 값도 오르고 굶어죽겠어요, 누님."

"알았다. 집들이 겸 자장면에다 탕수육 먹자."

"잇힝! 누님 최고! 저녁 때 애들이랑 갈게요."

그날 저녁, 서울에서 자취하는 후배 세 녀석이 휴지와 세제를 사들고 왔다. 공부하는 놈 둘에, 아르바이트는 하는데 월급은 항상 밀리는 놈.

"니들 끼니 걱정하면서 휴지는 왜 사들고 오냐."

"언니~ 배고파, 앙앙앙!!"

"누님, 탕숙탕숙, 자장자장!!"

근처 중국집에 탕수육과 자장면 네 그릇을 시켰는데, 역시 3500원이던 자장은 4000원이 되어 있었다.

"언니, 이제 만만한 게 자장이란 말은 옛말이야. 우리 학원 옆에 백반집이 4000원이니 말이야."

"알바비는 그대로인데 물가는 오르고, 큰맘 먹고 자전거 샀어요. 좀 멀어도 자전거 타고 다니려고요. 교통비라도 아껴야 밥 먹고 살 것 같아요."

"공부한답시고 부모님한테 생활비 받는데도 점점 쪼들려요. 제가 이 정도니 부모님은 더하시겠죠."

194

에고고…. 단돈 100원에 먹먹해지는 가슴이라니. 녀석들이나 나나
허기진 건 몸보다 마음, 쪼그라들 듯 갑갑~한 마음이었다.

대한민국에서
'개'로 산다는 것

유기견에 대해 취재하고 기사를 쓴 적이 있었다. 많은 의견과 격려를 받았다. 반면, 개새끼들 신경 쓸 시간에 사람에게나 신경 쓰라는 욕이 실린 쪽지도 받았다. 물론 기사를 쓰면서 내가 너무 집착을 한다거나 유별나 보이는 것은 아닌지에 대해서도 생각해봤다. 하지만 내가 기사를 통해 말하고자 한 것은 '개'만 사랑하자거나 사람보다 개가 우선이라는 것이 아니었다. 아주 간단하고 기본적인 '생명'에 관한 이야기였다.

호기심이 관심으로, 그리고 애정으로

내겐 두 마리의 유기견 출신 '개 가족'이 있다. 기사를 쓰기 위해 자문을 받았던 인터넷 모 카페 회원분의 소개로 만난 녀석들이다. 대부분의 사람들이 그렇듯 나도 처음엔 '개 한 마리 키우고 싶다'는 생각에 그 카페를 찾았다. 그리고 그곳에서 난 차마 눈 뜨고 볼 수 없는 처참한 광경들을 목격하게 됐다.

몇 년을 키운 개를 무슨 심술이었는지 사지를 다 꺾어서 버렸다는 이야기를 듣고는 심란한 마음에 밤새 잠을 뒤척였고, 동네 꼬맹이들이 암컷 유기견의 배를 갈라버렸다는 이야기를 듣고는 분노에 치를 떨기도 했다. 여러 가지 사례들을 목격한 뒤 '개나 한 마리 키워야겠다' 던 내 생각은 '한 생명을 거둬야겠다' 로 바뀌었다.

독서실 쓰레기통을 뒤지다가 구조되어 병원 케이지 속에서 몇 달간 생활하고 있던 복돌이.

복돌이는 케이지에 갇혀 있는 것에 스트레스를 받았는지 혈변을 보며 처절하게 짖고 있었고, 2~3일 후엔 보호소로 넘어가 안락사를 당해야 하는 처지에 놓여 있었다. 솔직히 처음엔 복돌이 사진을 보고 실망했지만 같이 살아 정들면 예뻐 보이겠지 하는 마음에 임시보호를 하기로 마음먹었다.

더 이상 쓰레기통은 뒤지지 않아도 돼!

복돌이를 안고 집으로 들어서면서, 악몽이라도 꿨는지 잠꼬대를 하다 경기를 하며 놀라 일어나는 복돌이의 처량한 눈빛을 보면서, 쓰다듬어 주려고 손을 내밀면 때리는 줄 알고 두 눈을 질끈 감는 그 녀석을 보면서 결심했다. 명품을 휘감아 키워주지는 못해도 모진 짓은 않겠노라고. 더 이상 쓰레기통을 뒤지게 하지도, 사람들의 발에 차이게 하지도 않겠노라고 다짐했다.

한가득 복을 담고 들어온 녀석이란 뜻의 '복댕이' 라는 이름도 새로

지어줬다. 그리고 어린 왕자와 여우가 그랬듯 정을 주며 서로 길들여져 갔다. 그 녀석은 더 이상 경기를 하며 잠에서 깨어나지도, 손을 뻗으면 움츠러들지도 않았다. 내가 힘들어 하거나 눈물을 흘리고 있으면 다 이해한다는 듯 어른스러운 표정으로 내 무릎에 팔을 올리고 내 눈을 빤히 바라보면서 나름의 위로를 하기도 했다.

그리고 복댕이가 안정을 찾을 때쯤, 복댕이를 내게 안겨주었던 분이 또다시 임시보호 요청을 하셨다.

"이 녀석은 아주 새끼 때 유기됐는데 동물병원에서 실험견으로 쓰였어요. 항문낭, 중성화, 성대 수술까지 다 되었고요, 꼬리는 두고두고 실험하려고 했는지 반만 잘랐네요. 하루에 서너 번씩 채혈을 해서 빈혈기도 있고 5kg도 안돼요. 병원에서 탈출은 했는데 상태가 안 좋아요. 많이 약해서 개들 많은 집보다는 복댕이처럼 순댕이가 있는 집이 필요해요."

짓지는 못해도 마음은 통해요

당시엔 복댕이에게만 정을 주고 싶어서 내키지 않았다. 하지만 '구조한 15마리의 유기견들을 돌보는 분도 계신데' 라는 생각에, 그분께 도움이 되고자 하는 마음으로 녀석을 데리고 있기로 했다.

그 녀석이 바로 삼식이었다. 말라비틀어졌다는 표현이 딱 맞을 정도로 뼈만 남은 몸에 작고 볼품없었다. 녀석은 복댕이보다 더 주눅이 들어 있었고 사람에게 안기는 법도 몰라 안아주려 하면 뻣뻣하게 굳었다. 또 지금껏 병원 케이지에서 지내서 그런지 화장실에 대한 개념도 없었다.

삼식이가 집에 온 뒤로 아침에 일어나면 집 안 여기저기 대소변이 쌓여 있었다. 난 하루 종일 삼식이의 배변훈련을 하는 데 시간을 보냈다. 삼식이 딴에는 낯선 곳에 적응하기도 버거운데 처음 보는 여자가 이리저리 쫓아다니며 볼일 보는 것을 감시하는 것이 마음 편할 리 없었을 것이다.

그렇게 싸우고 지치고 난리를 피우기 두 달째 되던 어느 날, 삼식이는 내 눈치를 보더니 슬금슬금 신문지 위로 올라갔고 내 눈을 빤히 바라보며 신문지에 쉬를 했다. 마치 '나도 이제는 안다' 하는 표정으로.

울었다. 다 큰 처자가 신문지 위에 볼일을 보고 있는 강아지 한 녀석 때문에 울었다. 세상에 안 되는 일은 없구나, 말 못하는 동물이라도 마음이 통하는구나 하면서. 고맙고 대견하고 뿌듯했다.

극과 극, 그러나 너흰 가족이란다

꼬질꼬질 거리를 헤매며 사람들의 발길질에 멍이 들었을 복댕이와 태어나서 본 것이라곤 차가운 수술실밖에 없는 삼식이. 이 극과 극을 달리는 두 녀석이 서로를 인정하며 받아들이는 데까지는 그리 긴 시간이 필요치 않았다.

출신도 기질도 어느 것 하나 닮은 구석이 없지만, 말썽 피우는 복댕이를 가둬두면 삼식이는 안절부절못하며 나와 복댕이 사이를 왔다 갔다 하다 '선처'를 호소하듯 앞발로 나를 긁어댄다. 먹을 때 건드리면 주인도 물어버리는 것이 개라고들 하는데, 복댕이는 간식을 주면 자신이 먼저 먹고 난 후라도 삼식이가 먹는 것을 가만히 바라보기만 한다. 시도 때도 없이 서로를 핥아주며 어디를 가도 함께 한다. 마치 서로의 아픔을 이해하는 형제처럼 말이다.

그리고 첫 미용. 삽살개 같은 모습이 좋았지만 한 번쯤은 다른 개들이 누리는 것을 해주고 싶었다.

"이 털이 너희가 힘들었던 시기의 마지막이란다."

미용 후 이전에 유기견이었다는 것을 상상치 못할 정도로 예쁜 모습과 그늘 없는 눈망울을 갖게 된 녀석들을 바라보며 그동안 기사를 쓰면서 조금씩 꺾였던 자신감이 다시 회복되는 듯했다.

그 어떤 생명도 소중하며, 고통 없는 삶을 누릴 권리가 있다. 그리고 마지막 가는 순간에는 조용하고 편안하게 눈을 감아야 한다. 내가 말하고자 하는 것은 모두가 개를 가족으로 받아들여 달라거나, 개고기를 먹지 말라거나, 개도 사람처럼 인정해 달라는 것이 아니다.

자신이 거둔 생명은 자신이 책임을 져야 한다는 것, 인간이라는 이유로 그 어떤 생명도 하찮게 대해서는 안 된다는 것이다.

생명존중, 생명에 대한 책임감, 바로 그것뿐이다.

초대 받지 않은 손님,
'도'를 아십니까?

    꼬냥이가 세렝게티 옥탑방에 들어오기 전, 그러니까 글 쓴답시고 홀라당 말아먹기 전에 살던 집은 빌딩 4층에 위치한 곳으로, 3층까지는 사무실이었고 4층부터 6층까지는 가정집이었다. 수위실도 없고 1층에 식당이 있는 관계로 오고가는 사람들도 많은 편이라 잡상인들도 위아래로 왕래가 잦았다.

    집에 있을라치면 온갖 잡상인, 종교인들이 문을 두드리지만 솔직히 일일이 대답해주기도 귀찮아서 대꾸도 않는 단계가 되었었다. 노크 소리만 들어도 잡상인인지 택배인지 옆집인지 정도는 구분이 가능할 정도가 되었다고나 할까?

    그러나 고수에게도 실수는 있는 법. 대충 들어보고 대꾸 없이 보내는 것이 최고의 스킬이었는데 그날은 잠시 정신을 놓았던 것 같다. 택배로 주문한 개 사료가 배달되어 오기로 해서 기다리던 절묘한 시간에 누군가 문을 두드린 것이다. 냅다 달려 나가 기다렸다는 듯 문을 여니 문 앞에는 얼핏 봐도 택배 기사 아저씨로는 안 보이는 남녀 한 쌍이 나를 바라보고 있었다.

저는 도를 모릅니다

"누… 구세요…?" (아…, 문 잘못 열었군….)

"잠시 좋은 말씀 좀 드리려고 들렀습니다. 역시 잘 찾아왔군요. 아가씨 얼굴에 흐르는 기운이 범상치 않습니다."

순간 내가 뭔가 큰 실수를 했다는 생각을 지울 수 없었고, 대충 말해서 돌려보내야겠다는 생각만 들었다.

"저기요, 저 나가봐야 되거든요? 죄송합니다."

수습하고 돌아서려 하니 남자가 현관문을 턱 하고 잡는다.

"물 한 잔만 주세요."

보리 석 되만 있어도 내 집에 온 손님(?)은 그냥 보내지 아니한다는 할머님의 말씀이 생각나 매몰차게 거절도 못하고 문을 열어둔 채로 냉큼 냉장고에서 시원한 생수를 꺼내 돌아보니…, 이럴 수가! 그들은 이미 거실에 들어와 있었다.

어정쩡한 표정으로 물컵을 건네주니 둘이 사이좋게 물을 나눠 마시고는 본격적으로 목을 가다듬는 폼이 뭔가 단시간에 해결될 일은 아닌 것 같다는 불안한 기운이 느껴졌다.

"집 안에 기운이 정체되어 있어요. 이 기운을 풀어줘야만 아가씨가 편안해지십니다."

"그러게요. 저희는 저희 발로 온 것이 아니라 아가씨 조상님이 부르

서서 들른 것이랍니다."

'도' 다!

등골이 서늘해지기 시작했다. 거리에서 "도를 아십니까?"라고 물어오면 "내가 도요" 하고 도망가기라도 했지만, 미성년자는 그냥 보내준다는 것을 알고 해마다 미성년자의 띠를 외워서 말하기도 했지만, 이젠 그렇게 우길 수 있는 외모도 아니고….

"저 나가봐야 돼요, 죄송합니다."

그런데 이 사람들, 어느덧 안방에 들어가 앉아 있다. 개들이 킁킁대며 냄새를 맡는데 도리어 귀엽다고 쓰다듬으며 마치 제 집인 양 하는 것이 고수 중의 고수다. 이 상황을 어찌 헤쳐나가야 할까.

'그래, 일단은 들어주고 보내자' 라는 생각이 들어서 앞에 앉아 그들의 이야기에 귀를 기울이는 '척' 했다.

"아가씨 조상님은 수많은 후손들 중에 아가씨를 가장 믿고 계세요."

"가만히 보니까 아가씨는 조상님 한을 풀어드리지 않으면 무속인이 될 팔자예요!"

"얼굴에 귀한 기운이 흐르세요. 이런 관상이 흔치 않아요."

"우리는 이렇게 만나게 될 것이 예정되어 있었어요."

듣는 둥 마는 둥 건성건성 대답을 했다. 이미 어릴 때 한번 거리에서 잡혀 다 들어본 말이라 새삼 새로울 것도 없었다. 그들은 내 시큰둥한 반응이 마음에 들었는지 본격적으로 말을 풀기 시작했다.

203

우리 조상님이 언제부터 20만 원짜리 제사상 받아 잡수셨나?

"저희랑 같이 가서서 조상님 제사 지내드리세요. 그것이 아가씨 은공을 쌓는 방법이랍니다."

그 말이 나올 줄 알았다 싶어서 대뜸 물었다.

"제사가 얼만데요?" (20만 원이지? 20만 원!! 20만 원 맞지?)

"20만 원이에요. 하지만 금액은 중요하지 않죠. 조상님께 제사 드리는 것인데."

"헉, 너무 비싸요." (아싸! 맞췄다.)

"20만 원도 없어요, 설마…. 돈 20만 원 아끼려다가 젊은 아가씨가 무속인 되면 어쩌려고요?"

금액까지 맞췄다는 것에 뿌듯함을 느끼고 엄살을 좀 부렸지만 이들에겐 통하지 않았다. 믿지도 않았다. 과연 무슨 말로 이들을 돌려보낼까 고민을 했다. 고수들이라 무슨 말을 해도 안 믿을 것 같고…. 문득 PC가 눈에 들어왔다. 난 재빨리 거래하지 않고 계좌만 있는 은행 사이트로 들어가 내 계좌 잔고 12원을 보여주었다.

"제가 신용불량에 기초생활수급자로 지정되어 있고 직장은 안 구해지고 하루하루 간신히 먹고 살아요. 그래서 은행 잔고도 이게 다고요. 그래서 제사를 지낼 만한 처지가 못 돼요. 거짓말 아니에요…."

참, 막판에 몰리니 별의별 거짓말들이 구구절절 잘도 나왔다. 하지만 어쩌랴. 마음이 약하다 하여 알면서 당할 수는 없지 않은가. 그들은 서로 어찌어찌 눈빛을 주고받더니 순순히 포기하는 듯했다.

204

205

얼떨결에 만 원어치 얘기 들은 거야?

"안타깝네요. 하지만 사정이 좋아지면 꼭 제사 지내주세요. 조상님들이 아가씨만 기다리고 계십니다."

"그런데 저기… 저희가 아가씨를 찾아 먼 길을 오다 보니 차비가 없네요, 차비 좀 주시겠어요?"

헉! 대단한 공력이다 싶을 정도로 그들은 담담하게 차비를 달라고 했다. 에라, 모르겠다. 막판까지 왔으니 어서 돌려보내버리고 좀 쉬자 싶었다.

"얼마 드리면 되나요?"

"3천 원만 주세요."

하는 수 없이 지갑을 열었다. 그런데 지갑 안에는 만 원짜리만 두 장이 있는 것이 아닌가. 어쩌지. 7천 원 거슬러 달라고 하면 주려나, 안 주려나. 그 짧은 시간 동안 얼마나 고민을 했던지….

주저주저 만 원짜리 한 장을 꺼내 보이니 냉큼 그 돈을 받아들고 일어선다.

"복 받으실 겁니다. 저희가 내내 기도해 드릴게요."

휑 하니 뒤도 안 돌아보고 나가버리는 남녀.

뭔가 앉은 자리에서 도둑 맞은 기분도 들고 내가 과연 무슨 짓을 한 걸까 하는 생각도 들고… 한참을 멍하니 문 앞에 앉아 있었다. 마치 폭풍이 휩쓸고 간 듯 패닉상태가 되어버린 나.

무속인 팔자에 조상신이 붙은 여인이라니…

그들이 말하는 것이 무엇이며 제사라는 것이 어떤 것인지는 알 수 없으나 조상님이 계시다면, 또 조상님이 내게 할 말이 있으시다면 내게 직접 오시지 왜 생판 안면도 없는 그들을 통해 오시겠는가. 또한 조상님은 왜 꼭 20만 원이라는 돈을 들여야만 제사에 응하시고 내게 은혜를 베푸시겠는가.

왜 저들은 가만히 계시는 남의 조상님을 팔고 팔자에도 없는 무속인까지 들먹여가며 이 집, 저 집 기웃거리는 것인가. 그들이 원하는 것이 진정 '도'인지 '돈'인지는 모르겠으나 방법부터가 틀렸다는 생각이 든다.

자신들의 종교를 발품 팔아가며 전하고자 노력하는 모습은 가상하나, 진도를 넘어 강요에 강매를 하는가 하면, 남의 인생에 대한 무책임한 발언들에 고이 잠드신 조상신까지 끌어들이다니, 나는 도는 잘 모르지만 그리 한순간 혹해서 빠질 수 있는 것이라면 진정한 믿음은 아닌 것 같다.

종교란 중독이 아니라 믿음이자 신념. 이건 기본 아닌가?

"9월 5일, 고통을 잠시 접고 **입대**합니다!"

"누나! 나 1급이다~, 랄랄라~~."

녀석은 뭐가 즐거운지 연신 1급이라는 것을 자랑한다. 난 그 말에 "그래, 니 팔자에 몸이라도 건강해야지"라며 타박 같은 인사를 건넨다. 녀석은 내가 가장 아끼는 동생 놈이다. 그리고 스물하나라는 나이에 너무 많은 세상을 알아버린 안쓰러운 놈이다.

4년 전, 당시 난 '쥬드천사' 라는 게임 팬 사이트에서 편집장과 기자단을 총괄하고 있었다. 특히 기자단은 게임 기사를 쓰고자 하는 사람들의 지원을 받은 후 심사를 거쳐 기자활동을 할 수 있도록 했는데, 회사가 작다 보니 그 일을 모두 나 혼자 해야 했다.

그날도 초췌한 몰골로 PC 앞에 앉아서 기자 신청으로 들어온 메일들을 정리하고 있었다. 무조건적인 비판, 한쪽에 치우친 관점, 기자가 벼슬인 줄 아는 듯한 글들 등등을 모두 삭제하고 불합격이라는 답장을 보냈다. 그렇게 정리를 하다가 읽게 된 메일 한 통.

자신은 17살이며 고등학교에 재학 중인 남학생이라는 것을 밝힌 후 다른 글들과 달리 꽤 차분하게 조곤조곤 하고 싶은 말들을 잘 풀어놓은 것이 앞뒤 문맥도 깔끔하고 탁 눈에 들어왔다. 바로 연락을 해서 기사 한 편을 써보라 이야기를 했고, 녀석은 그때부터 게임을 진지하게 받아들이며 글을 써나가기 시작했다. 나의 까탈스러운 지적을 받으면서도 항상 불만을 갖기보단 자신의 것으로 흡수할 줄 아는 녀석이었다.

'서정'이라는 닉네임을 가진 경희, 방경희. 녀석과의 인연은 그렇게 시작되었다. 통화를 해보니 말수는 적은데 써내는 글을 읽으면 하고 싶은 말이 꽤 많아 보인달까. 녀석은 일주일에 여섯 꼭지 이상을 써내기도 해 기사에 허덕이던 나에게는 구세주와도 같았다.

'고등학생 방경희', 너 인물이었어

녀석은 한 달에 서너 번 정도 사무실을 찾아왔다. 회사에서도 기자단 중 가장 열심히 하고 가능성을 보이던 경희에게 관심이 많아 회식 자리에 합석시키기도 했다. 콜라를 홀짝이며 낮은 목소리로 어른들의 대화에 귀 기울이던 녀석의 모습. 사장님은 필요할 땐 언제든지 아르바이트 지원을 하라는 말도 건네곤 했다.

그러던 어느 날인가. 녀석이 초췌한 몰골로 사무실을 찾았다. 가출을 했다고. 그때 처음 들은 녀석의 사정. 아버지가 바람이 나 어머니와 사이가 무척 안 좋았고, 그 불똥이 자식들에게까지 튀고 있다는 것. 내가 본 경희는 문제아도 아니었고 술, 담배를 하고 다니는 그런 녀석도 아니었다. 또래 남자아이들에 비해 진지하고 생각이 많은, 꽤 괜찮은 녀석이었다. 그런 녀석의 가출을 보면서 난 새삼 씁쓸함을 지울 수가 없었다.

밥 한 끼를 사주고 그래도 집으로 돌아가라고 설득을 했고, 녀석은 집에는 들어갔지만 한동안 방황을 하는 듯했다. 조마조마하고 불안했다고 할까. 아끼는 동생 녀석이 그렇게 떠도는 것을 보면서 내 마음도 좋지 않았다.

녀석의 고통은 열거할 수 없을 정도로 많았다. 아버지가 바람을 피우며 녀석을 호적에서 파냈다가 어머니의 고소로 다시 이름을 올린 일, 아버지 빚을 갚기 위해 녀석이 치과 치료를 받으려고 1년간 모아뒀던 돈을 내놓으며 정작 자신은 진통제로 버텨온 일. 결국 부모님은 이혼했고 녀석에게 남은 건 통곡하는 어머니와 여동생, 그리고 떠난 아버지가 남긴 빚….

그래도 녀석은 심지가 있는지라 아주 엇나가지는 않았고, 항상 어머니 걱정, 여동생 걱정으로 집안의 가장 노릇을 하면서 한순간도 자신의 어깨에 놓인 짐을 내려놓지 않았다. 음악과 글쓰기를 좋아해서 새벽이면 좋은 음악을 메신저로 보내주고 수필도 써내려가면서 환경이 주는 고통을 잠시 잊는 듯했다.

녀석이 대학에 가게 되었을 때, 난 잘 키운 자식 하나 입학시킨 양 기뻤다. 그러나 얼마 지나지 않아 녀석은 학교를 그만뒀다. 아버지의 빚 문제로 들어가는 돈을 감당할 수가 없다는 것. 이제 좀 마음잡고 또래 아이들처럼 사는가 했더니 여전히 녀석의 발목을 잡는 것은 가정이었고, 아버지였다.

그리고 곧바로 일을 시작했다. 백화점 주차요원. 기특하게도 녀석은 삶 앞에서 비겁하게 도망가거나 좌절하지 않았다. 항상 밝고 당당하게 어깨를 펴고 살았다. 가끔은 여섯 살 많은 나보다 어른스럽고 믿음직스럽게 느껴지기도 했다.

네가 하고 싶은 일들 꼭 하게 해줄게

그런 녀석이 9월 5일 군대를 간다. 아직 무엇을 해야 할지도 결정하지 못했고 여전히 불투명한 미래지만 녀석은 차라리 군대 있는 동안 어른이 될 것 같다고, 정신을 다잡을 수 있을 것 같다고 말한다. 너무 어른 같아서 내가 기대야 할 것 같은 녀석. 난 그런 녀석이 너무 기특해서 항상 말한다.

"누나가 성공하면 넌 꼭 나랑 일하자. 내가 너 하고 싶은 거 꼭 하게 해줄게."

"부디 성공하시오!! 군대 가서 물 떠놓고 빌게~."

세상을 살면서 만나게 되는 수많은 인연들 중에 녀석은 내게 특별한 인연이다. 특히 동생이 없는 나에겐 친동생 같다고 해야 할까. 너무 빨리 세상을 알아서 너무 일찍 어른이 되어버린 녀석, 까맣게 재가 됐을 그 마음까지도 속으로 삭혀버리는 녀석.

부디 녀석이 앞으로 갈 길에는 웃음만이 있기를, 항상 빛이 따르기를, 다가오는 시련들에 지금처럼만 담담하게 대처할 수 있기를, 그리고 무엇보다 세상 앞에 당당하기를 바란다. 대한민국의 멋진 군인 아저씨로 웃으며 마주할 수 있기를 간절히 기도해본다.

경희야, 누나가 편지랑 과자 많이많이 보내줄게~!!!!

　　——2년 후 경희는 전역을 했고 게임 잡지사에 입사를 했다. 잡지사는 망했고 녀석은 다시 백수다. 생활은 달라진 게 없고 가장이라는 현실 또한 2년 전과 같다. 여전히 땅까지 늘어진 녀석의 짐. 그러나 경희는 이제 소년이 아닌 청년으로 살아가고 있다.

정녕 벗기오리까?

보통 작가라 칭해지는 이들의 큰 특징 중 하나는 바로 강한 '자존심' 일 것이다. 자신의 작품 세계에 대해서는 절대로 타협하지 않으며, 조금이라도 자신의 문학관에 맞지 않으면 외면해버리는 고집불통. 하지만 그들은 '작가'라는 호칭을 갖고 있는 이들이기에 그러한 독불장군 식 외고집이 '작가의 근성'이라 인정되곤 한다.

그러한 작가들에게 밥벌이가 쉽지 않다는 것은 굳이 그 바닥(?)에 있지 않은 이들이라 할지라도 이미 알고 있는 사실이다. 일부 극소수의 작가를 제외하면 대부분의 작가들은 몇 년간 불면의 밤을 지새우며 완성한 작품들을 세상에 선보일 기회조차 얻지 못한다.

그러나 인터넷과 모바일 시장이 확대되면서 꼭 신춘문예나 문예지 등을 통해 작품을 발표하지 않고서도 작가의 칭호를 얻고, 수요에 따라 글을 쓰면서 돈도 버는 직업들이 많이 생겨나고 있다. 물론 이 같은 직종들의 대부분은 우리가 생각하는 '순수문학'과는 다른 개념의 글들을 생산해낸다.

그렇다면 이러한 직종들 가운데 가장 솔깃하지만 차마 입 밖으로 "내가 무엇을 쓰오!"라고 말할 수 없는 것으로는 무엇이 있을까? 분명히 존재하는 장르이고 그것을 써 나르는(?) 이들이 존재하지만 결코 그들이 누군지는 알 수 없는 글. 그렇다. 그게 바로 '야설', '야한 소설'이다.

우리가 생각하는 성애소설 도미시다 다케오의『동정』이라든가 헨리 밀러의『북회귀선』같은 작품들과는 조금 다른, 아니 많이 다른, 야한 소설. 섹스가 한 인간의 인생사에 큰 전환점이 된다거나 성장 소설 속의 섹스가 아닌, 스토리보다는 섹스 자체가 줄거리이고 주제가 되는 이야기.

『북회귀선』은 아무나 쓰나

거시기 닷컴, 머시기 넷 등의 구석탱이에서 은밀히 클릭을 기다리는 그 야설이 모바일 속으로 뛰어들면서, 글의 공급이 수요보다 모자라게 되었고 자연히 구인광고에는 '작가 구함'이라는 이름으로 야설 작가 모집 광고가 떡하니 자리를 잡게 되었다.

물론 인간의 지극히 자연스러운 본능인 성이라는 주제에 관해서 가끔은 걸출한 입담을 실어 '썰'을 풀어보고자 하는 것도 인간이 맛보는 재미일 수 있고, 그것이 무슨 퇴폐집단의 불법 성매매 알선도 아니기에 그다지 색안경을 끼고 볼 필요도 없다는 것은 미리 못 박아 두도록 하자. 내 결코 그것을 탓하고자 하는 것이 아니다.

그러나 그러한 광고를 보고 연락을 해보았다는, 이른바 이 바닥 물 좀 먹었다는 작가들의 이야기를 들어보면, 대부분 자신이 그러한 문의를 했다는 것 자체를 낯부끄러워하고 행여나 남이 알까 노심초사한다. 도대체 왜 그런 반응들이 나오는 것일까. 까짓 거 있는 글 실력으로 제2의 『북회귀선』 같은 작품을 쓰면 될 것이 아닌가.

물론, 현실이 그리 뒷받침을 해준다면 열의에 찬 작가 지망생들이나 생활에 쪼들리는 우리 작가님들이 발 벗고 습작을 하고 나설 것이다. 문제는 야설을 구한다는 업체들이 바라는 소설 자체가 작품으로 승화될 수 있는 '명작'이 아니라 빠른 시간 내에 분출 욕구를 해소할 수 있는 스피디한 '먹고 먹히는' 소설이라는 점에 있다.

──최대한 감각적인 문구 삽입. 다음 페이지를 위해 각 페이지 마지막엔 반드시 흥미를 유발할 수 있는 문구 필수──

이 정도면 대충 바라는 것이 무엇인지 감이 잡힐 것이다. 그냥 야설이다. 줄거리도 필요 없고 '작가'도 필요 없고, 그냥 남녀가 어찌어찌 만나 뒤엉키기만 하면 되는 것이다.

얼마 전 글 좀 쓴다 하는 선배들과 함께 술자리를 가진 적이 있다. 나야 아직 갈 길도 멀고 무엇을 쓸 것인지 목표도 모호한 상태의 철부지 햇병아리 글쟁이지만, 그중에는 이미 책을 낸 이도 있고 영화사에서 시나리오를 검토하고 있다는 이도 있었다. 또 평범한 직장인도 한 명 있었고.

조용한 포장마차 구석에서 오랜만에 만난 선배들은 자신들의 살아가는 이야기, 문학 이야기, 글쓰는 바닥 이야기들을 걸출한 입담을 섞어가며 이야기해주었다. 물론, 그런 이야기들은 어린 새내기 후배인 나를 위한 퍼레이드와 같은 것이었다.

나는 얼마 전 구인광고에서 '작가'로 검색하여 보았던 야설 작가 모집에 대해 물어보았다.

"선배, 요즘 모바일 쪽에 야설이 수요는 많은데 공급이 없어서 난리던데, 그거 봤어요?"

"하하. 너도 봤구나. 왜? 야설 한번 써보게?"

'야설' 권하는 사회

선배들의 말은 그랬다. 신춘문예에 당선된 다른 선배들도 당선의 영광만 간직한 채 생업에 바빠 글 한 줄 쓰기 힘들고, 그런 하소연이라도 할라치면 작가근성이 없네 뭐네 몰아붙이는 바람에 어디다 대놓고 '돈 되는 글 쓸 데 없수?'라고 물어보지도 못한 채 그 파랗던 꿈을 접어버린다고.

그 자리에 있던 직장인이 말했다.

"아, 참 모르네. 만들어가는 게 작가 아니유. 야설? 나 같으면 멋들어지게 써보겠네. 뭐 그리 어려워? 존심 챙기다가 고시원에서 끼니 굶는 사람 못 봤수? 야설, 거 돈 좀 된다던데?"

"지가 신념 가지고 쓰면 못 쓸 거야 없지. 하지만 작가라는 인간들이 뭐 먹고 사냐. 존심 먹고 사는 거 아니냐. 그래, 돈은 번다 치자. 지 이름으로 된 글이 맨날 벗고 물고 빨고 싸댄다면 너 누구한테 나 이런 거 썼소 말할 자신 있냐?"

할 말이 없었다. 궁금해서 한번 물어본 질문에 '작가'라는 이름을 달고 사는 선배들은 무척 진지했다.

"쓰고 싶으면 몰래 써라. 괜히 여기저기 야설로 이름 팔려봤자, 나중에 정말 글쟁이 되어도 어디 가서 좋은 소리 못 듣는다. 이 나라는 반쪽짜리 개방촌이라 뒤에서는 헉헉대며 읽어도 앞에서는 돌 던지는 세상이야. 작가는 끼닛거리 없어서 굶어 죽어도 자존심 지킨다면 박수 쳐주고, 조금이라도 정도에서 벗어나 돈 벌면 어느새 문학 정신을 버리고 상업적인 글을 쓰네 어쩌네 욕을 해댄단다."

"그럼 글쟁이는 다 굶어 죽어요? 돈 버는 작가가 몇이나 된다고."

"하아…. 고뇌로 불면의 밤을 새우는 자만이 작가다. 주린 배는 곧은 작가 정신으로 채워라. 더욱더 고민해라. 너희는 그게 업이다. 하하하. 이런 것 아니겠니?"

차분히 듣고 있던 시나리오 작가가 한마디 한다.

"순수문학만 문학은 아니야. 그리고 야설? 뭐 쓰면 쓰는 거지. 당장 그 돈 받으면 어디 훌쩍 떠나서 머리 식히면서 맑은 정신으로 글도 써보고 싶고, 맨날 버벅대는 PC 새로 업그레이드해주면 글 쓰다 다운돼 날리는 일도 없을 테니 최적이지. 좋지. 그런데 이 사람들이, 이 사람들이 너무 소심해서 말이다. 봐주는 사람이 깨어 있으면 그런 걱정 안 하지. 하지만 아직은 아니거든. 하, 네가 그런 얘기하니까 나도 흔들린다, 야. 왜 소심하고 가진 것 없는 글쟁이들 여기저기서 흔들어대는지 모르겠다."

한쪽에서는 이제 야설도 문학으로 인정해야 된다고 외치고, 또 한쪽에서는 청소년들 유해 매체로 좀 더 강력한 잠금장치가 필요하다고 하고, 또 한쪽에서는 좀 확실하게 벗겨라, 편하게 좀 보자 하고….

그러나 모든 주장들을 다 떠나 '글로 밥 벌어 먹고살려는 소심한 글쟁이' 들은 사람들이 작가에게 바치는 그 동경을 알기에 대놓고 쓰기에도 걱정이고, 몰랐으면 넘어나 갈 것을 알고 나니 흔들리고, 그런 생각을 한 것 자체가 훼절 혹은 변절은 아닐까 하는 자괴감에 또 고민하고…. 아무튼 늘어난 야설 매체와 달리는 공급 탓에 이래저래 눈치만 보며 애끓는 궁핍한 작가 지망생들의 속앓이만 하나 더 늘어난 셈이다.

"내 빚은 4억이다"

무미건조하게 친한 사람

'친한' 언니를 만났다. 사람들의 친하다는 기준이 '자주 만나고 자주 통화하고 가끔 함께 쇼핑도 가는' 것이라면 우린 전혀 친하지 않은 사이지만, 서로 "쟤랑 내가 친한가?" 하고 묻는다면 "친하지"라고 할 수 있는 그런 무미건조하게 친한 사이이다.

마지막으로 만난 것이 한 3년 전이고 그동안 우린 메신저로 들락날락 하는 것을 '보기만' 했을 뿐, 메신저 대화도, 통화도, 메일도 주고받지 않은 채, 존재의 살아 있음만 확인하며 지냈다. 그런데 오늘은 그냥 갑자기 만나야겠다는 생각이 들어 전화를 걸었다.

"언니, 나유."

"응, 왜?"

"언니 좋아하는 치킨에 맥주, 어때?"

"응, 그때 만났던 치킨집에서 보자."

3년 만에 하는 통화치고는 무척 건조한 대화였지만 그런 건 서로 중요치 않은 걸 알기에 츄리닝 바람에 모자 하나 쓰고 나갔다. 그 언니와 나의 거리는 버스로 한 정거장 거리. 항상 만나던 허름하다 못해 쓰러져가는 치킨집으로 들어섰다. 붉은 조명, 눅눅한 기름 냄새, 벽에 붙어 있는 헐벗은 소주 광고 아가씨 달력. 3년 전과 다를 바가 없는 모습. 언니는 아직 오지 않은 것 같아 그녀가 좋아하는 프라이드 한 접시와 500cc 맥주 한 잔을 시키고 앉았다.

　　그림쟁이 그녀. 그녀는 굉장히 자기주장이 강하고 술도 센, 그리고 꽤 남자다운 여인이다. 처음 만난 날도 술을 마시고 새벽 5시까지 포장마차, 호프집, 소주집을 전전하다 결국 남자 동료들도 손을 들고 도망을 가버려 어쩌다 우리 집에서 잠을 자게 되었고, 그런 인연으로 가끔씩 얼굴을 보고 치킨에 맥주 마시는 게 만남의 전부였다.

　　"여~, 오랜만!"

　　언니는 여전히 곰 가죽 같은 점퍼에 화장기 없고 부스스한 머리를 하고 팔자걸음으로 내 앞에 와 앉았다.

　　"우리 동생! 뭐하고 사냐?"

　　"나, 백조잖아. 회사 그만뒀어."

　　"생활비는?"

　　"몰라, 여기저기 글 쓰면서 들어오긴 하는데 다 공부하는 거지, 뭐."

　　이쯤 되면 웬만한 사람들은 "네가 미쳤구나. 좋은 직장 놔두고 왜 그만두느냐. 글이야 회사 다니면서 못 쓰느냐" 할 텐데, 이 언니 딱 한마디 한다.

"뭐, 니 팔자가 그건가보다. 잘했네."

치킨이 나오고 언니는 다리 하나를 집어 맛있게도 먹는다. 그러면서도 내가 좋아하는 날개는 소금에 찍어 내 앞 접시에 놓아준다.

"먹어라, 백조는 먹을 일 있을 때 많이 먹어둬야 된다."

난 빚이 4억이야

이런저런 이야기를 술과 치킨을 먹어가며 늘어놓았다. 대부분은 앞으로 뭐 먹고 사나 하는 이야기였다.

가만히 듣고 있던 언니가 불쑥 말했다.

"난 빚이 4억이야."

"응? 무슨 소리유?"

난 몇 년 동안 이 괄괄한 여인네를 만나면서도 이 여인네에 대해서는 잘 몰랐다. 왜 그리 여기저기 옮겨가며 사는지, 왜 항상 같은 옷에 화장 한번 하지 않는지, 그리고 왜 그리 술을 달게 마셔대는지….

아버지의 사업이 부도가 나면서 그 빚을 다 떠안고 아버지는 가정도 내팽개치고 도망가고 어머니도 몸이 아파 외할머니 댁으로 피신 가고, 집도 절도 없는 언니는 이 사람 저 사람 집으로 옮겨다니면서 살고 있었고, 그나마 얼마 전에 작은 월세방 하나 얻었다고 한다.

월급 100만 원도 안되는 작은 회사에서 경리 일을 하는데, 월급은 받는 족족 빚 갚는 데 다 나간다고. 그래도 그림에 대한 꿈이 있어서 인터넷 돌아다니며 제일 싼 곳에서 책 사고, 하나 있는 여동생에게는 부담 주기 싫어 월급 받는 거 적금 부으라고 했다 한다.

하루는 짧아도 인생은 길다

"난 이 빚 언제 다 갚을 수 있을지 몰라. 그냥 내 인생 저당 잡힌 거지 뭐. 그런데도 산단다, 아가야. 너처럼 밀린 돈 몇 십만 원 정도면 나는 행복해서 죽어버리겠다."

"그러네. 언니가 나였으면 행복해서 죽어버리겠네…."

나름대로 자신의 고민이 가장 큰 것이라 하지만, 그 언니 앞에서 내 고민은 차마 걱정이라 할 수도 없을 만큼 작은 것들이었다.

부어도, 부어도 한 자리 메우기도 힘들 만큼의 빚, 어떻게 갚아야 할지 답이 없는 돈들. 남들 다 당연히 하는 것들을 포기하고 사는 삶. 그래도 꿈이 있어 매일 아침 피곤한 몸을 일으켜 세울 수 있는 인생.

"언니 이제 몇 살이유?"

"응, 나 서른 된다."

"창창하네."

"그럼, 나 이제 삼십 대 초반이지 않냐. 한 오십까지만 일하면서 빚 갚고 그림 공부도 하고, 잘되면 오십부터는 하고 싶은 거 하면서 살 수 있다."

"오십?"

"너도 오십이면 다 죽은 나이라고 생각하냐? 난 아니다. 지금 좀 치열하게 살고 나중에 늘그막에 편안하면 그게 행복인 거지. 빚도 다 갚고, 동생 좋은 데 시집보내고, 나 하고 싶은 거 이뤄놓으면 그때가 오십이든 칠십이든 뭐가 문제겠냐? 너도 너무 조급하게 생각하지 마. 하루는 짧아도 인생은 길다. 난 그렇게 생각하고 산다. 그때까진 그냥 이렇게 닭다리 하나에 맥주 한 잔 마실 수 있으면 행복이라 생각하고 살 거다."

　내 앞에 앉은 철학자를 보면서 세상에 너무 늦은 일은 없음을, 그다지 종종거리며 조급하게 살지 않아도 됨을, 인생은 마라톤임을 머리가 아닌 가슴으로 받아들이게 되었다. 넘어지면 그 자리에서 목을 축이고 잠시 숨을 고른 뒤 다시 뛰어가면 된다는 것을, 앞서 달리는 이들에 비해 늦을지라도 결국 완주를 하는 길은 같은 것임을, 인생의 마라톤은 1등, 2등을 가리는 것이 아니라 끝까지 포기 않고 달린 완주자들에게 그 영광을 돌린다는 것을, 그저 묵묵히 닭다리를 뜯고 있는 이 작은 철학자로부터 깨닫게 되었다.

어느 **한센병** 꼬맹이와 **딸기** 반 봉지

'신은 땅속으로는 재림치 않으신다.'

갑자기 그런 생각이 들었다. 눅눅한 반지하 월세방, 이리저리 치이는 지하철 2호선, 다리 밑 거지촌.

신은 항상 세상 위에 올라서 있는 이들에게만 재림하고 그들의 소망에만 귀를 기울이고, 그 아래서 힘겹게 그들을 떠받치고 있는 이들의 절규는 듣지를 못하시는 것 같다.

신은 눈이 나쁘다. 사람들이 그렇게나 서로를 밟고 위로, 위로 올라가려는 이유는 신에게 자신들의 소망을 말하기 위해서이다. 이들이야말로 살아가는 방법을 아는 사람들이다.

그런데 산동네 사는 이웃들은 뭐지? 아, 너무 높이 올라와서 신이 고깝게 여기는 건가.

깜깜한 방, 남겨진 두 소녀

예전에 자취할 때 빈민가는 아니지만 빈민가와 맞닿은 어느 주택가에 머문 적이 있다. 골목길 하나를 사이에 두고 한쪽은 주택가, 한쪽은 판잣집이 늘어선, 참으로 기이한 몰골의 동네. 아침 시간이면, 주택가의 아이들은 조금이라도 아침밥을 먹이려 수저를 들고 따라 나오는 엄마에게 짜증을 내며 도망을 갔고, 판자촌의 아이들은 엄마 아빠가 일찌감치 출근해서 텅 빈 집 앞에 쪼그리고 앉아 그 모습을 지켜보고 있었다.

그런 아이들 가운데 앞집에 사는 혜미와 혜선이가 있었다. 동생인 혜미는 눈이 왕방울만 하고 얼굴색도 까무잡잡해 뽀얀 피부의 언니인 혜선이와는 차이가 났다. 하지만 너무도 귀엽고 살가운 아이라, 내가 지나기만 하면 "언니야~" 하면서 안기고는 했다.

"엄마는 아직 안 오셔쪼요~?"

"네~ 엄마 아직 안 와쪼요!"

"언니랑 맛있는 거 먹으러 갈까요?"

말이 끝나기가 무섭게, 수줍게 뒤에서 웃고 있던 언니 혜선이의 손을 꼬옥 잡고 내 앞에 빙글빙글 웃으며 섰다. 마치 '저희 둘 다 준비가 되었어요~' 라는 듯이.

그러면 아이들을 데리고 패스트푸드점이나 슈퍼에서 몇 천 원어치 과자와 음료수를 사서 들여보내기도 했다. 고작 몇 천 원이면 아이들은 세상의 모든 것을 다 가진 듯 행복해 했다.

옆집에는 이런 혜선, 혜미 자매와는 다른 환경에서 사는 초등학교 4

225

학년짜리 남자아이 영욱이가 있었다. 영욱이의 어머니는 동네에서 좀 유별난 아주머니로 알려져 있던 분인데, 친분도 없던 내 방에 불쑥불쑥 찾아와 방 여기저기를 탐색하는 듯한 눈초리로 바라보곤 했다.

그러던 어느 날, 영욱이의 어머니가 당시 공모전에 낼 준비를 하고 있던 내 그림을 보게 되었다.

"어머, 아가씨 그림 그려?"

"네."

"어머머머, 그랬구나. 그럼 우리 영욱이 좀 맡아줘."

"네?"

"내가 한 달에 20만 원씩 쳐줄게."

직장도 다니던 터라 거절을 했지만 반 강제로 맡기다시피 하는 통에 어쩌다 보니 아이의 과외를 덜컥 맡게 됐다. 일주일에 세 번, 월수금 저녁 8시면 어김없이 영욱이는 우리 집에 왔고, 국어, 산수, 미술, 영어 공부를 했다. 시간을 정해서 생활을 한다는 것이 체질상 벅찬 나였지만 아이를 가르친다는 것에 흥미도 생기고 하여 성심껏 가르쳤다.

아이들이 만진 딸기라 더럽다고?

어느 날인가 집에 오는 길에 딸기가 너무 맛있어 보여 한 봉지를 샀다. 혜미와 혜선이에게 반 봉지를 주고 나머지는 가지고 들어갔다. 마침 그 모습을 영욱이 엄마가 보았고, 나는 가벼운 목례를 한 뒤 오늘은 미술 공부니 도구 좀 챙겨달라고 전했다.

그날 저녁, 영욱이에게도 딸기를 내주었다. 그런데 이 녀석이 도통 먹지를 않는 것이었다.

"딸기 안 먹어?"

우물쭈물 하던 녀석,

"엄마가, 여기서 딸기 주면 먹지 말랬어요."

"왜?"

"앞집 애들이 아까 딸기 나눠줄 때 손댔다고 먹지 말래요, 더럽다고."

"응? 그게 무슨 말이야?"

순간 불쾌함이 확 올라왔다. 아니 세상에, 애들 손댄 딸기가 더럽다고 먹지 말라 했다니.

난 영욱이가 돌아갈 때 함께 영욱이의 집으로 가 그 어머니에게 물어보았다.

"아까 영욱이가 딸기 주니까 안 먹던데, 어머님께서 더럽다고 하셨다면서요. 왜 앞집 아이들이 만진 게 더럽나요?"

정중히 물어보니 어머니는 주춤주춤 하다가 혀를 끌끌 찼다.

"아가씨, 몰랐나봐? 저기 앞집 애들 중에 까만 애 쟤, 혜미. 문뎅병이잖아."

"네? 무슨 병이요? 문뎅병이요? 한센병 말씀하시는 거예요?"

이 아줌마가 무슨 소리를 하는 것인가. 요즘 같은 세상에 무슨 한센병 타령인가.

"몰라. 한센인지 암튼 그거 있잖아, 나병이라고 하는 거."

"아니, 아주머니. 한센병 환자가 이런 동네에 어떻게 살아요?"

"그게 건성이라던가? 안 옮는 거래. 근데 옮을지 안 옮을지 어떻게 알

아? 아가씨 같으면 그 문둥병 걸린 애가 조물락조물락 한 딸기를 자식 새끼 먹이고 싶겠어?'

한 대 얻어맞은 듯한 느낌이었다. 한센병이면 격리 수용되는 병 아닌가? 옮지 않는 한센병도 있나? 아니 그것보다 저 어린애가 무슨 그 천형이라 불리는 한센병을 앓는다는 소린가.

믿을 수가 없었기에 소문이겠거니 하며 여느 때와 다름없이 혜미, 혜선이와 어울렸고 그 모습을 지켜보던 영욱이 엄마는 결국 과외도 끊어버렸다. 부모된 입장에선 그럴 수도 있겠지 하는 마음으로 서운함을 달래기로 했다.

그러다 문득 혜미의 손바닥이 눈에 들어왔다. 껍질이 다 벗겨지고 갈라진 손바닥.

"손이 왜 이래?"

그러자 옆에 있던 혜선이가 혜미를 꼬옥 끌어안으며 말한다.

"혜미 아파요."

그 외에는 다른 말을 들을 수 없었고 몇 달이 지난 후 아이들의 집은 술 취한 아버지의 난동으로 엉망이 됐다. 그리곤 이사를 갔다. 출근한 후에 일어난 일이라 인사도 못하고, 덩그러니 남겨진 빈 집.

그날 저녁, 난 키우던 강아지와 대문 턱에 앉아 빈 집이 되어버린 혜미와 혜선이네 집을 바라봤다. 늘 있던 아이들이 없으니 강아지도 이상한지 킁킁대며 낑낑거렸고, 난 그런 녀석을 끌어안으며 말해주었다.

"혜선이랑 혜미 어디 갔나봐. 그 애들이 안 아팠으면 좋겠다. 너도 그렇지?"

이후 아이들이 어찌 되었는지는 모른다. 다만 시간이 많이 지난 후 검색 사이트에서 특정 한센병은 전염이 되지 않는다는 것을 찾아보았던 기억이 있다.

식당에 다니는 어머니, 막노동을 하는 술주정뱅이 아버지, 그리고 어린 두 자매.

그저 과자 한 봉지에 세상을 다 가진 듯 행복해 했던 아이들. 딸기가 너무 맛있어서 일 다녀오는 엄마 아빠 드리려고 열 개는 남겨놓았다던 천사들. 혜미와 혜선이가 어떤 세상에서 어떻게 살아가든 부디 행복하고 건강하기만을 바랄 뿐이다.

의리가 죄, '하악하악' 전화방 알바 뛰다

"한 번만 해줘, 응?"

"아, 언니 미쳤어? 싫어! 안 해!"

"그러지 말고 딱 열흘만 채워주면 언니가 돈 좀 더 챙겨줄게."

"아, 놔!"

멀쩡한 직장에서 함께 근무하다 갑자기 사표를 던지고 그림을 그리겠다고 뛰쳐나간 그녀. 물론 1년 후 나도 글을 쓰겠다며 뛰쳐나오긴 했지만, 아무튼 그때까지만 해도 난 이 언니의 라이프 스타일이 참 탐탁지 않았다. 꿈을 위해 사표를 쓴 것까지는 좋단 말이지. 그러면 꿈에나 매진할 것이지 웬 아르바이트. 그것도 왜 뜬금없는 전화방 카운터 아르바이트냐고요!

언니의 말은 이러했다. 직장을 그만두고 하루 24시간 중 15시간을 그림만 그릴 수 있어 참 좋았다고. 그런데 자신이 천재적 재능을 가져 '슥 삭' 그려내면 '샤샥' 팔리는 뭐 그 정도까지의 실력은 아니다보니 모아둔 돈을 야금야금 까먹게 되고 어느덧 은행 잔고가 바닥을 드러내더라는 것. 밥은 먹어야 했기에 근무 시간과 급여를 고려해 선택한 아르바이트 자리가 바로 전화방 카운터 아르바이트!

본능의 사각지대에서 강제노역을 시작하다

전화방…! 아는 오빠들만 찾아서 간다는 그 전화방! 10분 주차에 헐벗은 언니 전단지가 30장이 꽂힌다는 그 전화방! 채팅방 못 찾는 아저씨들이 손쉽게 이용한다는 그 전화방! 바로 그 전화방 말이다.

뭐 본인이 직접 '섹쉬한' 음성으로 아저씨들 애간장을 녹이는 전장으로 나서는 건 아니고 카운터에서 연결만 하는 것이니 나름 지인인 나로서는 나서서 반대할 이유는 없다 싶었다. 하지만 문제는 하루가 멀다 하고 징징대며 전화해대는 이 언니. 손님은 들어오는데 연결할 언니들이 적으니 카운터에 항의가 잦다는 것. 그러니 그냥 통화만 10분 정도씩 해주면 안 되겠느냐는 위험천만한 발언, 사상, 마인드!

막말로 전화 연결을 해서 시사·경제·스포츠·세계평화에 대한 대화를 나누자면 들어줄 용의 '만' 있다고나 치지만, 그게 어디 그런가. 뜨거운 본능이 이글거리는 아저씨들의 하악하악~ 거친 호흡! 욕구불만에 가득 찬 채 먹이를 찾아 산기슭을 어슬렁거리며 하나만 잡혀봐라, 벼르고 벼르는 터질 듯한 열정! 생각만 해도 환장할 노릇이지.

제때 월급 나와주시고 퇴근하면 씻고 주무시기 바빴던 당시의 나로선 그런 제안을 받아들일 이유도 마음도 없었다. 그러나 '에라이, 이 죽일 놈의 빌어먹을 사랑'이라고 했던가. 그래도 1년여를 동고동락하며

231

가장 가까운 곳에서 근무했던 언니가 살아보겠다고 발버둥치는데 계속 거절할 수는 없었다. 딱 열흘. 하루에 딱 1시간이라는 약속을 받아내고 난 그 험난한 본능의 사각지대에 귀를 내어주게 됐다.

아저씨! 저는 츄리닝 입고 잡니다

이 전화방 시스템이라는 게 그렇다. 요즘은 어떨지 모르겠지만 당시엔 남자 손님이 가게로 찾아가 방에 들어가면 카운터에서는 현재 통화 가능한 언니에게 전화를 걸어 방에 있는 손님과 연결해준다. 그리고 둘이 수화기 붙잡고 노래를 하든 판소리를 하든 놔둔다. 밖에서 약속을 잡아 만나든지 말든지 그 또한 자기들은 모르는 일이다.

물론 전문적으로 일하는 언니들은 전화 통화로 받는 돈보다는 '급 만남'으로 얻는 수익에 더 치중하게 된다 한다. 광고와는 달리 언니들은 모두 고용된 형태라는 말이다(외로운 미시들이 아저씨 손님들처럼 찾아가는 게 아니란 말이오).

"지금 전화 연결할게. 대충 한 10분만 통화하다가 끊어. 미안, 정말 미안하다."

드디어 첫 통화. 무섭더군, 쫌.

수화기 저편에선 40대 중반 정도 되는 아저씨의 음성이 흘러나왔다. 자신은 개인 사업가이며 출장을 왔다가 밤도 늦고 해서 전화방에 잠시 들러본 것이라고.

"출장 오셔서 밤이 늦었으면 숙소에 들어가 주무셔야죠."

"음? 쿨럭… 음… 뭐, 그 전에 피곤을 좀 풀려고 와봤어요."

233

왜? 아니 왜 피곤을 풀러 전화방에 가? 피곤하면 사우나 가는 거 아닌가?

"지금 뭐 입고 있나?"

오호라~ 이 아저씨 점잖은 척하시더니 이제야 본색을 드러내신다.

"'츄리닝' 입고 있는데요?"

"…."

아저씨도 나도 한동안 말이 없었다. 그리고 잠시 후, 침묵을 깨며 아저씨가 다시 물었다.

"잘 땐 뭐 입나?"

아니, 이 아저씬 남 입는 옷에 뭐 이리 관심이 많아?

"'츄리닝' 이요…."

"하아…."

아저씨의 긴~ 한숨이 들려왔다. 아저씨는 도저히 이대로는 안 되겠다 싶었던지 좀 더 과감하게 나오는 것이 아닌가.

"오늘 밤에 만날까?"

"자야 돼요."

"같이 잘까?"

언니에 대한 의리 따위는 이미 머릿속에서 백두산 천지 너머로 내동댕이쳐버렸고 시간을 보니 대충 10분도 넘었고 해서 난 어떻게든 전화를 끊어야겠다는 결심을 굳혔다.

"남편이 옆에서 끊으랍니다!"

"컥!"

뚜- 뚜- 뚜-.

간도 작은 아저씨 같으니라고. 그렇게 무서운 냥반이 이런 건 왜 했어~?

고민 청년부터 눈물 아저씨까지

"여자 친구가 있었는데… 병장 때까진 만났거든요? 그런데 전역하니까 마음이 변했어요. 왜 이럴까요, 누나?"

하다 하다 이젠 고민 상담까지. 하긴 본능 욕구에 온몸을 불태우는 아저씨들보다야 여자친구에게 다친 마음 하소연할 곳을 찾는 어린 녀석이 낫긴 하지.

"양심에 손을 얹고 가장 최근에 여자친구한테 실수한 거 없는지 생각해봐."

"별 건 없어요. 단지 제가 장난이 좀 심한 편이라, 기다리느라 힘들었다는 여자친구의 투정에 괜히 고맙단 말 하기가 쑥스러워서 '얼굴이 무기니까 기다리는 동안 안전했을 거'라는 말은 몇 번 했어요."

"몇 번?"

"예…, 한… 열 번 정도요."

"에라이! 녀석아! 그럴 땐 말이야…."

어느덧 사랑 고민 상담이 되어버리는 이 화기애매한 분위기.

한번은 지긋한 중년 아저씨가 전화통화 내내 울기도 했다. 나이를 물어봐서 난 그저 스물여섯이라고 대답했을 뿐인데 깊은 한숨을 쉬더니 흐느끼기 시작했던 것. 아저씨의 곡소리는 점점 커져 10여 분간 계속 되었다. 도대체 무슨 속병을 쌓아두었기에 얼굴도 모르는 여자의 나이만 듣고 저렇게 서럽게 울어대는 것일까. 아저씨는 그저 끊기 전에 한 마디 하셨을 뿐이었다.

"미안해요. 우리 딸이랑 동갑이네…."

물론 이런 본능에 휘둘리지 않은 통화는 몇 번뿐이었다. 어느 정도의 사람들은 적당선에서 화제를 돌려 사는 얘기나 좀 하다 끊을 수 있었지만 아주 강적의 본능맨들은 밑도 끝도 없이 '하악하악' 댔다. 금방이라도 "아저씨 딸내미가 내 또래일 거 같은데!"라는 소리가 목구멍까지 차고 올랐지만, 그 놈의 의리가 뭔지 말이다. 그럴 땐 수화기를 내려놓고 개밥도 주고 인터넷도 하고 그랬다.

"그래도 하는 동안은 열심히 해야 하지 않았느냐"고 묻는 이가 있다면 직접 해보시라고 권하고 싶다. 훗….

미녀는 아니지만 나도 괴롭더라

영화 〈미녀는 괴로워〉에는, 몸은 뚱뚱하지만 목소리는 고운 한나가 전화 아르바이트를 하는 장면이 나온다. 욕구불만인 성형외과 의사와 통화를 하면서 그 대화를 무기로 수술비를 깎는다는 시츄에이션. 하지만 영화는 영화일 뿐인지라 현실에서의 전화 아르바이트는 그리 유쾌하지 않았고, 약속한 열흘을 대충 채우고는 더는 못하겠노라며 백기를 들고 말았다.

인간과 인간이 대화할 때 정신은 없고 욕구 충족의 목적만이 존재한다는 건 참 삭막하고 재미없는 일이다. 인간은 뇌도 있고 심장도 있고

236

더불어 아랫도리도 존재하거늘, 어찌 뇌와 심장은 로그아웃 상태인 채 아랫도리로만 접속을 시도한단 말인가. 얼마 전 다녀온 전국일주에서 가장 많이 본 것이 모텔이었다는 사실과 더불어 그 열흘간의 아르바이트는 씁쓸한 여운만을 남겼다.

Tip chapter 5

혼자 노는 법

취미를 만드는 것이 무엇보다 중요하다. 너무 흔해 보이는 말이지만 그 속에 삶의 유희가 옴팡지게 담겨 있다는 걸 아는가. 한때 취미라곤 온라인 게임밖에 없던 시절이 있었다. 게임이 질리니 할 게 없었다. 사람 만나 술 마시고 쇼핑 가고 TV 보고 웹서핑하고, 뭐 다 좋은데 오롯이 내 것으로 남는 것이 없더라는 것. 그렇게 되면 자연히 사람에 집착하게 된다. 외롭고 심심하니 누군가에게 의지하게 되고 혼자 무언가를 하는 게 점점 어려워지고… 그러다 사람이 떠나면 공황상태에 빠지게 된다. 그렇다. 우리는 취미가 있어야 한다. 인간은 누구나 하나씩은 재주가 있고 흥미를 느끼는 것이 있다. 그걸 찾는 게 포인트.

인터넷이 지배하는 세상에 어려울 게 무엇이 있당가. 주제만 정하면 온갖 동호회와 블로그 등에서 기초부터 차근차근 배울 수가 있다. 꼭 도달할 목표를 정하지 않아도 된다. 취미는 말 그대로 취미. 남는 시간에 마음 가는 대로 이것저것 하면 그만이다. 베이스기타를 잡은 지 3년이 지났지만 아직도 손가락이 제멋대로 반항하는 나 같은 중생도 취미는 베이스라고 말하고 다니는데 뭐.

외로움을 극복하는 법

누구나 한 꿋의 외로움은 짊어지고 산다. 친구가 있어도 외롭고 애인이 있어도 외롭고 하물며 가족이 곁에 있어도 인간은 외롭다. 외로움을 이기려 하면 점점 더 녀석에게 잠식당한다. 차라리 외로움을 즐기는 게 낫다. 그러기 위해선 반드시 거쳐야 하는 과정, 바로 혼자 하

는 것들에 두려움을 갖지 말라는 것. 그중 혼자 밥 먹는 게 가장 힘든 일이라고 한다. 남들 눈에 얼마나 불쌍해 보일까 걱정된다고? 그건 철 없는 애들이나 하는 생각이다. 적당히 나이 먹은 사람들은 남들이 혼자 밥을 먹든 말든 신경 안 쓴다. 혹 눈에 보이더라도 '그런가보다' 한다. 혼자 노래방도 가고 포장마차도 가고 극장도 가고 식당도 가자. 뭐가 무서운가. 단골을 만들어두면 더 좋다. 일단 한 번씩만 하고 나면 어느새 별것 아니라는 생각이 들 것이다. 오히려 혼자 있는 게 얼마나 편안한지 느끼게 될지도 모른다.

어느 날인가 삼겹살이 먹고 싶어 눈물이 날 지경이라 두 눈 질끈 감고 고깃집에 들어가 소주 반병에 삼겹살 2인분을 먹었다. 아무도 내게 신경을 쓰지 않는 걸 보고 용기가 샘솟아 바로 노래방에 가서 3시간을 신나게 놀다 나왔다. 외롭지도 서글프지도 않았다. 정말 속이 다 후련했다. 물론 이후부터 난 어디든지 혼자 잘 간다. 가끔 따라붙는 외로움이라는 녀석에 썩소를 날리며 말이다.

Chapter 6

사랑은
엿 같아서 달다

“ 누군가를 가슴에 묻어두고 산다는 것은 생각처럼 간단한 일도 아니지만 누구도 알지 못하는 둘
만의 기억을 간직한다는 의미가 되기도 한다. 설레는 기대감이나 보상을 바라는 마음 없이, 영원히 내
곁에 없을 사람임을 알면서도 그와 함께 살아가는 것. 둘이 함께 했던 계절이 오면 불어오는 바람의
향기에도 그의 체취가 느껴지고 그의 손끝이 닿았던 물건들을 어루만지면 당시의 기억이 떠올라 슬며
시 한숨 섞인 미소가 번지는 것. 지극히 평온한 오후의 햇살 아래 뜬금없이 생각난 누군가의 눈동자에
심장이 내려앉을 듯 혼자 당황하는 것. ”

4일간의 추억,
22년의 그리움

　우연찮게 소개팅을 주선해줄 기회가 생겼다. 남녀 모두 친분이 있었기에 넌지시 운을 떼우며 말을 꺼냈다. 그러자 남자의 첫 질문, "예뻐?" 여자의 첫 질문, "뭐하는 사람이야?"

　남자가 갖고 있는 당당함이나 미래에 대한 희망, 건조하지 않은 사상, 그리고 여자가 갖고 있는 부드러움, 사랑스러움, 그리고 따뜻한 마음 등을 이야기하려던 내게 조금은 당황스러운 첫 질문이 아닐 수 없었다.

　사람을 만남에 있어, 남녀가 사랑함에 있어 탁월한 외모와 현실적 능력이 당연한 요구사항으로 자리 잡게 되면서부터 사랑은 그 빛을 잃어가기 시작했다. 내가 바라고 있는 조건을 충족시켜 줄 사람이라면 그 사람 속의 별이 어떤 것이든 만날 수 있고, 그러다 더 나은 조건의 사람이 나타나면 과거의 사랑은 사랑이 아니었노라며 후회 없이 등을 돌린다.

만남은 감정의 교류가 아닌 조건의 타협. 태어나기 전에는 하나였던 생명체가 둘이 되어 세상에 태어나 그 나머지 반쪽을 찾기 위해 헤매는 일 따위는 이제는 소설 속에서나 나올 법한 이야기가 되었다. 하지만 우리는 그러한 소설 속 이야기를 가슴에 품은 채, 내게도 그러한 아련한 사랑의 기억이 새겨지기를 기다리는지도 모른다.

『메디슨 카운티의 다리』. 뜨거운 태양이 내리쬐던 1965년 8월 8일, 남부 아이오와 주의 한 시골 마을로 찾아든 이 시대 마지막 카우보이 로버트 킨케이드와 무료한 일상 속에서도 가슴에 시와 불 같은 정열을 담고 살던 프란체스카가 만나면서 우리가 이상으로만 간직하던 그 이야기가 시작된다.

하나였던 둘이 다시 결합하는 순간

강렬함. 로버트 킨케이드가 로즈먼 다리의 위치를 묻기 위해 프란체스카의 집을 찾았을 때 그녀가 그에게서 느낀 첫인상이었다. 결코 이 시대에는 만날 수 없을 것만 같았던 새로운 종류의 인간을 만난 듯이, 그의 눈빛과 목소리, 동작 하나하나에 분열되는 그러한 기분.

아른아른 잠에 빠지기 직전의 순간에 누군가가 속삭이는 것 같은 그런 기분, 남성과 여성 사이의 분자 공간을 재배열하는 무엇.

『메디슨 카운티의 다리』를 놓고 불륜이고 바람이라고들 이야기한다. 그러나 한 중년의 주부가 무료한 일상 중에 우연히 만난 외간남자를 집으로 끌어들인 것뿐이라 말하는 것은 이 둘의 이야기를 제대로 음미하지 못한 이들의 발언이다. 로버트 킨케이드는 분명 그녀에게 '특별한

243

존재 가치'가 있는 남자였고, 그런 그를 알아보는 것은 프란체스카의 의무였다.

누구에게나 매력적인 남자이기에 누구에게나 사랑이 될 수 있는 남자가 아닌, 프란체스카를 위해 만들어지고 그녀를 만나기 위해 세상에 태어난 사람. 그런 로버트 킨케이드를 그녀가 알아보았다는 것은 삶이 그녀에게 부여한 의무에 대한 실천일 뿐, 세속적인 인간들이 판단할 수 있는 기준의 문제가 아니었다.

우아한 여인, 과거에도 아름다웠고 현재도 충분히 아름다워질 수 있는 여인. 로버트 킨케이드가 느낀 프란체스카의 모습이었다. 그는 그녀의 숨겨진 열정을 알아보았고 지성미와 기품을 읽어냈다. 그녀의 남편이 알아보지 못한 그녀의 우주를 그는 한순간에 발견해버렸다.

내면 깊은 곳에 잠자고 있는 그 사람만의 소우주. 그것을 알아볼 수 있는 사람과의 만남은 행운이며 축복이다.

서로의 가슴속 별을 찾아내고, 우주를 발견하고 상대방이 진실로 원하는 것이 무엇인지 알아볼 수 있는 눈. 남자와 여자. 그 미묘한 관계에 이성이 끼어들어 분석을 하게 되면 그 관계는 뭉그러져버린다. 지극히 원초적인 감정에 대한 본능적인 알아차림. 단순히 육체를 섞는 행위에 끝나지 않고 한 사람의 영혼을 알아보는 것.

로버트 킨케이드와 프란체스카는 서로의 영혼으로 인사를 하고 태어나기 이전부터 하나였던 서로의 존재를 인식하게 되었다. 그것이 이들의 사랑을 한두 가지의 단어로 정의 내릴 수 없는 이유이다.

아이들과 남편이 없는 집. 그들의 체취가 묻어나는 그곳에서 낯설지만 남이 아닌 로버트 킨케이드를 받아들인 프란체스카.

윤리적 양심과 심장이 느끼는 열정 앞에서 갈등이 없었다면 그녀는 로버트 킨케이드가 사랑했던 프란체스카가 아니었을 것이다. 그녀 생에 처음이자 마지막이었을 용기를 내어 전한 로즈먼 다리의 쪽지.

'흰나방이 날갯짓할 때 다시 저녁식사를 하고 싶으시면 오늘 밤 일이 끝난 후 들르세요. 언제라도 좋아요.'

예이츠의 시를 인용한 초대, 그 용기의 보답으로 간직하게 된 추억들. 낡은 식탁 옆에서 함께 춤을 추고 카멜 담배를 태우며 맥주를 즐기던 한여름의 기억. 감히 후회 없이 사랑했노라 말할 수 있는, 한 번도 느껴보지 못했던 남과 여의 가장 친밀한 행위에서 얻은 만족감, 주저 없이 사랑을 하고 사랑받고 있다는 확신. 프란체스카에게도 로버트 킨케이드에게도 그것은 삶이 주는 선물이었다.

로버트 킨케이드는 남자로서 자신의 일생을 걸고 그녀에게 청했다.

"우리 함께 여행해요, 프란체스카. 우린 사막의 모래 위에서 사랑을 나누고 몸바사의 발코니에서 브랜디를 마시는 거요. 돛을 단 아라비아의 범선이 아침의 첫 바람을 타고 들어오는 광경을 보게 될 거요…. 당신이 길 따라 바람 따라 떠도는 여행을 싫어한다면 어딘가에 개업을 하겠소. 그 지방의 풍물 사진을 찍거나 인물 사진을 찍거나 무슨 일이든 해서 우리가 생활할 수 있도록 하겠소…. 애매함으로 둘러싸인 이 우주에서, 이런 확실한 감정은 단 한 번만 오는 거요. 몇 번을 다시 살더라도, 다시는 오지 않을 거요."

　일생을 함께 여행하자는 그의 제의. 프란체스카가 만약 그의 손을 잡고 그녀의 마음이 이끄는 곳으로 따라갔다면 아마 『메디슨 카운티의 다리』는 이토록 긴 여운을 남겨주지 못했을 것이다.

　프란체스카는 그녀가 인생을 찾기 위해 떠난다면 남편과 아이들이 남겨진 자의 고통을 고스란히 겪게 될 것임을 알았다. 그리고 그녀는 아내로서, 엄마로서, 바로 가족으로서의 자신의 자리에 대해 알고 있었다.

　로버트 킨케이드가 그녀의 그러한 생각을 '존중' 해주리라는 것도 알았다. 그것이 그녀가 사랑하는 로버트 킨케이드라는 남자였으므로.

심장 밑바닥에 놓인 상자 하나

　숨 막히게 더웠던 8월이 지나간 자리에는 달라진 것이 없었다. 여전히 따뜻한 아내와 엄마, 친절한 이웃으로서 살아가는 프란체스카. 그리고 또한 여전히 카메라를 둘러메고 지구 위를 정처 없이 떠도는 로버트 킨케이드.

　표면적으로는 아무것도 달라진 것이 없는 일상. 그들의 눈이 좀 더 깊어지고, 그들 심장 저 밑바닥에 누군가의 이름이 새겨진 먼지 쌓인 상자 하나가 자리하게 된 것뿐.

　프라체스카가 로버트 킨케이드의 사진 속 낯선 목걸이에서 자신의 이름을 발견하는 것이나, 그 사진을 몰래 간직하는 것이나, 그와 함께 맥주를 마시고 식사를 하고 그들의 춤을 말없이 지켜본 낡은 식탁을 쓰다듬으며 그의 기억을 되새겨보는 것이나, 로버트 킨케이드가 나이가 들어 더 이상 여행을 하기도 힘들어질 때쯤 사람 없는 바에서 만난 낯선 친구에게 눈물의 고해성사로 그녀 이야기를 해야 했던 것이나, '신이 포기한 것 같은 세상'의 시간을 가슴에 먼지를 안은 채 살아가야 했던 것들, 그 모든 것이 뜨거운 한여름의 불장난이 아닌, 단 한 번의 사랑이었기에 그 사랑을 잊지 않으려 추억하고 또 추억하는 것이다.

하지만 가슴에 같은 별을 간직했던 두 사람은 결코 꺼지지 않을 둘만의 소우주만을 확인한 채, 더 이상 그 어떤 방법으로도 서로에게 돌아가지 않았다. 당장이라도 다시 달려온다면 주저 없이 그를 따라나섰을 프란체스카였고, 로버트 킨케이드 또한 그것을 알고 있었지만 그렇게 하지 않았다. 그녀의 삶을, 가족을 무너뜨릴 수 없었으므로. 그들 역시 그녀의 일부였으므로.

사랑하며 이별하고 추억하기

누군가를 가슴에 묻어두고 산다는 것은 누구도 알지 못하는 둘만의 기억을 간직한다는 의미가 되기도 한다.

설레는 기대감이나 보상을 바라는 마음 없이, 영원히 내 곁에 없을 사람임을 알면서도 그와 함께 살아가는 것. 둘이 함께했던 계절이 오면 불어오는 바람의 향기에도 그의 체취를 느끼는것. 그의 손끝이 닿았던 물건들을 어루만지면 당시의 기억이 떠올라 슬며시 한숨 섞인 미소가 번지는 것. 지극히 평온한 오후의 햇살 아래서 뜬금없이 생각난 누군가의 눈동자에 심장이 내려앉을 듯 혼자 당황하는 것.

누군가도 그 사람을 알겠지만 누구에게도 있지 않을 내 사람에 대한

247

기억. 프란체스카도 로버트 킨케이드도 둘만의 상자 속에 서로를 간직한 채, 다음 세상 어딘가에서 다시 서로를 알아볼 수 있을 것이란 믿음으로 서로의 손에 쥐어진 현실의 끈을 놓지 않았다.

'옛' 남자 친구의 술주정,
너를 응징하리라!

꼬냥이에겐 반 년이 좀 넘은 남자 친구가 있다.

누누이 말한 것처럼 꼬냥이의 이상형은 좀 까칠하고 성격 있고 인상 강하고 길쭉길쭉하고 카리스마도 좀 있고 언니들 '탁' 보면 '꺄' 하고 쓰러지는 그런 부류의 소년들이었으나, 녀석은 거리가 좀 멀었다. 그러나 꼬냥이 나이 딱 스물여덟 되니 이젠 철 좀 들자는 마음의 외침에 '예쓰~!'를 날리게 되더라는 말씀.

그래서 만나게 된 동갑내기 남자친구. 척 보기에도 선하고 동글동글하고 성질도 꼬냥이에게 밀리는 그런 '순댕이'. 가끔은 동성 친구가 아닌지 헷갈리기조차 하는 녀석이었다. 그런데 그런 '순댕이'를 만나게 되니 왜 더 괴롭히고 싶고 놀리고 싶은 얄궂은 마음이 발동을 하는 것인지.

'lately'의 비화를 아는가, 남친?

"너 스티비 원더의 'lately'가 탄생한 배경 알아?"

"글쎄?"

"스티비 원더가 너무 사랑하는 여자가 있었는데 그 여자가 바람이 난 거야. 그래서 스티비원더의 절친한 동생 중에 '레이'라는 남자가 앞을 못 보는 스티비원더를 대신해서 여자와 바람 피운 남자를 응징했어. 근데 그때 불의의 사고로 '레이'가 이빨이 몽땅 부러졌대."

"헉, 정말?"

정말이냐니…. 이러니 내가 너를 놀리는 것이란다.

"응. 그래서 스티비 원더가 자기 돈으로 레이에게 틀니를 선물하고 그런 레이를 위해 만든 곡이 '레이틀니'야."

"… 정말? 스티비 원더 참 착하네."

"… 믿냐?"

그제야 흠칫하는 '순댕이'.

"아니야! 나 안 믿었어! 니가 너무 진지하게 말하니까, 순간…."

히히히히…, 바보 아이가.

순댕이 속에 자라고 있는 4차원의 꿈나무

아무튼 이렇게 순댕이 같은 녀석에게 단 하나, 큰 오류가 있었으니…, 그것은 바로 '주사'. 다행히 물건을 던지고 사람 패고 욕하는 그런 주사는 아니었지만(그랬다면 이미 거꾸로 매달았을 것) 곁에 있는 사람을 4차원의 세계로 홈런시키는 그런 것이었다.

얼마 전 그 힘들다는 '취업'이라는 것을 쟁취해 낸 순댕이. 평생직장이라는 생각으로 입사 후 군기 바짝 들어 신입사원 환영 회식에 참석하게 되었다.

첫번째 통화.

"나 회사 근처 돌고래 호프집에서 회식 중이야. 으응~ 나 조금만 마실 거야~ 걱정 마, 술 '하나뚜' 안 취했어."

'하나뚜', 그 과잉애교가 조금 불안했으나 괜찮을 거라고, 애도 아니고 알아서 마시고 들어가려니 생각했다. 약 한 시간 후,

두번째 통화.

"나 회사 근처 돌고래 호프집에서 회식 중이야."

"알아. 아까 얘기했어."

"나 회사 근처 돌고래 호프집에서 회식 중이야."

"안다고, 이 화상아!"

슬금슬금 전조가 보이기 시작했다. 이 까닭 없이 드리우는 어둠의 그림자는 뭐라지.

세번째 통화!

"나 회사 근처 돌고래 호프집에서 회식 중이야."

"아 어쩌라고~~! 일찍 들어가서 엎어져 자! 쫌!"

"그래. 나는 일찍 들어가는데 빌 게이츠가 아침에 커피 마시는 걸 난 이해해."

"뭐시라?"

"김일성이 죽으면 인삼으로 환생하나?"

251

"뭐라카노!"

너무나 온순하게 또박또박 이야기하는 순댕이. 녀석 안에 있던 4차원 나무가 싹을 틔우기 시작한 것이다. 그 녀석은 순댕이의 뱃살 깊숙한 곳에 은신하고 있다가 달콤한 알코올이 침투되면 그 알코올을 먹고 자라나는 기생식물이다.

신도림에서 아르바이트 3개월 된 그 OO는 누구냐!

"… 아르바이트는 힘들지."

"뭐?"

"신도림에서 하는 아르바이트는 힘들어. 한 3~4개월 됐다고 했나?"

"어이, 이봐."

"내가 니 맘 다 알아, 여자가 신도림 아르바이트는 힘들어."

얼레리? 이건 또 무슨 신종 수법이야? 아시다시피 꼬냥이는 목동 세렝게티 옥탑방에 거주하며 집구석에서 한 발도 안 나가고 '은둔형 외톨이'를 몸소 실천하는 새나라의 동네 언니 아닌가.

걸렸어, 걸렸어!!

아, 아무리 꼬냥이가 웬만한 일에는 안면세포 하나 꿈쩍하지 않고 순댕이를 철수네 집 누렁이처럼 풀어놓고 키운다지만, 이 순댕이 녀석이 목숨이 아깝지 않고서야 어찌 대놓고 다른 여성과 꼬냥이를 분간하지 못하는 '개포먼스'를 취할 수 있단 말인가.

그러나 그 자리에서 버럭댈 순 없었다. 왜냐, 더 캐내야 되니까. 크게

253

심호흡을 하고 한 손으론 커터 칼을 '띡… 띡…' 한 칸 한 칸 올리며 차분하게 물었다.

"나 알바하는 게 그렇게 안쓰러워?"

"응, 가슴이 찢어져."

얼씨구!! 그래, 너 낚였다.

"그럼, 나 힘들 때 만나자고 하면 언제든 달려와 줄 거야?"

"응!! 봄이 니가 부르면 난 언제든 달려갈 거야!"

엥…? 이름은 꼬냥이 맞는데. 뭐… 뭐야, 그… 그럼 이것도 4차원 짓이야?

"어이, 이봐."

"응?"

"야야, '신도림에서 알바하는 그 여인네가 나냐?"

"신도림은 신대방이 제맛이지."

"이런 다중이 같은 녀석!"

"너는 신대방 지하철이 신도림까지 걸어가는 고통을 몰라, 임마."

죄인은 사약을 받으라!

순댕이는 그 상태에서도 대리운전을 불러 집에 들어가 곱게 잤다고 한다. 이 몸은 전화를 끊고도 난데없이 쓰나미에 휩쓸린 것처럼 정신적 공황상태였거늘!

아침에 전화를 해 도대체 어제 자신에게 무슨 일이 있었느냐고 묻는 순댕이.

254

"신도림에서 알바한 지 3개월 된 그 여인은 누구냐?"

수화기를 붙잡고 포효하는 순댕이. 그래, 억울하겠지. 이유는 네 속의 4차원에게 물어보려무나.

"아악! 도대체 머릿속에 뭐가 들어 있는 거야. 미안해. 한 번 더 그러면 신도림에서 옷 벗고 춤출게, 용서해줘."

훗… 아무리 뉘우쳐도 과거는 흘러갔다.

이후로 꼬냥이는 만날 때마다 신도림 알바를 물었고, 이 순댕이는 이제 그만하라며 성질을 낼 만도 한데 그때마다 얼굴이 빨개지며 싹싹 빈다. 그 모습이 재미있어서 만날 때마다 놀리는 꼬냥이. 그런데 이제 한 번만 더 하고 신도림 이야기는 그만해야겠다. 왜냐. 아직 인삼으로 환생할 김정일과 빌 게이츠의 모닝커피도 남았기 때문에. 후훗.

──현재형으로 서술되어 있지만 굳이 제목에 '옛'을 강조한 것은 말 그대로 옛날 이야기이기 때문이다. 사람의 만남은 헤어짐을 전제하는 것이기에 좋은 친구와의 만남은 얼마 가지 않아 끝이 났다. 그러나 이 또한 내가 성장하는 과정이었기에 굳이 숨길 필요는 없다고 생각되어 꼬깃꼬깃 책 속에 싣게 되었다. 작가에게 추억은 단지 기억이 아닌 평생의 '얘깃거리'이기도 하니 말이다.

스물네 살 첫 맞선에서 퇴짜를 맞다

우리 집은 결혼에 대한 부담을 주지 않는 편이다. 여자도 능력 있으면 혼자 살아도 된다는 주의라 이제껏 결혼이나 그 비슷한 압박도 받아본 적이 없다.

무남독녀 외동딸이라는 위치에 놓이면 결혼을 '해드리는' 것이 부모님께 효도인 것은 알지만 결혼이라는 것 자체에 대한 매력을 아직 그다지 느끼지 못하고 있고, 부모님도 그 점에 대해서 동감은 하지 않으시지만 인정은 해주신다.

손녀야, 이 할미는 '사우'가 보고 싶구나

하지만 이건 전적으로 '부모님'에 한한 의견일 뿐, 할머니는 달랐다.

"다 큰 가시내 끼고 살아봐야 므할끼고. 세상도 무서븐데 시집을 가야지."

"언제 저거 새끼 낳아서 증손자 한번 앵기줄라는고…."

그렇기에 나는 되도록이면 할머니와 대화시 결혼에 대한 화제는 근처에도 가지 않도록 봉쇄하는 편이었다. 그러나 할머니는 말이 안 통하면 행동으로 옮기시는 분.

몇 달 동안 부산 할머니 댁에서 머무르게 된 적이 있었다. 장기 휴가처럼 마음 편히 쉬려고 찾은 부산. 게임이나 원 없이 해야겠다고 마음먹고 온 터라 난 당연히 게임방에서 살았다. 그날도 어김없이 새벽까지 게임을 하다가 집으로 들어갔는데 할머니는 웬일인지 잠도 안 주무시고 계셨다.

"할매, 안 잤수?"

"안방으로 와보그라."

할머니가 내놓은 것은 이름 있는 여성복 브랜드의 쇼핑백. 그 안에는 꽤 비싸 보이는 정장 한 벌이 들어 있었다.

"오메… 할매, 돈 썼네. 이거 믄교?"

"잘하믄 우리 '사우' 만나러 갈 낀데 이 정도는 입으야제."

사우? 사위 말하는 건가? 이상하다. 내 알기로는 할아버지도 독자, 아버지도 독자, 나는 독녀이거늘 나 모르는 딸이 또 하나 있었나.

"자, 함 입어보그라."

할머니는 그 '건전한' 옷을 내게 주셨다. 입어보니 색깔도 칙칙한 갈색 정장. 비싼 옷이면 뭐하나, 축축 늘어지는 색인 걸. 나이보다 5살은 더 되어 보였다.

"내일 맥가이버 할배 사돈집 총각 만나러 가야 된대이."

"뭐시기요?"

맥가이버 할아버지의 사돈 총각과 선을 보라구?

할머니 동네에는 '맥가이버 할아버지'라는 분이 계신다. 이분이 원래는 학교 선생님이셨으나 정년퇴임 후 동네의 온갖 전기수리며 크고 작은 일들을 도와주시는, 말 그대로 동네의 맥가이버, 홍반장 역할을 하는 분이셨다. 인자하시고 손재주도 좋으셔서 나도 몇 번 인사를 드린 적은 있으나, 이건 뭔 말인고!

그렇다. 스물네 살 나이에 난 선 자리가 잡혀버린 것이었다. 무어라 말도 하기 전에 "시끄럽다!"로 일관하시는 할머니. 하는 수 없이 나는 반발도 한 번 못해보고 다음 날 부산 해운대 하얏트 호텔 커피숍으로 가야 했다.

"할매, 같이 안 가나?"

"요즘 신세대들은 즈그들끼리 만난다 카대. 맥가이버 할배랑 그리 하기로 했으니까네, 딴 데 새지 말고 바로 가서 참하게 보고 오그라."

그렇게 해서 혼자 나간 첫 선. 그리고 내 앞에 앉은 할머니의 꿈의 '사우'는 서른넷의 멀쩡하게 생긴 '아자씨'였다. 나이보다 젊고 점잖아 보이긴 했다. 난 정보도 전혀 없이 나간 자리였기 때문에 무어라 말도 못하고 멀뚱멀뚱 이 남자를 바라보기만 했다.

맘에 드는 건 커피 맛뿐

"지금 쉬신다고 들었어요."

"네…. 놀아요."

"하하… 네. 사회생활은 언제나 힘들죠."

"아저씨는 직업이 뭐예요?"

"쿨럭… 아, 아저씨…. 네, 변리사예요."

"변… 뭐요?"

그때부터 장장 한 시간 동안 변리사라는 직업에 대한 상세 설명을 해주는 맞선남. 그러나 지나고 보니 생각나는 건 하나도 없다. 그냥 좀 재미없게 들렸고 나랑은 상관없는 세계 이야기 같았고, 무엇보다 난 그때 게임이 너무 하고 싶었다.

이 지루한 시간과 부담스럽고 불편한 정장. 화장도 너무 진하게 해서 피부도 따끔거린다. 마음에 드는 건 커피 맛뿐. 어떻게 하면 이 자리를 빨리 벗어날까 궁리했지만 이 아저씨, 도통 눈치가 없다. '츄리닝' 걸치고 동네 게임방 가서 게임이나 하고 싶은 마음뿐이었다.

"취미가 뭐예요?"

"게임이요. 게임 좋아하세요?"

"음… 글쎄요, 어릴 때 오락실은 자주 갔는데…. 전 게임 같은 것보다는 볼링이나 탁구 좋아해요. 탁구 쳐봤어요?"

"타… 탁구요…. 아, 아뇨. 현정화 선수가 중학교 선배라는 것 외에는 탁구는 아는 것이 없는데…."

탁구라니. 전혀 관심 없는 직업에 전혀 모르는 운동이 취미라는 이 맞선남. 아무리 맞춰보려고 해도 도통 내 세계 사람이 아니었다. 더군다나 현정화 선수가 중학교 선배라는 이야기를 했을 때부터 내 의도와는 다르게 이미 시작된 탁구 예찬과 각종 기술에 대한 설명.

그래도 열심히 듣는 척하며 어떻게든 시간을 보내려고 노력했다. 할머니에게 맞아 죽고 싶진 않았다는 것, 이유는 단지 그것뿐.

심심하면 게임방 갈 수도 있지, 뭐

"우리 나가면 뭐 할까요? 밥 먹긴 아직 이르고. 드라이브할까요?"

오, 드디어 때가 왔다. 이번엔 어떻게 해서든 분위기 전환을 해서 헤어지든 재미있는 것을 하든 해야 한다.

"아저씨, 겜방 가요. 헤헷."

"네?"

"제가 가르쳐 드릴게요."

"아! 게임 정말 좋아하나보다. 뭐, 그래요. 한번 가보죠, 뭐."

나이 차이도 조금 나고 철딱서니없는 맞선녀인 내 제의를 흔쾌히까지는 아니지만 예의상 들어준 맞선남. 그래서 난 양가 어르신 약속으로 만나게 된 그 어려운 맞선남이라는 존재와 게임방을 가게 되었다.

"아, 아저씨~ 그거 죽여야죠, 그거. 네! 맞아요, 그거. 돈 주워 잡수셔요. 어서!!"

"어, 어? 이거 신기하네."

맞선남은 새로운 세계에 연신 감탄을 하며 장장 3시간을 게임방에서 나와 함께 게임을 했다. 그리고 참 재미있는 세상이라며, 덕분에 즐거웠다고 밥까지 잘 먹고 들어갔다.

나는 새벽까지 게임방에서 혼자 게임을 하다 집으로 들어갔다. 그런데 무슨 이야기를 들었는지 할머니는 들어오는 나에게 냅다 소리를 지르셨다.

260

"니가~ 미치가꼬!!"

배우자로서 성숙함이 아직 부족하다고?

맞선남의 답변은 다음과 같았다.

"아직 나이가 어려서 그런지 맞선에 대한 개념이 없는 것 같고, 성격은 활발하고 귀염성이 있으나 함께 살 배우자로서의 성숙함이 아직 부족하다. 또한 중독성 있는 도박(?)을 너무 좋아하여 본인의 성격과는 잘 맞지 않을 듯하다."

웃기시네! 자기도 게임할 때 보니까 넋 놓고 하드만. 흥! 무슨 도박인가, 게임이지.

암튼 그날부터 난 한 달 동안 할머니한테 용돈도 못 받고 밥도 제때 못 얻어먹는 불쌍한 신세가 되었다.

"내가 동네 창피해서 우째 얼굴을 들고 당기노. 어느 가스나가 선 자리 남자한테 게임방을 가자 칸다 하드노~. 아이고, 저거를 으따 쓰노, 으따 써."

할머니는 그날 이후로 내게 선이라든가 결혼에 대한 이야기를 일절 안 하시고 아버지가 간혹 비슷한 이야기를 꺼내시면 나를 한심하다는 듯 위아래로 훑어보며 말씀하셨다.

"하이고~ 선? 너거 딸내미 선 한번만 더 봤다가는 이번엔 고고장 끌고 갈거럴?"

헤헤, 할머니 제가 설마 또 그러려고요, 요즘엔 플스(플레이스테이션)방이 더 재미있어요.

Tip chapter 6

그들의 삐뚤어진 사랑법

■ 내가 사랑하면 너도 사랑하라

사랑에 빠지면 누구나 장님에 귀머거리, 바보가 된다. 세상 누가 뭐라 해도 내 사람이 최고 같고, 내 사람이 무슨 짓을 하든 다 이해하고 참아주고 아껴주게 된다. 그런데 이 사랑이라는 것이 식을 때 아니, 정확히 말하자면 내가 목매달아 따라다니던 사람이 그동안의 노력에도 불구하고 "쌩"을 살포시 까주었을 때, 그때의 반응들은 어찌나 가지각색인지!

몇몇 남자들의 반응은 실로 감탄사가 터져나올 만큼 가관이다. 보통 가장 많은 유형 중 하나는 여자가 거절하면 마치 복수라도 하겠다는 듯이 자기도 함께 쌩을 까는 유형으로, 심지어는 상대방 여자가 큰 죄라도 지은 것처럼 매도해버리는 경우다.

또 어떤 남자들은 소위 '자존심'이 다쳤다며 상대방 여자를 참 우습게 만든다. 사귀기 전이나 사귀는 동안 다져왔던 '인간적인 교류'는 깡그리 쌩깐 채, '내 여자가 안 될 여자라면 상대하지 않는다' 식의 철딱서니 없는 행동으로 그동안의 젠틀한 이미지에 간장을 붓는 행동을 한다. 여자도 감정이 있고 따로 마음에 간직한 사람이 있을 수도 있는데 그런 건 쌩 무시한 채, 오로지 '넌 내가 찍었으니 나에게 넘어와야 해' 식의 저돌적이고 배려 없는 행동으로 일관하는 것, 참 어이가 없다.

물론 그의 입장에서는 '내가 이만큼 사랑한다는데, 네가 뭔데 안 받아줘' 이런 것일 수 있다. 이해한다, 거절당하는 기분. 아플 거 아니까.

그런데, 그런데 말이다. 정말 착각을 하고 계시는 부분이 있다.

여자는 전혀 마음에 없는데도 불구하고 남자의 불도저 같은 대시에 못이겨 마지못해 사귀게 되었을 때의 상황, 혹시 생각해 본 적 있는가? 비참하지 않을까? 뭐, 사귀게 되면 다 정들고 그러다 보면 사랑도 하게 되기 마련이라고?

천만에! 처음엔 억지로 만나기 시작했더라도 사귀는 과정에서 잘해주면 무조건 정들어버리는 여자가 요즘도 있을 거라고 생각하나. 아니면 일단 사귀면서 본전부터 찾고 그 다음 일은 나중에 생각하자는 특유의 본능 발동인가. 그도 저도 아니면 자존심이야, 뭐야?

좀 더 쿨하게, 그렇게 사랑할 순 없는가. 이 사람 저 사람 바람처럼 옮겨 다니는 연애방식이 쿨~ 하다는 의미는 아니다. 그건 오로지 연애에서 단물만 쏙쏙 빨아먹고자 하는 부류들의 기준에서만 쿨할 뿐이다.

적어도 사람을 사랑하고 아끼는 법을 안다면 상대방의 감정도 내 감정만큼이나 소중히 해줘야 한다. 칼을 거둘 때를 확실히 알고 깨끗하게 뒤끝 없이 물러나주는 그런 모습. 그게 바로 진정한 의미의 쿨~한 사랑이자, 남자들이 입에 달고 사는 매너남의 모습이다.

■ 내 감정만 감정이 아니다

연애를 하는 두 사람이 있다. 그들 곁에는 친구 하나가 항상 함께한다. 알고 보니 그는 친구의 애인에게 맘이 있었던 것. 뭐 이런 시나리오는 흔하다. 문제는 여기서부터.

이 친구는 어떤 방법을 택하는 것이 좋을까. '사랑은 쟁취하는 것'이라는 생각으로 홀라당 고백해버리고 확 낚아채는 것? 아니면 '세상에 이성은 많다. 적어도 내 친구의 애인은 아니다' 라는 포기?

무엇이 좋은가는 각자의 가치관에 따라 결정할 일이기는 하다. 그런

데 대부분은 그 문제의 친구가 고백을 하면서부터 사태가 심각해지기 시작한다. 그 친구는 과연 무슨 생각으로 고백을 한 것일까? 정말 '너 아니면 나 대로 한복판에 누워버릴 거야. 넌 내 평생에 두 번 다시 못 만날 사랑이야.' 정도의 감정일까?

아니면 남의 떡이 커 보이는 심리 혹은 친구에 대한 질투? 우정도 소중하지만 그래도 내가 갖고 싶으면 갖는다는 경쟁심? 뒷일은 과연 생각하고 고백을 감행하는건지 모르겠다.

고백을 받는 입장에서는 이거 피 말리는 일이다. 맘에 없는데 받아들일 수도 없고, 거절하기엔 애인이랑 미묘한 트러블이 있을 것만 같은 느낌에, 게다가 괜히 자기가 애꿎은 우정에 금 가게 하는 것만 같고….

뭐 길게 말하지는 않겠다. 그러지 말자. 셋 다 불행해지는 길이다.

내 누누이 말하지 않았는가. 당신의 감정이 최고가 아니라고. 사랑한다면 상대방의 사랑도 좀 지켜주고 아껴줘라. 과감히 감행해봤자 당신 피 보고 상대방 괴롭고 친구까지 폐인된다. 세 사람 인생이 당신 손에 달려 있는 셈이다. 무섭지 않은가. 이런 고백을 계획하고 있는 당신은 너무너무 무서운 일을 시작하고 있는 것이다.

■ 우유부단함은 어장관리일 뿐

하나, 별로 마음에 없는 사람이 고백을 해오는 상황.

뻔히 맘에 없는데도 왠지 거절하기는 아쉬운지 대답을 질질 끌면서 상황을 즐기는 사람들이 꼭 있다. 일방적으로 자기 하나 바라보는 사람이 있다는 게 뿌듯한 건가. 정중히 거절이라도 하면 좋은데 이 습성들이 그러질 못한다는 게 문제다. 아까운 거지, 뭐.

차마 상처받을까봐 미안해서 거절을 못하겠다고? 소설을 써라, 소

설을. 겉으로는 '네가 상처받을까봐 안타까워서, 네 여린 맘을 내가 아
프게 할까봐… 거절도 못하는 내 맘이 더 쓰리다' 라고 핑크빛 포장지
에 리본까지 달아주겠지. 자, 포장지는 찢고 리본은 불태워 버리자. 예
쁜 포장에 넘어갔다가 피 보기 십상이다.

여유분의 아이템은 우리가 게임을 할 때나 갖고 있으면 되는 것이
다. 상점에다 내다 팔기는 아깝고 시세 좀 오르려나~ 슬슬 살피는 것,
말하자면 계륵. 당신 스스로 닭뼈다귀가 되고 싶은 게 아니라면 질질
끄는 사람은 뒤도 돌아보지 말고 잊어버려야 한다.

둘, 헤어질 때의 상황.

연애를 하면 누구나 변할 수 있다. 연애는 끝이 아니라 또 다른 인간
관계의 시작이자 경험의 시작이기에, 시련도 겪어보고 이별도 해보는
것이 당연한 절차이자 과정이다. 단지 문제는 마지막 모습이 어떤가
하는 것.

대부분의 사람들은 피곤하다는 말을 늘어놓으며 은근히 연락을 끊
기 시작한다. 그러다 결국 헤어질 때는 이렇게 말한다. "네가… 힘들어
하는 모습을 볼 수가 없었어. 나도 그동안 힘들어서 혼자 마음 정리하
느라 괴로웠어. 이런 나 용서하지 말고 좋은 사람 만나."

아, 정말 골고루 한다.

만나다보니 슬슬 질리더라. 다른 사람도 눈에 들어오고, 너 만나도
할 말도 없고 맨숭맨숭한 것이 동성친구 만나는 것보다 재미가 없고,
이건 직장 상사보다 네가 더 무서워지니 어쩌냐. 이렇게 그냥 직역해
주면 될 것 가지고.

아니면 적어도 사람을 무작정 기다리는 그 피 말리는 고통에서는 건
져줘야 하는 것 아닌가. 천국과 지옥을 오가는 기분을 모르는 건가. 눈
물 대신 피가 흐르는 듯한 고통이라는 것. 적어도 한때는 사랑했던 사

람에게 그런 찢어지는 아픔을 주고 싶은가. 잠도 못 자고 밥도 못 먹고 살아가는 의욕도 없이 전화기만 바라보면서 올리는 전화벨마다 혹시나 하고 심장이 내려앉는 그 비참한 기분을 선사해주고 싶은가. 정말 그런 건가.

사랑을 했고 그 감정이 적어도 진심이었다면 헤어지는 순간까지도 그 사랑은 당신이 마무리해주어야 한다. 알아서 포기하기를 기다리는 정말 싹수 없는 못된 습성이다.

그거 아는가, 오히려 깔끔하게 헤어지자고 해주는 게 다시 시작하는 데 큰 힘이 된다는 것을. 혹시나 하는 마음에 주위를 빙빙 돌지도 않게 되고, '잠시 동안 방황하는 거야' 하는 어여쁜 착각도 하지 않게 되고, 오히려 깨끗하게 물러나줄 수 있게 된다는 것을.

한동안 전화해서 울기도 하고, 메신저도 들락날락하고, 메신저 명도 궁상맞기 짝이 없고, 주위에서 심상찮은 소리들도 들려올 거고, 그런 일들이 벌어질 게다. 하지만 뭐 어떤가. 그냥 몇 달만 봐줘라. 괜히 연락 다시 해서 무너뜨리지 말고 혼자 일어설 수 있도록 놔둬라. 그럼 알아서 쑥쑥 잘 크고 툴툴 털 수 있다.

특히 여자들은 남자들이 생각하는 것마냥 나약하지도 소심하지도 않다. 사랑보다 자존심을 먹고 사는 게 여자고 그 자존심을 사랑으로 무너뜨릴 수도 있는 게 여자다. 연애할 때 아무리 잉잉잉~ 징징징~, 당신 없으면 지하철도 못 탈 것 같은 여자라도 남자가 떠나면 혼자 알아서 잘 살아간다. 깔끔하게 이별을 제의한 애인이라면 더 잘 살길 바래주고, 그러면서 자신도 더 잘 살 수 있을 거라고 다짐도 하면서 길고 긴 불면의 밤을 지새우고 다시 일어서는 것도 여자다. 그런 그들에게 헤어질 때 배려 하나 정도는 어렵지 않은 일이지 않은가.

멋진 남자, 멋진 여자란 잘생긴 외모와 잘 뻗은 몸매, 뽀다구 나는 옷

과 큰 차로 정해지는 것이 아니라, 인간과 인간 사이에 지켜야 하는 '매너'를 아는, 그 매너를 지키는 심플함에서부터 시작하는 것이 아닌가 싶다.

Chapter 7

안녕,
세렝게티!

> 떠났다. 징글징글하게 낭만적이던 내 몫의 하늘을 떠났고 지지리도 눈물겹던 20대의 방황으로 부터 벗어났다. 다시는 돌아가지 않으리, 끝 간 데 없이 휘청대던 20대의 방황으로는. 그러나 30대를 훌쩍 지난 어느 봄날, 어쩌면 그리워질지 모르는 내 몫의 한 평 남짓한 하늘, 나의 20대, 그리고 꼬장꼬 장한 세렝게티 옥탑방 배추도사의 잔소리. 그 모든 것이 내 삶을 지탱해 준 잔혹한 동화였음도 영원히 잊지 않기를. 휘청대던 내 20대의 세렝게티, 안녕!

발품으로 집 구하기, 구직보다 어렵더라

이사를 했다. 세렝게티 옥탑, 1년 10개월 동안 나를 투사로 만든 그곳을 떠났다. 머물 이유가 없으니 떠나는 데도 이유가 없었다. 두 달만 있으면 계약 기간 2년을 채워 마음 편하게 훌훌 털고 나올 수 있었지만, 떠날 마음이 생기면 하루도 머물 수 없는 방랑 꼬냥이 기질은 결국 사고를 치고야 말았다.

발길 닿는 곳이 내 고향이요, 등 붙인 곳이 내 집이라

슬슬 이 집을 버려야(?)겠다는 생각이 들자 그 생각은 이 굼뜬 몸을 움직이게 했다. 인터넷에서 적당한 가격으로 나온 매물을 검색하고 동네별로 몇 군데씩 추려내보았다. 서울 송파구에서 양천구로 올 때 아무런 이유가 없었듯 이번에도 어디로 갈지 결정하지 않기에 오히려 선택의 폭은 넓었다.

그러나 복비를 주고서라도 부동산을 통해 집을 얻는 이유는 분명히 있는 듯했다. 직거래로 발품 팔아 좋은 집 구하는 건 운이 좋아야 가능한 일이다. 면접 사진만큼 집 사진도 포토샵의 힘은 위대하니까.

① 계단 딱 3개만 내려오는 1층 같은 반지하예요

그랬다. 비교적 세렝게티 옥탑에서 가까운 양천구 신월동의 한 빌라. 사진 상으로 봤을 때 어찌나 집이 좋은지, '과연 이 가격에 이런 집이 가능한 걸까' 라는 생각이 들었다. 당장 집을 보러 가겠다고 약속을 하고, 마음에 들면 바로 가계약금이라도 걸어둘 생각으로 약간의 돈까지 들고 찾아갔다.

현재 살고 있다는 앳된 얼굴의 아가씨가 마중을 나왔고 그녀를 따라 찾아들어간 곳. 그녀의 말은 맞았다. 딱 계단 3개만 내려가는 집이었다. 문제는 현관 앞의 계단 3개와 그 옆에 붙은 7개의 또 다른 계단. 이건 뭐… 동굴이야?

"1층 같은 반지하라면서요?"

내 말에 그녀는 "다들 이렇게 한다고 해서…"라며 어색한 웃음을 지었다. 기왕 온 거, 방이나 보고 가자는 생각에 현관으로 들어서니 대낮인데도 불구하고 거실이며 온 방에 불을 켜놓고 있었다.

"햇빛 들어와요?"

"예… 뭐 많이 어둡진 않아요…."

"불 좀 꺼봐도 돼요?"

그녀의 놀란 기색. 망설이던 그녀는 마지못해 불을 껐다.

동굴 맞네….

안방 꼭대기에 뚫린 조막만한 창문 사이로 아슬아슬하게 스며드는 한 줄기 햇살. 창살은 왜 쳐놨나, 도둑놈 머리도 못 들어오겠구먼.

"이러시면 안 되죠, 이렇게 와보면 금방 알 걸 가지고."

"사실… 집이 이래서 사람들이 아예 보러 오지도 않아서요, 죄송합니다."

꼬냥이 역시 반지하에 살아보았지만, 집이 좋고 안 좋고의 문제가 아니었다. 사진을 보고 찾아간 사람은 그 사진 속의 집이 마음에 들었다는 것이 아닌가. 싫은 기색 못하는 꼬냥이지만 이사는 중요한 문제라서 그런지 나도 모르게 인상을 찌푸린 채로 나와버렸다.

② 습기 전혀 없는 깨끗한 집이랍니다!

이번에는 강동구 고덕동의 한 빌라로 가보았다. 방 2개에, 안방 사진을 보니 창문도 크고 채광도 좋아 좀 먼 거리이긴 하지만 마음에 들면 계약을 하려는 생각이었다. 집으로 들어서니 광고에서 본 대로 나름대로 깔끔한 구조에 안방도 넓고 욕실도 깨끗했다. 거의 85점을 주고 싶을 만큼 흡족했달까?

"작은방 좀 볼게요."

"아… 짐 쌓아놔서 좀 지저분한데…."

"괜찮아요, 작은방은 침실로만 쓸 거라 침대 위치 좀 보려고요."

작은방 문이 열리고…, 텁텁한 공기가 훅~ 하고 풍겨오는 가운데 온 사방에 시꺼멓게 자리 잡은 흉물스러운 곰팡이들. 난 보았다. 내 눈앞에 펼쳐진 판타스틱 포자의 왕국을. 이건 뭐, 키워서 판매하시나?

272

"제습지 붙이거나, 주인집에 말하면 도배 새로 해줄 거예요."

"도배는 당연히 해줘야겠지만 이 정도면 집 문제네요. 제습지로 해결 될 상황이 아닌데요? 습기 없다면서요?"

"음… 안방은 없어요, 작은방은 짐 쌓아놓는 곳이라 상관없을 줄 알았죠."

"전 쌓아놓을 짐이 없어서 작은방을 쓸 거라서요."

집을 보러 다니며 점점 까칠해지는 내 모습을 발견하는 순간이었다. 내가 목동에서 고덕동까지, 5호선 지하철로 끝에서 끝까지 달려가 보고 싶었던 게 포자의 왕국은 아니었단 말이다.

그즈음 신경성이었는지 온몸에 알레르기처럼 울긋불긋한 무언가가 생기기 시작했다. 괜히 긁어 부스럼 만드는 꼴이 아닌가 걱정도 되었지만 어쩌랴, 한번 시작했으니 끝은 봐야지. 쓸데없는 고집 하나는 최강이다.

③ 배추도사를 능가하는 집주인

사당동의 일반 주택 1층. 지금껏 본 집 중에 가장 깔끔하고 마음에 들었다. 꼼꼼히 살펴보았지만 하자도 없고 내 또래의 여성 세입자가 집도 깨끗하게 쓴 터라 문의도 많이 들어온다고 했다. 맛있는 떡을 봤으니 제사를 지내야 하지 않겠는가. 주인집에게 가서 가계약을 하기로 했다. 그런데 4층의 주인집 문 앞에서 살짝 망설이는 세입자.

"주인분이 조금 깐깐하세요."

"지금 저희 집도 워낙 강적이라 괜찮을 거예요."

273

주인 아주머니와 아저씨는 연락을 받은 듯 근엄한(?) 표정으로 기다리고 있었다.

"집은 다 봤어?"

"예." (초면부터 왜 반말이신지….)

"이 집만큼 좋은 집이 어디 있어, 그 값에. 나도 돈 욕심 없어서 어려운 사람 돕는 셈치고 싸게 내놓는 거야."

옥탑방 보증금에서 몇 배를 올려서 하는 이사라 이 정도 집은 솔직히 평균 시세였다.

"도배랑 장판은 해주실 건가요?"

"왜? 깨끗하게 썼는데 할 이유가 없잖아. 1층 아가씨, 집에 하자 생겼어?"

순간 당황하는 세입자. 아니 월세에 도배랑 장판 해주는 거야 당연한 건데, 왜 불똥이 세입자한테 튀나.

"아니요, 집이 더럽다는 게 아니라 새로 이사하는 건데 도배, 장판은 당연히 여쭤볼 수 있는 거 아닌가요?"

"난 못 해줘. 그럴 돈도 없고. 꼭 할 거면 1층 아가씨가 돈 내놓고 가."

순간 왜 내가 울컥했을까. 아마 한마디 말도 못하고 울상 짓는 세입자의 모습에서 배추도사 앞의 내 모습을 보았던 것 같다.

"그러시면 안 되죠. 월세방 살면서 어느 세입자가 도배랑 장판 비용을 내놓나요? 안 해주시면 그만이지, 이상하시네."

꼭 해달라는 말은 아니었다. 벽지, 장판 모두 깨끗하긴 했지만 사람

275

이 살았던 집에 어느 정도의 흔적은 있을 수밖에 없고, 그래서 집주인에게 물어본 것뿐인데, 세입자가 죄인이라도 되는 양 몰아대는 모습이라니.

"그리고 우리가 워낙 깔끔하게 살아서 집 앞 골목도 더러운 꼴 못 보니까, 1층 사는 사람이 골목 청소해줘야 돼."

이건 무슨 달밤에 복댕이 짖는 소리야. 깔끔하면 자기 성격이 깔끔한 거지, 1층 사는 사람이 왜 골목 청소까지 해야 해?

"됐습니다. 전 제 방도 안 치워요!"

미련 없이 돌아나올 수밖에 없는 상황. 배추도사의 잔소리는 사랑가로 들릴 정도의 내공을 가진 집주인. 여기서 살다간 아마 신문 사회면에 내 이름이 올라갈지도 몰라.

대문 밖까지 쪼르르 따라 나오는 세입자 아가씨 얼굴엔 미안함이 가득이다.

"죄송해요…."

"그냥 날짜 맞춰서 나가세요. 그게 낫겠네요."

"이러는 사이 몇 달이 지나서 아마도 그래야 할 것 같아요."

세입자 아가씨와 난 마주 보며 깊은 한숨을 쉬었다. 그리고 인사 대신 서로 좋은 곳 얻어 빨리 나가자는 약속을 했다.

그날 밤, 옥탑에서 울긋불긋 알록달록 반짝이는 불빛들을 바라보자니 '이 넓은 서울에 작은 몸 하나 뉘일 곳 구하기가 이리도 힘든 것인가' 하는 생각이 들었다.

하지만… 이건 시작에 불과했다. 흑….

집주인은 자세 교육
따로 받나

이번 이사를 준비하면서 큰 실수를 하나 했다. 바로 이사 가야 할 집을 먼저 구했던 것. 원래 이사 올 사람이 정해지고 이사 들어올 날짜가 정해지면 그에 맞춰 내가 갈 집을 구해야 되는데, 난 반대로 해버렸던 것이다. 계약 기간 전에 나가면서 세입자도 구해지기 전에 덜컥 새 집 계약부터 해버리다니, 이사 인생 10년에 이런 치욕스러운 실수를 할 줄이야!

경태야, 경태야! 12일에 이사 온다며!

그간의 발품으로는 아무런 결실을 보지 못하고 결국 음주가무 패밀리 멤버인 오마이뉴스 나영준 기자님이 우연히 알아봐주신 개봉동의 주택가로 이사하게 되었다. 이제 나이가 드니(!) 겁도 많아져, 기왕이면 삼촌 같은 나 기자님 댁에서 가까운 곳도 나쁘지 않을 거라는 생각이 들었다. 물론 집도 흡족했다.

277

아무튼 내가 갈 집을 계약했으니 이제 옥탑으로 들어올 불쌍한 양민을 구해야 하기에 인터넷 사이트에 옥탑의 사진과 가격 등을 적어 올렸다. 배추도사가 호랑말코 같아서 그렇지 집 자체는 가격 대비 괜찮은 편이어서 게시물을 올리자마자 댓글은 40개를 가뿐히 넘겼고 문자·쪽지 등이 폭주했다.

난 분명히 게시물에 '2월 11일에 이사를 하게 되오니 12일에 이사 들어오실 분만 연락 주십시오' 라고 적어 놨다. 계약 기간 전에 나갈 때는 중간에 방이 비게 되면 그 전 세입자가 빈 날짜 동안의 월세를 내야 하기 때문이다. 난 배추도사에게 더는 1원 한 푼도 뜯기고 싶지 않았다!

그리하여 처음으로 집을 보러온 총각, 편의상 '경태' 라고 부르겠다. (만화영화 〈영심이〉의 경태가 현실로 뛰쳐나온 캐릭터라서.) 경태는 가장 먼저 댓글을 달고 문자를 도배하는 등, 아주 열성적이어서 그 수십 명의 후보자 중에 가장 먼저 집을 볼 기회를 얻었다. (앙? 감사해야 한다는 걸 기억해라!)

직장이 근처라는 경태는 그날 저녁 바로 집을 보러 오겠다고 했다가 또 다음 날 오겠다고 하는 등, 말이 좀 바뀌는 감이 있긴 했지만 결국 당일 늦은 밤에 방문을 했고, 여기저기 둘러본 후 흡족해 하며 바로 가계약을 하고 싶다고 했다. 난 가장 중요한 것이 날짜였기 때문에 두 번 세번 12일 날 바로 들어올 수 있는지를 물었고, 경태는 무조건 "네!"를 외쳤다.

뜻밖에 일이 쉽게 풀리는 상황. 두근거리는 마음을 안고 바로 배추도사의 현관 초인종을 눌렀다. 배추도사와 싸모할매는 마치 일전에 집 보러 갔을 때의 집주인들처럼 근엄한(?) 자세로 기다리고 있었다. (집주인들은 자세 교육 따로 받나?)

배추도사는 경태에게 "직업은 무어냐", "여자친구는 있느냐", "개는 키우느냐", "퇴근은 몇 시냐" 등등 잡다한 질문을 던져댔고, 조근조근한 경태의 말투가 마음에 들었는지 계약서를 펴들었다.

"가계약금은 10%여, 가지고 왔지?"

"아! 급히 나오느라 준비 못했습니다. 내일 보내드리겠습니다."

또 우리 배추도사, 돈 문제에 매우 민감하지 않은가. 그 산삼 줄기 같은 눈썹을 삐닥 추켜세우며 인상을 찌푸렸지만, 이 양반이 집주인만 몇 십 년이라 일단 들어오기 전까지는 인자함을 잃지 않는 치밀함이 좀 있다.

"그… 그려, 그럼 내일 아침 은행 문 열자마자 보내! 꼭이여!"

경태는 배추도사의 인자함 사이로 숨겨진 살기를 느꼈는지 흠칫 하더군. 훗!

"그럼 옥탑 색시가 11일 날 나가니께, 총각은 12일 날 들어오는 걸로 얘기된 거지?"

이미 배추도사에게 날짜 맞춰 들어올 사람을 구할 거라 말해두었기 때문에 배추도사도 확인차 물어보았다. 그런데!

"아, 그런데 제가 직장을 다녀서요, 12일은 곤란하고 그 주 토요일이나 일요일에 들어왔으면 하는데요."

뭐야, 이거!! 갑작스럽게 말을 바꾸는 경태. 순간 식은땀 한 방울이 척추에 '송글' 맺히는 게 느껴졌다. 대충 상황을 눈치 챈 여우 같은 배추

도사, 실금실금 웃으며 말을 하기를,

"뭐, 난 상관없어. 총각이 토요일에 들어오나 일요일에 들어오나 비는 날짜는 색시가 메워주면 되니께 알아서 혀. 그리고 직장 다니면 아무래도 평일은 힘들지, 안 그래? 색시가 보증금에서 일주일치 빼고 나가면 되겠네."

이야, 배추도사! 난 이미 나갈 사람이니 들어올 사람한테 맞추겠다 이거지? 경태는 배추도사와 통하는 게 기쁜 듯 내심 흡족한 미소를 띠었다. 이봐, 그거 한때거든?

"저기요, 분명히 제가 조건으로 단 게 날짜 아니었나요? 이러시면 안 되죠."

"그건 그런데 제가 직장을 다니잖아요."

"제가 날짜 안 적었나요? 집 보러 오시기 전에 날짜 보고 오셨을 거 아닙니까!"

혈압이 올라 저승 가실 지경이었지만 그래 뭐, 까짓 거 일주일치 해봐야 몇만 원 더 버리는 셈 치자는 생각부터 들었다. 어서 도망가는 게 상책이다!

"그럼, 제가 보증금에서 일주일치는 내고 갈게요. 대신에 이사 가는 날 보증금 주실 수 있으시죠?"

"뭔 소리여, 내가 그걸 왜 줘? 난 돈 없어. 이 총각이 들어와서 돈을 줘야 내가 보증금에서 제할 거 제하고 주는 거지."

"그럼 저는요?"

"이사 가서 일주일 후에 받아가면 되잖여."

허… 보증금이 일이백도 아니고 이사 갈 집의 보증금은 뭘로 메우라고 저렇게 태연한 표정으로 말을 하는 것일까. 지금 생각해도 뒷목이 뻣뻣해지고 어질, 현기증까지!

"잠깐 저랑 얘기 좀 해요."

일단 배추도사 앞에선 내가 불리했기에 경태를 데리고 나왔다.

"둘이 알아서 결정혀. 난 몰러."

후후… 저래서 속 편한 게 집주인이라지.

경태야, 누나 오늘 뉴스 사회면 탄다

경태와 난 옥상으로 올라왔다. 오장육부를 한 바퀴 휙 돈 듯 깊은 한숨이 후욱~ 하고 쏟아졌고 머릿속엔 오만 생각이 다 들었다.

'아까 계약서 적을 때 보니까 나이도 나보다 5살은 어리던데 말이야, 나이도 어린 녀석이 들어올 때랑 나갈 때 말이 이렇게 달라? 대놓고 울릉도 가서 오징어에 엿 말아 잡수란 소리 아니야, 이거. 아… 저 종자를 어떻게 하지? 하아… 누나가 올해 서른만 안 됐어도 경태 넌 이미 세렝게티의 톰슨가젤처럼 악어밥 되는 거다.'

"그냥 포기해 주세요. 날짜 맞춰주신다는 분들도 줄 서서 기다리시는데 이러실 줄 알았으면 약속 안 잡았어요."

"그래도 제가 제일 먼저 왔고 집주인 분도 아무 말 안 하시는데 왜 그러시나요."

뭐라? 갑자기 눈앞이 핑!

"당신은 당신 생각밖에 안 해?!"

아악, 나도 모르게 그만 언성이 높아져버렸다. 경태는 흠칫! 놀라며 끼고 있던 팔짱을 풀었다. 요즘 안 그래도 인상이 안 좋아져서 '도를 아십니까'도 흠칫 피하는데, 이 누나가 기어이 뉴스 사회면에 떠야겠느냐.

"부끄러운 줄 알아야지!"

엇, 이 말은 아닌데…. 봉하마을 내려가신 어르신의 "부끄러운 줄 알아야지!"가 왜 지금 튀어나오나, 미치겠네.

"예?"

경태는 당황하는 듯했다. 그렇지. 니가 잘못하긴 했어도 부끄러운 일까진 아닐 거야. 음, 뭐라고 수습을 하지?

"아… 아니, 나이 그만큼 먹었으면 약속이 얼마나 소중한지는 알 거 아니에요? 아무리 온라인 상 세입자끼리 직거래라 해도 서로 예의는 지켜야지, 안 그래요?"

에라이~ 화도 내던 놈이 낸다고. 내가 왜 녀석 앞에서 온라인의 예의와 약속의 소중함을 설명하고 있는 거야, 젠장.

그런데 의외로 경태는 진지하게 경청했다. 고개도 끄덕이며 마치 자신의 잘못을 인정한다는 듯한 모습이랄까. 그러는 동안 난 내가 무슨 말을 하는지도 모르는 채 주제는 끝도 한도 없이 거창해져, 부동산 투기와 반지하, 옥탑인들의 생활, 마릴린 명박님의 이야기까지 주절대고 있었다.

"예, 알겠습니다. 제가 큰 실수를 했네요. 저의 작은 행동으로 이렇게나 큰 파장이 올 줄 몰랐습니다. 저도 모르게 그쪽 분께 큰 짐을 떠안겨

드린 게 되었네요. 네, 제가 포기하도록 하겠습니다. 밤도 늦었는데 실례 많았습니다. 집주인 분께는 계약서 파기해달라고 말씀드려 주세요. 이사 잘하시기를 바랍니다."

　더 이상 밑천이 떨어져 할 말도 없을 때쯤, 경태는 다행히 자신의 잘못을 인정하며 매너 있게 물러서주었다. 뭔가 굉장한 에너지를 소비해 승리를 얻어낸 것 같기는 한데 밀려드는 이 공허함은 뭐라지. 결론이 너무 건전하잖아.

　경태가 돌아가고 기운이 쏙 빠져 털썩 주저앉은 꼬냥이. 으미, 두 번 이사하라면 나는 못 하것소. 아무튼, '경험도 해봤으니 또 이런 일은 없겠지'라고 생각했지만 그건 나의 착각! 이번 이사 최대의 하이라이트, 꼬냥이가 거품 물고 이삿짐을 모두 던져버린 사건이 기다리고 있었다.

벼랑으로 내몰린
이사 프로젝트!

그 친구는 꽤 상큼한 모습이었다. 수려하진 않지만 나름대로 준수한 용모에 선하디 선한 말투, 상대방을 배려하는 행동까지. 그 깐깐한 배추도사마저도 이 친구에게 반해 흔쾌히 집을 내주겠노라 했으니 말이다. 그는 미국에서 오래 살다가 돌아온 지 얼마 안 된 학생이라고 했다. 그러니 우리는 그를 대~충 '미쿡' 이라고 부르기로 하자.

미쿡이와 배추도사, 우린 제법 잘 어울려요

경태의 말 바꾸기로 이사 준비에 차질이 생긴 꼬냥이. 한번 겪고 나니 이게 쉬운 문제가 아니라는 걸 급격히 깨닫게 된다. 아, 왜 인간은 피를 봐야 무서움을 알게 될까. 결국 수많은 대기자 중에 순서는 무시하고 가장 조리 있게 자신의 사정을 설명한 몇몇을 추리기로 결정, 그 중 첫번째가 미쿡이었다.

아침 10시, 평소 같으면 양치하고 세수하고 잠자리에 들 시간이지만 이른 방문을 약속한 미쿡이를 맞이하고자 두 눈 날로 뜨고 기다렸다. 구석구석 청소도 하고 최대한 깔끔한 모습을 보여 어서 빨리 이 옥탑을 떠넘기고 싶었다고나 할까.

미쿡이는 10시 정각, 칼 같은 시간에 도착하여 전화를 걸어왔다.

"안녕하세욬, 집 보기로 한 미쿡이에욬. 하아, 목동 너뮤 멀어욬~."

아 뉴—. 이 녀석하고 말이나 통할는지 모르겠네. 추운 데서 자다 풍 맞은 듯한 말투를 들으니 영어 울렁증이 있는 꼬냥이, 녀석이 혹시 영어를 쏟아낼지도 모른다는 불안감이 엄습했다.

가슴을 졸이며 쪼르륵 내려가 입구에서 기다리니 말쑥한 정장 차림의 꽃미남까지는 아니더라도 '꼰미남' 정도 되는 미쿡이가 샤방그르르~ 걸어오는 것이 아닌가.

"황야의 노숙자님? 오우, 반가워욬. 저 미쿡이라코 해욬."

황야의 노숙자는 옥탑방을 내놓은 인터넷 부동산 카페에서 사용하는 꼬냥이의 닉네임이다. 후후….

"이사 준비로 집이 좀 지저분한 거 감안하고 보세요. 다 치우면 깨끗해요." (밤새 청소했잖아. 이런 식으로 겸손하지 말란 말이다!)

"와우~ 나 혼자 한쿡 와서 집 구하기 너머너머 어려웠어욬. 옥탑팡, 매력 있어욬. 나 계약할래욬. 나 그 뭐? 가케? 가케약금 갖고 왔어욬."

오오… 뭔가 긴 대화를 나누고 싶진 않지만 이 든든함, 뿌듯함! 마구 친절하게 대해주고 싶은 봉사 정신이 불끈 치솟았다. 당장 내려간 배추도사의 집, 역시나 근엄한 자세로 각 잡고 앉은 배추도사와 싸모할매.

"그… 그래, 미국에서 살다 왔다고?"

"집은 충남 서산. 그런데 공부하러 쫌 오래 있었어욜. 이번에 서울, 아, 어디? 여을도, 아니 여의도에 회사 음… 예, 입사 했어욜. 그뤠서 가까운 곳으로 집 구하고 있어효."

우리 배추도사, 2년 동안 그렇게 두 눈이 반짝이는 건 처음 봤다. 이 양반이 외국문물에 대한 동경이 있었던 것인지 눈앞에 앉아 옹알거리는 미쿡이에게 급호감을 느끼는 듯했다.

"아, 우리 아들이 작년에 미국으로 여행 보내줬어. 사람이 아주 많고 건물도 크고 말이여."

화기애애한 분위기, 나도 들어올 때 냅다 어디 코스타리카라도 살다 왔다고 할 걸 그랬나.

"그려. 그럼 우리 미쿡 총각이 12일 날 이사 들어오는 걸로 합의된 거 제?"

"전 언제든지 카능해요. 우리 노숙좌 님 시간에 맞춰줄래요."

"제가 11일 날 나가고 12일 날 미쿡 씨가 들어오는 걸로 얘기 됐어요. 그런데 보증금을 꼭 12일에 주셔야 하나요? 다시 오기도 어려울 것 같은데…."

"돈 없다고 했잖여. 12일에 받아 가. 이사 가는 주인집에 말하면 하루 정도는 봐줄 겨."

자기 일이면 얄짤 없었을 거면서. 쳇.

"와우, 우리 노숙좌 님 곤란해요? 그럼 제가 12일 전에 나머지 보증금 줄케요. 어렵지 않아요."

오오오! 세상에 이렇게 착한 미쿡이가!! 이사 날짜도 맞춰주고 나를 배려해 보증금까지 미리 보내주겠다는 미쿡이의 배려에 제대로 반해버린 꼬냥이. 그제야 바짝 곤두섰던 신경이 스믈스믈 녹아내리는 것 같았다.

이사까지는 약 보름 정도의 시간이 남아 있었고 그 기간 동안 이것저것 준비할 게 많았지만, 일단 큰 산 하나를 넘었다 생각하니 몸도 마음도 가볍게 느껴지면서 꽤 여유롭고 순탄한 며칠을 보낼 수 있었다.

매너남 미쿡이의 배신!!

연휴기간이 끝나가는 2월 9일 토요일, 이사 가기 이틀 전. 미쿡이의 번호로 전화가 걸려왔다.

"예, 이사 준비 잘 되세요? 짐이 별로 없으시다고 했죠?"

"아… 음… 노숙좌 님, 음… 제가 하는 말 오해 말고 들으세요."

"예?"

보증금 준비가 안 됐나 하는 생각이 들었다. 그렇다고 해도 마음 써준 미쿡이에게 고마워 별말 하고 싶은 생각은 없었다. 그런데….

"음… 나 다시 미쿡 가야 돼요."

"예????"

"갑자기 연락 받았어욜. 다음 주에 미쿡 들어가요. 나 이사 못 가요."

"…!!!!!!!!!"

아… 정수리 부근에서 감전된 것처럼 무언가 찌릿— 하고 터졌다. 머리가 핑 돌면서 온몸의 기운이 손끝으로 빠져나가는 기분.

"미안해욜, 나도 이럴 줄 몰랐어요. 그래서 가게약금은 안 돌려받을

케요."

그건 당연한 거거든, 자식아!

내 인생이 무슨 시트콤도 아니고 이런 드라마에서도 안 우려먹을 씨알도 안 먹힐 일이 난데없이 들이닥치느냐는 말이지. 뭐라 말이라도 해보려 했지만 꼬냥이 성격이 또 안 되는 일에는 토를 안 단다는 거. 어차피 못 오게 됐다는 사람에게 중얼거려본들 무슨 소용 있으리. 대답도 하는 둥 마는 둥 전화를 끊고 침대에 쓰러졌다.

오늘이 이사 이틀 전, 구정 연휴기간에 토요일. 내일은 일요일. 난 월요일에 무슨 일이 있어도 이사를 가야 하는데, 과연 오늘과 내일 사이에 집을 보고 바로 계약할 사람이 나타날 확률은?

젠장! 젠장! 젠장! 젠장! 젠장! 젠장! 젠장! 젠장! 젠장! 젠장! 이건 뭐 죽으라는 거잖아!

모든 걸 포기한 채 증발하고 싶은 마음뿐이었지만 또 꼬냥이가 위기에 강한 인간형 아닌가. 타지 생활 10년에 이보다 더 어이없는 일도 겪었거늘 이 정도로 쓰러질 수는 없었다. 이럴 때만 불끈 솟아오르는 오기!

침착하고 냉정하게 사태를 파악해야 했다. 가장 먼저 배추도사에게 이 사실을 알렸다. 미우나 고우나 집주인이고, 아무리 얄짤 없어도 어른은 어른. 이런 상황에서 뭔가 해결책을 제시해주길 바랐는지도 모르겠다.

"거 참, 사람이 뭐 그려. 연휴 동안 아무 말 없더니 이제 와서 그게 뭔 난리여. 보증금 얼마 안 하니께 거기 집 보러 오는 사람들한테, 계약할 때 완불할 수 있는 사람으로 찾아봐. 줄 선 사람 많다니 아마 한둘은 가능할 거여. 그럼 색시도 바로 받아갈 수 있잖여. 젊은 사람들 많을 겨, 알아봐."

음! 뭔가 크게 해결해준 건 아니지만 적어도 꼬냥이의 걱정을 해주는 '척' 하는 배추도사에게 0.7%의 고마움을 느꼈다.

일단 블랙커피 한잔 찐하게 마시며 수습할 방법을 생각하기로 했다. 커피를 들고 밖으로 나와 찬바람을 쐬며 바라본 내 몫의 하늘. 꼬냥이 어깨 위에 커다란 바윗덩어리가 곤두박질쳐 내려앉았으니 세상사 쉬운 일 없다지만 꼬이려니 이렇게도 꼬이는구나 싶었다. 그래, 언제 쉬운 일이 있었던가. 이번 일을 마무리 짓고 나면 그만큼 나도 자라겠지.

십이지장 끝부터 심호흡 한번 크게 올려주고 오기와 기운을 급상승시킨 꼬냥이!!! 장장 4시간 작업 끝에 결국 그날 밤 9시, 까까머리 총각과 계약에 성공했다. 물론 보증금 완불로. 이젠 빼도 박도 못하는 거야.

간다! 간다! 젠장! 이제 정말 갈 거라고!

그러나 이사 당일, 예상은 했지만 배추도사라는 큰 산은 꼬냥이를 호락호락 놔주지 않았다.

옥탑방 **탈출**의 마지막 결전,
가드 올리고!

 멀고 먼 단장의 미아리고개를 넘어 드디어 이삿날이 밝았다. 알뜰살뜰하신 꼬냥이 님, 이사 일주일 전부터 만들어놓은 체크리스트를 꼼꼼히 살펴보며 당일 아침에 해야 할 일들을 점검해나갔다. 나름대로 충실히 이행된 것이 뿌듯한 꼬냥이. 아쉬울 법도 한데 어쩜 이리 반 푼어치의 미련도 없는지.

 이제 남은 건 보증금을 둘러싸고 벌어질 배추도사와의 결전. 사실 여러분들께서도 짐작하시겠지만 이 배추도사라는 양반이 호락호락 꼬냥이를 방생해줄 리 만무했다. 뭐 딱히 집을 부쉈다거나 하자를 만들어놓은 것은 아니었지만, 가련한 꼬냥이 정신 상태는 노이로제를 넘어선 단계라 이사 전부터 배추도사가 무슨 급반격을 해올지 걱정이 남산이었다.

 역시 아니나 다를까, 그날!

마지막 날까지 사뿐히 즈려밟아 주시는 배추도사

이사 당일. 음주가무 패밀리 나영준 기자님, 그간 음주가무로 쌓인 몹쓸 정 탓에 새벽 댓바람부터 옥탑에 출몰해주셨다. 우리가 또 음주가무로 맺어진 의리 하나는 끈끈하지 않은가.

그리고 예상은 했지만 새벽 여섯 시부터 옥상에 올라와 문을 두드리며 이사 준비 검사하시는 배추도사. 아홉 시에 이삿짐센터 아저씨들이 오자마자 이사에 동참하여 멈출 수 없는 참견 욕구를 그대로 표출하셨다.

"이봐, 거기다 쓰레기 놓으면 안 돼. 나오는 대로 바로 갖고 내려가."

"어이! 살살 내놓으라고! 장판에 '기스' 나면 우짤겨?"

암~ 그렇지. 그냥 넘어가면 배추도사가 아니지. 꼬냥이야 이미 예상한 상황이지만, 이사업 15년에 저런 집주인은 처음 본다며 혀를 끌끌 차는 아저씨들. '자취 10년차인 저도 저런 집주인은 처음 봐요'라고 말하고 싶었다.

대충 짐이 빠져나가고 이제 슬슬 그간 걱정해온 보증금 문제를 해결해야 할 텐데 배추도사는 이사 참견만 해대고 영 뭘 내줄 기미가 안 보였다. 내 돈 내가 받겠다는데 왜 꼬냥이의 75A 아담한 가슴이 두근두근대야 하는지…. 이유 없이 두 눈 질끈 감고 배추도사에게 말했다.

"보증금 이제 주셔야지요."

참견을 멈추고 삐딱한 표정으로 돌아보는 배추도사. 그 순간의 표정은 뭐랄까, 마치 말 안 하고 넘어가면 끝까지 모른 척하고 싶었다는 뭐 그런 찜찜한 표정이랄까.

"따라 내려와봐."

덜덜덜— 마지막 결전이다. 마지막이다. 떨지 말고, 쫄지 말고, 가드 올리고!!

하악! 그래도 배추도사 앞에 독대를 하고 앉으니 떨리는 건 도리가 없었다. 배추도사는 뭔가 2008년 첨단문명과는 어울리지 않는 꼬질꼬질한 일수 장부 같은 것을 펴 보이며 하나하나 짚어가기 시작했다. 그러나 아무리 짚어봐도 뭐 뜯어낼 것이 없어서 아쉬웠는지 봤던 페이지 보고 또 보고를 반복하는 배추도사.

그러다 뭔가가 떠오른 듯 두 눈이 반짝였다.

"아! 이사 들어올 총각이 벽지랑 장판이 지저분하다고 새로 해달라더군."

멍! 그래서 뭘 어쩌자는 말씀이신지?

"색시도 한 20만 원 내놓고 가. 벽지랑 장판이 생각보다 많이 들어."

두둥! 아니 '웨웨웨!' ('왜왜왜'의 강한 표현!)

"아… 아니 벽지랑 장판은 아무런 문제없어요."

젠장, 이런 생각지도 못한 공격 스킬로 사람을 패닉 상태로 만들다니. 역시 고단수였어! 머릿속에 할 말들은 사막에 샘이 넘쳐흐르듯 넘치는데 입 밖으로 나오는 말이라곤 "어… 어…버… 버…"밖에 없었다. 예상했던 반응이라는 듯 승리의 미소를 슬쩍 짓고 앉은 배추도사, 이대로 쥐꼬리 반 토막도 안 되는 보증금을 뜯겨야 할까.

그때!

"이삿짐 다 실었대. 어서 나와라."

292

배추도사 집 현관이 열리며 등장하시는 나영준 기자님! 그의 등 뒤로 번쩍이는 후광은 착시가 아니었단 말이지!

예상치 못한 지원군의 등장에 당황하는 기색이 역력한 배추도사! 꼬냥이는 금방이라도 안구에서 쓰나미를 뿜어낼 것 같은 그렁그렁한 눈망울로 나영준 기자님을 바라보며 외쳤다.

"어흑, 오빠! 할아버지가 도배 장판비로 20만 원 내놓으래. 어흐흑!"

그때의 모양새를 되짚어보자면, 마치 동네 노는 삼촌에게 아껴 먹던 막대 사탕을 뜯기기 직전에 그 삼촌의 엄마를 만나 그의 만행을 꼰지르는 코찔찔이 애 같은 모양새였다고나 할까. 물론 그 삼촌은 백수짓하며 어린애 사탕이나 빼앗아 먹는다고 즈그 엄마한테 등짝이 터지도록 얼어맞았겠지.

배 째, 등 따!

"드러누울까요? 예? 영감님, 해도 해도 너무하네. 제가 그냥 여기서 드러누워요? 예?"

오오오! 어차피 막장. 그간 배추도사의 만행을 귀에 못이 박히도록 들어온 나영준 기자님은 마지막까지 날강도짓을 서슴지 않는 배추도사에게 드디어 칼을 빼들고 전투모드에 돌입하셨다.

"이 총각이 왜 이려! 고깟 20만 원 내는 게 뭐가 어때서?"

"아, 그깟 20만 원이 별것 아니면 영감님이 내라고요! 꼴랑 보증금 얼마 된다고 그걸 뜯어먹어요? 양심이 없어도 정도껏이어야지!"

원래 배추도사가 남자에겐 무지 약하다. 젊은 남자가 배 까고 드러누워버린다는데 그간의 서슬 퍼런 배추도사의 모습은 온데간데없더라는 말씀. 역시 영감, 꼬냥이는 만만했던 게다.

"아니, 내가 꼭 내라는 건 아니고, 이사 들어올 총각이 새로 도배를 해달라는데 그간의 '정'을 생각해서 조금 내주면 어떻겠느냐는 말이었지."

얼씨구! 당신과 나 사이에 있는 정이라곤 코 묻은 월세로 얽힌 정 말고 또 뭐가 있던가. 혈기왕성 젊은 총각의 들이댐에 바로 급비굴해지는 배추도사. 이럴 거면 차라리 칼을 뽑질 말던가.

"그래서 뭡니까? 달라는 거예요, 말라는 거예요?"

"아, 됐어! 그거 얼마 한다고. 그냥 내가 기분 좋게 보내줄 테니까 어서 짐 싸서 나가!"

이미 파무침처럼 잡쳐버린 기분, 뭘 기분 좋게 보내준다는 말인지. 아무튼, 뱉어버린 말 주워 담기 전에 어서 철수하는 게 남는 거라는 생각으로 후다닥 짐을 싸고 도망치듯 이삿짐 차에 몸을 실었다.

안녕, 세렝게티!

"이봐! 이봐!"

이삿짐 차에 시동이 부르릉 걸리고 바이바이 인사할 겨를도 없이 출발을 하려는데 뒤따라 황급히 뛰어나오는 배추도사.

"저 주인 영감 왜 저런대요?"

"아저씨, 튀어요! 튀어!"

"튀… 튀어? 오호라, 오케이!"

295

말하지 않아도 알아요~♪

이삿짐센터 아저씨들은 대강 감이 잡힌다는 듯 뒤도 돌아보지 않고 냅다 달리기 시작했다. 뒤에서 안절부절 삿대질을 해대는 배추도사.

나름 꼬냥이의 소심한 복수랄까?

이삿짐을 싸면서 무겁고 쓸모없어서 버리려던 물건을 욕실 구석에 한가득 쌓아놓은 것 정도? 그리고 형체도 알아볼 수 없을 만큼 삭고 쪼그라든 냉동실의 음식을 치우지 않은 것 정도? 또 고장나서 내려앉은 씽크대 문짝과 깨진 욕실 등을 신고하지 않은 정도?

후후, 그간 당한 설움에 비하면 이 정도는 상큼한 복수 아닌가.

과연 이 복수 중에 무엇을 발견하고 뒤따라나와 저리 동동질을 치는지는 모르겠지만 아무튼 난 이미 떠난 몸, 반 푼어치의 미련도 남기지 않고 세렝게티 옥탑을 벗어났다.

물론 새로 이사한 곳의 집주인은 또 어떤 기괴함으로 꼬냥이를 당황하게 할지 알 수 없지만 극악 공포 배추도사를 겪고 난 후이기에 그 누굴 만나도 이보단 나으리.

20대, 누군가는 인생을 설계하는 시기라 하고, 누군가는 지칠 만큼 부딪쳐봐야 하는 시기라 한다. 비록 저녁 뉴스에서는 옥탑인의 삶을 극빈층으로 분류할지라도, 이 궁상맞도록 아련한 청춘의 시기가 아니면 언제 누려볼 추억이던가.

떠났다. 징글징글하게 낭만적이던 내 몫의 하늘도 떠났고 지지리도 눈물겹던 20대의 방황으로부터도 벗어났다.

이제 서른, 질풍노도의 불완전한 시기는 지나가리니. 다시는 돌아가

지 않으리, 끝 간 데 없이 휘청대던 20대의 방황으로는. 그러나 30대를
훌쩍 지난 어느 봄날, 어쩌면 그리워질지도 모르는 내 몫의 한 평 남짓
한 하늘, 나의 20대, 그리고 꼬장꼬장한 세렝게티 옥탑방 배추도사의
잔소리, 그 모든 것이 내 삶을 지탱해준 잔혹한 동화였음도 영원히 잊
지 않으리.

휘청대던 내 20대의 세렝게티여, 안녕!

Tip chapter 7

집 보는 법

88만원 세대라는 폭폭한 현실의 짐을 등에 지고 사는 이 시대의 청춘들, 직장도 좋고 연애도 좋다지만 이 작은 한 몸 편히 뉘일 수 있는 공간이 편안해야 함은 두말할 필요가 없다. 자취 생활 10여 년의 경험으로 몇 가지 조언을 하자면 잠자리만큼은 편안해야 한다는 것.

어디든 몸만 눕힐 수 있다면 상관없다? 물론 생활은 꾸려지고 시간은 흘러간다. 하지만 다 떨어진 벽지와 곰팡이를 하늘 삼아 잠들고 밤새 눅눅한 공기로 호흡하다가 하루를 시작한다면 알게 모르게 인간의 몸에도 습한 기운이 들 수밖에 없다.

그렇기에 집이란 단순히 잠을 자는 곳만이 아닌, 밖에서 받은 거친 기운을 정화하는 소중한 공간인 것이다. 물론 가벼운 주머니에 쪼그라든 은행 잔고로 편안한 거처를 구하기란 쉽지 않은 문제다. 내 집 마련은 둘째 치고 전세 아니 월세 보증금이라도 걱정 없이 마련할 수 있다면 얼마나 마음이 편할까.

방법을 알면 된다. 이 책에 등장하는 세렝게티 옥탑방은 보증금 200만에 월세 22만. 어디 가서 구하기도 힘든 초라한 가격이지만, 배추도사를 제외한 모든 조건이 흡족한 참 좋은 곳이었다. 발품의 힘, 아는 자에게만 보이는 그 포인트를 짚었기 때문에 가능한 일이었다. 자, 이제 그 방법을 전수하도록 하겠다. 보답은 책 한 권씩 더 사는 것으로 하시길. (후훗~.)

• **외관에 대한 욕심을 버려라**

외관이 낡고 허름한 집이면 처음부터 꺼려지는 게 사실이다. 친구들도 놀러올 테고 애인이라도 올라치면 겉으로 보기에 좀 번듯해야 창피

하지 않을 거라는 생각. 맞는 말이다. 하지만 요즘은 리모델링을 하는 집들도 있고, 꼭 그렇지 않더라도 외관과는 다르게 내부는 깔끔한 곳도 많다. 따라서 인터넷 방 구하기 사이트에 올라오는 매물들의 외관만을 보고 섣불리 판단해버리는 일은 없어야 한다. 조금 허름하더라도 다른 조건이 괜찮으면 일단 찾아가서 직접 눈으로 확인해보자. 좋은 집 구하기의 필수조건은 첫째도 발품, 둘째도 발품이다.

• 보증금보다 월세가 우선이다

마음에 드는 집이 나왔는데 가지고 있는 목돈이 적어서 보증금을 낮추고 월세를 올리는 경우가 많다. 그런데 경험상 조언을 하자면, 다른 모든 조건이 최상이어서 절대 이 집 아니면 안 된다 정도가 아니라면 별로 추천하고 싶지 않은 방법이다. 월세로 20만 원 내는 사람과 40만 원 내는 사람이 있다고 가정해 보자. 보통 생각하기로는 그 20만 원 차이가 뭐 그리 크겠나고, 조금 아껴 쓰고 덜 먹으면 된다고 말할 것이다. 이것이 바로 문제다. 왜 아끼고 덜 먹으며 그 돈을 월세로 내야 하는가. 식비로 지출하여 내 배가 부를 것도 아니고 문화생활을 하여 내 정신이 풍요로워질 것도 아니다. 월세는 말 그대로 그냥 나가는 돈이다. 월세만큼 아까운 것도 없다.

요즘은 백만 원 이상의 월세도 부지기수라지만 본인 월급의 10~20%를 넘어서는 월세는 도움될 게 하나도 없다. 1순위의 집이 월세가 지나치게 비싸다면 차라리 2순위, 3순위에서 살며 돈을 모아 나중에 VIP급으로 가는 선택을 하는 것이 낫다. 월세 65만 원짜리 집에 살아본 자의 조언이다.

• 집 욕심에 아까운 출퇴근 시간을 버리지 마라

일반적으로 직장에서 가까운 위치에 집을 얻는 것이 보통이다. 혹은 교통이 편리하여 여러 번의 환승 없이 직장을 오갈 수 있는 위치를 선

호하곤 한다. 그런데 간혹 직장에서 먼 곳이라도 집이 너무나 마음에 들어 덜컥 계약을 하는 이들이 있다. 고생의 시작이다.

지하철 시간으로 1시간이면 집 앞에서부터 회사 입구까지 이래저래 1시간 30분~40분은 걸린다는 말이다. 출퇴근 시간은 길면 길수록 손해다. 책을 읽거나 PMP로 동영상을 시청하거나 음악을 듣거나 많은 것을 할 수는 있다지만 사람에 치이는 건 마찬가지이다. 아침부터 녹초가 된 몸으로 회사에 출근해 파김치가 되어 퇴근 차량에 시달리는 건 너무나 끔찍하지 않은가. 자가 차량이 있다 하더라도 길에서 버리는 3시간은 너무나 아깝고도 아깝다. 옆집에 소지섭이 사는 게 아니라면(음?) 회사에서 가까운 곳, 자신의 주요 '나와바리' 안에 집을 얻도록 하자.

• 세입자의 말은 반만 믿어라

세입자는 빨리 집을 내놓고 도망가고 싶은 사람들이다. 요즘엔 계약기간 전에 이사를 하게 되면 인터넷 사이트에 매물을 올려놓고 직거래를 많이 하곤 하는데, 그렇기에 세입자가 집 상태를 과장할 위험이 더욱 크다. 부동산을 통해 집을 보러 들어가서 만나는 세입자도 마찬가지이다. 그들에게 집에 대해 이런저런 질문을 해도 우리가 원하는 이성적이며 냉철한 비판은 결코 들을 수 없다. 사실 우리가 그 입장이 돼도 별반 다르진 않을 것이라는 걸 알지 않는가. 계약기간 전에 집을 빼면 집주인에게 당당히 보증금을 돌려달라 말할 수도 없는 처지이니 어서 다음 타자가 들어와 줘야 보증금을 돌려받을 수 있는 입장. 하루하루가 급한 이들의 마음은 살포시 이해하고 넘어가는 게 현명하다.

단, 인터넷에 올라온 매물에 반해 집을 보러 갈 때는 설명과 사진이 너무도 달라 당황할 각오를 미리부터 해두어야 한다. 앞에서 말한 집들은 양반이다.

난 욕실 천장이 없는 집도 봤다. 빌딩의 주거용 원룸이었는데 뻥 뚫린 욕실 천장에서 당장이라도 사다코가 각기춤을 추며 내려올 형상이었다. "주인아저씨가 곧 고쳐준대요"라고 말하거나 "이렇게 살아도 벌레 한 마리 못 봤어요"라는 말은 그저 곧 겪게 될 고생에 대한 현 세입자의 '위로' 정도라고 생각하자. 세입자의 말은 반만 듣고 스스로 명탐정 김전일이 되어 꼼꼼히 살펴보는 게 최상의 방법이다.

• 채광이 달리 중요한 게 아니다

집은 낮에 봐야 한다. 평일 밤에 하루 업무를 끝내고 집을 보러 가는 경우가 종종 있는데 옥탑이나 지상이라면 모를까, (지상도 안팎으로 건물이 들어차 있는 경우는 제외) 반지하의 집이라면 반드시, 기필코, 무슨 일이 있어도!! 낮에 집을 봐야 한다. 남향, 동향까지는 모르더라도 낮 시간에 집에 빛이 들어오는지 정도는 봐야 한다.

채광은 무시할 게 못 된다. 안 그래도 소음과 벌레와 습기에 쉽게 노출되는 반지하 환경에서 채광까지 낮다면 그대들의 사계절은 생과 사를 오가는 전쟁터가 될 것이다. 집에 빛이 들어오지 않으면 자연히 습기가 가득하게 되고 그럼 곧 곰팡이로 연결되며 온갖 벌레들이 기생하는 환경이 조성된다.

눅눅한 공기와 침침한 집은 풍수지리 상으로도 악조건에 해당한다. 풍수에서는 그 위치가 어찌 됐든 볕 드는 양지면 반은 좋은 자리로 먹고 들어간다고 했다. 밝은 햇살이 들어오는 집에서 맞는 하루하루는 건강한 생활과 직결되는 문제이다. 반드시 낮에 찾아가 불을 끄고 그 집의 채광을 살펴보도록 하자.

• 동네 분위기, 소음보다 우선이다

"주변 환경은 어떤가요?"라는 질문에 "정말 조용하고 한적해요."라고 대답한다면 많은 이들이 흡족해 할 것이다. 그런데 자취 생활을 오

301

래 하다 보니 조용한 동네보다는 좀 시끄럽더라도 사람들이 북적대는 동네를 선호하게 되더라는 것. 주변에 초등학교나 학원가, 재래시장이 있는 곳이 되레 안전하게 느껴진달까. 물론 지역에 따라 다르겠지만 유흥업소가 밀집된 지역만 아니라면 적당히 사람들이 북적이는 장소에 점수를 더 주고 싶다.

특히 여성들의 경우 밤늦게 귀가할 때 반짝이는 편의점 불빛이 얼마나 고마운지 알 것이다. 주택들만 밀집되어 있는 동네는 밤 12시가 넘어가면 웬만한 상가도 문을 닫고 침침한 가로등 불빛만 있어 불안하기 그지없다. 차라리 낮에 조금 시끄럽더라도 늦은 밤까지 불을 밝히는 곳이 낫다.

그리고 믿을 수 있는 콜택시 회사의 명함 한 장 정도는 갖고 있어야 한다. 늦은 귀가 시엔 콜택시를 이용하도록 하고 반드시 집 앞까지 가서 내리도록 하자. 보통 콜택시 기사님들은 손님에게 친절한 편이라 천 원 정도 더 드리면서 집에 들어갈 때까지 보고 있어달라면 흔쾌히 승낙하시기도 한다.

비굴하게 살아남아
웃을 수 있는 그날까지!

기억도 나지 않을 만큼 오래전, 얼굴에 솜털 뽀송뽀송하던 꼬맹이가 짐 가방을 싸들고 집을 나오던 날, 할머니는 무심히 돌아앉아 떠나는 손녀의 얼굴도 보지 않으셨다.

"지가 나가봐야… 집 나가면 고생이지. 언제 철이 들꼬…."

한숨 섞인 할머니의 목소리를 뒤로 하고 난 그토록 꿈에 그리던 출가, 독립을 하게 되었다. 이제 늦잠을 자더라도 밥은 먹고 자라거나 벗어놓은 빨래는 빨래통에 넣어놓으라는 할머니의 잔소리도, 혹 귀가가 늦기라도 할라치면 떨어지던 불호령도, 더 이상 듣지 않아도 된다. 이 얼마나 천국인가. 이제부터 내 세상이다!!!

야무진 꿈 ….

처음엔 좋았다. 정말 내 세상이었다. 친구들은 매일 쉴 새 없이 놀러 왔고 무서운 할머니 덕에 친구 집에서 잠 한번 잘 수 없었는데 이젠 친

303

구들을 집에 불러 밤새도록 수다도 떨 수 있었다. 밥이야 사 먹으면 그만이고, 빨래는 빨래방, 청소는 일주일에 한 번 대충 눈에 보이는 곳만. 어느 누구도 간섭하지 않는 그 자유가 마냥 좋았다.

그렇게 한 달, 두 달⋯.

뭐 누구나 비슷하겠지만 난 말 그대로 폐인이 되었다. 밥 사먹기도 귀찮으면 라면으로 때웠고 친구들과 매일 벌어지는 술판에, 일주일에 한 번 하던 청소는 열흘, 보름, ⋯ 간격이 멀어지기 시작했으며, 산더미처럼 쌓인 빨래 더미 속을 비집고 들어가 옷을 찾아 입기 일쑤였다. 얼굴엔 기름기 없이 퍼석함만 남았고 그림을 그리던 때라 온 집안엔 물감 냄새와 먼지가 퀴퀴하게 엉겨붙어 있었다. 할머니의 잔소리가 귀에서 쟁쟁 울렸다.

"하루에 한 번씩 환기를 시키야 사람이 살제. 기관지도 안 좋은 가스나가 먼지 좀 털고 살라는 말이 그리 듣기가 싫드나?"

아, 정말 이러한 생활 속에는 황달 내지는 폐렴 혹은 피부병, 위염, 췌장염, 눈병, 발작, 두통, 벼룩, 바퀴벌레(?) 등등의 수많은 병과 위험이 도사리고 있을 수밖에 없다는 결론. 혼자 사는 사람은 자기가 얻은 자유만큼의 수칙을 세워놓고 살아야 한다는 것. 그것이 무너지는 순간, 몸도 마음도 삶도 금세 무너지고 만다는 것을 그제야 깨닫게 되었다.

그때 이미 내 몸엔 위장병과 기관지염이 자리 잡고 있었고, 나의 포근한 집은 친구들의 아지트로 바쳐져 초토화 직전이었다. 모든 것을 바꿔야 했다. 이미 익숙해진 자유를 가장한 방종이 쉽사리 고쳐지지야 않겠지만, 정신 차리지 않으면 이 넓디 넓은 세렝게티와 같은 험난한

야생에서 살아남을 수 없다는 불안함이 나의 초췌한 싸대기를 후려갈
겨댔다.

　없는 솜씨로 요리를 하기 시작했고, 귀찮더라도 일주일에 한 번은 청
소를 했고, 웬만해선 아침 10시를 넘겨 기상하는 일은 만들지 않았다.
처음엔 정말 힘들더라. 물론 하루 이틀 정도 풀어지긴 했지만, 그래도
다시 나의 편안한 공간을 돼지우리로 만들고 싶진 않다는 일념으로 어
깨에 들러붙은 게으름 녀석을 떼어냈다. 그렇게 차츰 시간에 지남에 따
라 절대 원상복귀되지 않을 것 같던 나의 흐트러진 생활이 조금씩 자리
를 잡아가기 시작했다. 나에 대한 대견함이 밀려들더군.

　하지만 혼자 산다는 건 내 방 하나 잘 건사한다고 성공하는 것이 아니
란 것도 차츰 알게 되었다. 공과금 정산부터 은행 처리, 이사 계약, 사
람들 대하는 법, 하다 못해 쓰레기 버리는 요령까지, 배워야 할 것이 너
무도 많았다. 아는 건 기본, 모르면 낭패인 것들.

　수도 없이 좌절하고 왜 이 고생을 할까 하는 마음에 울며 보낸 날들도
많았다. 집 떠나면 고생이라는 말이 그렇게 와 닿을 수가…, 그건 서러
움이었다. 아무에게도 내가 우선이 될 수 없다는 것. 모든 일을 혼자서
해결해야 한다는 것. 가족들에게 하듯 "미안해~" 한마디로 넘어갈 수
없는 일들이 너무나 많다는 것.

　그런 서러움과 좌절 속에서 자유, 독립에 대한 환상 따위는 이미 무너
진지 오래였지만 돌아가기엔 또 벌여놓은 일이 너무 많았다. 죽이 되든
밥이 되든 이젠 고향으로 돌아가겠다는 생각보단 혼자서 꿋꿋이 살아
내야 한다는 다짐.

그렇게 10년. 난 여전히 게으르고 느리고 청소를 미룬다. 관공서에 들어가면 얼이 빠지고, 쓰레기 버리는 날짜를 자꾸만 놓쳐 쌓아놓기 일쑤다. 집주인이 찾아오면 귀찮아서 없는 척 하고(흐흐), 한 달에 한 번 정도는 친구들을 불러 돼지우리가 되도록 놀기도 한다.

하지만 달라진 거라면 '적당히'와 '요령껏'이라는 두 가지를 배웠다는 것. '적당히' 수습 가능한 한도 내에서 어지르고, 모르는 게 있으면 '요령껏' 찾아다니며 물어본다는 것. 덜컥 겁부터 내며 도망가기 바빴던 어릴 때와 달라진 점은 이것뿐이다. 그리고 이 두 가지를 배우기까지 10년이 걸렸다.

그 10년의 시간 동안 난 이 세상이라는 동네가 치열한 야생의 세렝게티와 다를 바 없다는 것을 온몸으로 체험했다. 가족이라는 울타리를 벗어나는 순간부터 인간도 어미 곁을 떠난 야생의 톰슨가젤과 다를 바 없어진다는 것, 온전히 내 편이 되어 나를 우선으로 생각해주는 이들이 세상엔 그리 많지 않다는 것, 무서워서 도망친다고 해도 대신 나서서 해결해 줄 사람은 아무도 없다는 것, 이 냉혹한 세상에서 난 겨우 먹이사슬 하단부에 위치한 초식동물일 뿐이라는 것을 말이다.

이 책은 그 시절의 나처럼 독립을 외치고, 혹은 등 떠밀려 어쩔 수 없이 야생 세렝게티에 뛰어든 어린 톰슨가젤들에게 바치는 일종의 전략 입문서이다. 눈앞엔 사자가, 하늘에선 대머리 독수리가, 등 뒤엔 치타가 침을 흘리며 우리를 노리는 그 절박한 순간들에 우리가 취할 수 있는 최소한의 전략, 바로 그걸 알려주고 싶었다. 비록 난 실패가 대부분이었지만 다행히 아직 죽진 않고 살아있으니 절반의 성공이라 할 수 있는 건가?

자, 우리 모두 비굴하게 살아남자. 멋지게 살아남아서 훗날 철없이 독립하겠다고 날뛰는 꼬맹이들이 있으면 엉덩이를 팡팡 두들기며 상콤하게 비웃어 주자.

"혼자서 나만큼 사는 게 쉬운 줄 알아? 얘가 아직 세상을 모르네, 후훗~!"